처녀가
처녀성을 버리는
몇가지 이유

처녀가 처녀성을 버리는 몇 가지 이유

초판 1쇄 찍은 날 § 2005년 3월 9일
초판 1쇄 펴낸 날 § 2005년 3월 19일

지은이 § 이윤아
펴낸이 § 서경석

편집장 § 문혜영
편집 및 디자인 § 이종민

펴낸곳 § 도서출판 청어람
등록번호 § 제1081-1-89호
등록일자 § 1999. 5. 31
어람번호 § 제5-0037호

주소 § 경기도 부천시 원미구 심곡1동 350-1 남성B/D 3F (우) 420-011
전화 § 032-656-4452 팩스 § 032-656-4453
http://www.chungeoram.com
E-mail § eoram99@chollian.net

ISBN 89-5831-465-6 03810

처녀가 처녀성을 버리는 몇 가지 이유

이윤아 지음

도서출판

청어람

처녀가
처녀성을 버리는
몇가지 이유

C O N T E N T S

Prologue

꿀꺽.

이것은 올해 스물넷의 평범한 숫처녀 이비우가 침을 삼키는 소리였다. 하얀 살 속에 가려져 보일 리 없는 처녀의 목젖이 움직여 목 안으로 침을 넘기는 모양새가 고스란히 드러날 정도로 그녀의 온몸에는 힘이 바짝 들어가 있는 상태였다.

"으음…… 으음……."

그녀의 마음을 아는지 모르는지 비우의 눈앞에 앉아 있는 한 남자는 날카로운 눈빛으로 무언가를 훑어 내려가고 있었다. 그것은 일단의 A4 사이즈 종이 뭉치였다. 스물넷의 숫처녀 이비우는 그것을 밥줄이라 불렀고, 그런 그녀의 맞은편에 앉아 있는

심각한 표정의 남자는 그것을,

"쓰레기."

라 불렀다.

이비우가 벌떡 일어섰다.

"뭐라구요?"

그자가 태연한 표정으로 바로 옆에 있던 커다란 쓰레기통에 그녀의 밥줄이자 분신과도 같은 원고 더미를 통째로 쑤셔박아 버렸다.

"지난번에 한 약속을 지켰을 뿐이지."

당장이라도 온몸의 피가 역류해 쓰러져 버리는 것이 아닌지, 전혀 상관없는 제삼자도 걱정이 될 정도로 하얗게 질린 비우의 얼굴을 그자는 여전히 태연한 표정으로 들여다보고 있었다.

"약속했잖아? 다음 원고도 전혀 발전이 없다면 쓰레기라 불러 준다고. 물론 너도 좋다고 했고. 어디 한번 마음대로 해보시지! 라며 기세 좋게 나가던 게 누군데 이제 와서 상처받은 척이야?"

저런 무자비한 말을 서슴없이 뱉어내는 배짱 좋고, 무례하고, 뻔뻔하고, 사악한 인간. 그는 (주)도서출판 책이랑의 편집장 박경진이었다. 요컨대 지금까지의 사정을 설명하자면, 풋내기 작가 이비우는 지금 지난 몇 달간 끙끙 앓는 소리를 내며 죽을 힘을 다해 썼던 그녀의 신작 로맨스 소설 '잠도 오지 않는 밤'의 초고 원고를 계약 얘기가 오갔던 출판사의 편집장이 무참히 평가절하하고 있는 꼴을 목도하는 중이었다.

두 손을 꼬옥 움켜잡은 채 아무 말도 못하고 있는 그녀의 얼굴에 대고 박경진이 한마디 더 던졌다.

"이젠 나도 입 아프다."

대체 왜?

"네 문제는 딱 하나야. 문제가 많다면 이해나 하겠어. 하지만 아니잖아? 이제껏 네가 이 출판사를 들락거리던 그때부터 지금까지 너는 내가 누누이 지적해 주는 그 한 가지 문제점을 해결 못하고 있는 거야."

"……."

여전히 벌어진 비우의 입에서는 아무런 말도 흘러나오지 않았다.

"더 나쁜 점이 뭔 줄 알아? 너도 바보가 아니고 나도 바보가 아니라는 거야. 슬프게도 우린 현실을 너무나 잘 알고 있지."

"……."

그가 힐긋 쓰레기통에 처박아 버린 원고에 시선을 두었다.

"사실 저 원고에 나쁜 점만 있는 것은 아냐. 매끄럽고 섬세하고 감칠맛도 있다고 할 수 있어. 어쩌면 그건 작가로서의 가능성이라 불러도 좋을지 몰라."

"……."

박경진이 태연히 담배를 하나 빼어 물었다. 그의 손가락은 분명 모양새가 잘 잡혀 있어서 담배와 썩 어울리는 꽤 괜찮은 그림을 만들어내고 있었지만 비우는 자꾸만 그의 손가락을 물어

뜨고 싶다는 생각이 들어 애꿎은 어금니를 꽉 물어야 했다.

"하지만! 뭔가 부족해. 절대적으로 부족해. 우리의 독자층은 이십대부터 시작이야. 그런데 키스 장면 하나 제대로 안 나오는 이런 '건전한 청소년용' 로맨스를 뭐 하러 돈 주고 사보겠냐고. 안 그래?"

늘 듣던 얘기. 새삼 또 들으려니 민망하고 지루해진다.

"아, 그건 말이죠……."

"시끄러. 내 말 안 끝났어. 너 연애도 안 해봤어? 연애할 때 하던 대로 쓰란 말이야. 주인공 둘 다 좀 벗기고, 좀 끈끈한 관계로 만들어봐. 이게 뭐야, 현실성이라고는 눈곱만큼도 없잖아. 손만 잡고 연애하는 커플들이 어딨냐고, 요즘 같은 세상에."

비우는 '여기요!'라고 외치며 손을 번쩍 들고 싶었다. 엄연히 그녀는 지금 저 배짱 좋고, 무례하고, 뻔뻔하고, 사악한 인간 박경진이 말하는 인간의 훌륭한 모범이었으니까.

"그, 그렇지 않은 사람도……."

탁!

그러나 이어지려던 비우의 어색한 변명은 박경진의 단호한 태도로 뚝 끊기고야 말았다. 박경진이 그녀 앞으로 두 권의 책을 거의 던지듯 내려놓았기 때문이다.

"민지출판사, 2004년 2월 발행, 초판 인쇄 4,000부, 재판 인쇄 10,000부. 지금 2차본을 찍고 있는 게 확실함. 제목, 콘돔의 다섯 가지 사용법. 그 옆에 하얀 표지 역시 민지출판사, 2003년

12월 발행, 초판 인쇄 역시 4,000부, 재판 인쇄 두 차례 합쳐 모두 9,000부. 제목, 나는 그녀의 누드가 좋다. 로맨스계의 새로운 전설이 될 두 권의 히트작이지. 이로써 작년 초까지만 해도 그저 그런 삼류 출판사였던 민지 측이 벌써 새 빌딩을 건설할 부지를 알아보고 다닌다는 소문이 업계에 돌더군. 이거 보고 참고 좀 해, 빌려줄 테니."

당장 그 두 권의 책을 집어 들어 박경진 저 인간의 낯짝을 후려치며 '필요없어!' 라고 외치고 싶은 마음이 굴뚝같았으나, 어느샌가 비우는 다시 얌전히 의자에 앉아 그가 내밀은 책 두 권을 만지작대고 있었다.

그런 그녀에게 박경진이 갑자기 담배 냄새가 나고 있는 얼굴을 바싹 들이댔다.

"뭐, 뭣……!"

느닷없이 그와 시선을 마주치게 된 비우의 눈이 땡그래졌다.

"이비우 작가님, 우리도 빌딩 하나 지읍시다."

"에, 에에…… 물론 그러면 좋지……."

느닷없는 존댓말에 그녀는 더욱 당황했다. 그가 열 살이나 아래인 자신에게 존댓말을 쓸 때면 그간의 친분 관계고 나발이고 싹 다 무시해 버리고 철저히 편집자적 입장에서 편집자적인 요구를 해온다는 것을 그녀는 익히 알고 있었던 것이다.

"비우 작가 글이 이런 글들에 비해서 어디가 처진다는 겁니까? 다 좋아, 정말이지 내 편집 경력 삼 년 동안 이렇게 섬세한 로맨스 소설들은 처음이라고 해도 좋습니다. 문제는 딱 하나. 제가 누누이, 정말이지 그간 출판했던 비우 작가 작품 두 권을 통틀어 누누이 말해 왔던 바로 그것! 눈 딱 감고 야하게 좀 써주십시오."

"으음……. 그게, 그 무슨 작가적 고집 같은 게 아니라…… 그게…… 으음……."

"아니, 그런 것도 없는 사람이 왜 글을 그렇게 씁니까? 그것도 로맨스 소설을? 비우 작가도 다른 사람 글 읽으면서 느끼지 않습니까? 소금 간도 제대로 못 맞춘 듯 밍밍한 것보다는 이런 것들처럼 고춧가루도 좀 팍팍 들어가고, 후추도 팍팍, 다시다도 팍팍 들어간 글들이 사람을 더 확 끌어당기는 법이라는 걸 말입니다. 내 말, 잘 알겠습니까?"

당황한 비우가 인간 박경진의 기세 좋은 눈빛에 쫄아 고개를 끄덕였다. 그러자 박경진이 눈에 잔뜩 넣었던 힘을 풀고 그녀를 향해 씨익 웃어 보였다.

"좋아, 그럼 기다려 주지. 그것도 마음먹고 느긋하게 기다릴 테니 한 달이 걸리든 일 년이 걸리든 다시는 이 쓰레기통에 처박히지 않을 만한 글을 만들어 와. 그럼 네가 원하는 대로 계약해 주겠어."

박경진이 벌떡 일어섰다. 새삼 느끼는 것이지만 언제 봐도 늘씬한 체격이다. 여자인 그녀가 부러울 정도로.

"그럼 나는 봐야 할 원고가 산더미같이 밀려 있는 관계로 이만 실례. 물론 나는 무덤 같은 인내심을 발휘해 기다리고 또 기다릴 생각이지만 한시바삐 너로부터 원고가 완성되었다는 희소식이 도착하기를 간절히 바라기도 할 것이라는 작은 소망을 미리 말해 두지. 그럼 안녕."

박경진이 성큼성큼 걸어 출판사에서 작가들의 면담실로 쓰곤하는 작은 휴게실을 나갔다.

"하아……."

그가 사라지고 나서야 비우가 한숨을 내쉬었다.

"그게…… 문제는 말이죠, 이 염병할 편집장 아저씨야. 내가그 야한 것을 쓰려면 무언가를 표절할 수밖에 없다는 거야. 왜냐하면 난 그런 경험이 전무한 상태거든, 이 빌어먹을 양반아."

염병할이니 빌어먹을이니 하는 말을 태연히 내뱉는 비우는고양이 앞의 햄스터처럼 박경진의 날카로운 발톱 앞에서 오들오들 떨던 조금 전까지와는 사뭇 다른 태도다.

그러나 그녀가 마음 놓고 천천히 중얼거리던 그때,

철컥!

닫혔던 휴게실의 문이 벌컥 열렸다.

"엄마야!"

비우가 놀라서 뒤를 돌아보자 거기에는 진작에 사라진 줄 알았던 박경진이 야릇한 미소를 지으며 서 있었다.

"깜박 잊고 말 안 했는데, 그 책들 편집부 자료니까 다 읽고확실히 반납하도록."

하나

꿀꺽.

비우의 긴장된 손이 더듬더듬 무언가를 더듬었다. 그녀의 얼굴은 확확 달아올라 있었고 입 안은 바짝 말라 고통스러운 마른 침이 고여 있었다. 환한 조명은 그녀의 붉어진 얼굴을 적나라하게 드러내 주었고 그녀의 눈은 이리저리 주위의 눈치를 살피고 있었다.

그때,

"아, 이봐요, 아가씨! 언제까지 그러고 있을 거야?"

비디오 가게 주인의 신경질적인 목소리가 들려왔다.

"원, 나도 밥 좀 먹어야지! 아가씨가 계속 그렇게 서성이고 있으면 정신 사나워서 아무것도 못하잖아! 아, 빨리빨리 골라서 가지고 와요!"

쳇. 아저씨, 그 메리야스 차림이 더 정신 사납다구요.

역시 동네 비디오 가게답게 손님이라고는 순 애들이나 중년 아저씨들뿐이다. 가게 주인부터가 저런 모양새를 하고 있는데 손님인들 기분 좋게 드나들 리가 없다.

현대는 비주얼 세대. 다양하게 확장되는 구매자의 욕구를 충족시키지 못한다면 비즈니스는 어림도 없다고 봐야 한다. 그런 의미에서 이 동네 '행복 비디오' 점의 마케팅 전략은 당연히 미스이며, 심지어는 뽈록 튀어나온 저 똥뱃살로 과감하게 메리야스 하나만 입고 있는 저 가게 주인에게 과연 마케팅 전략이라는 것이 있는지조차도 의심스러운……

"아가씨! 사람 말이 안 들려? 빨리빨리 갖고 오라고!"

샹, 이제는 막 반말이네.

비우가 속으로 구시렁대며 수없이 늘어선 비디오 중에 아무거나 손에 잡히는 대로 뽑아서 카운터로 들고 갔다. 그러나 메리야스 아저씨 앞에 골라온 비디오를 내미는 손길은 분명 머뭇대고 있었다.

"애개, 이게 뭐야. 아가씨들도 이런 거 보나?"

그녀가 내민 비디오의 제목들은 '토요일 밤부터 일요일 새벽까지', '양호 교사의 하루', '이웃집 여자'. 다들 빨간 딱지가 둘러진 C급 에로영화들이었다. 비우의 얼굴이 비디오 케이스만큼이나 붉게 확 달아올랐다.

"그냥 필요해서 보는 거예요."

메리야스 아저씨의 눈이 짓궂게 올라갔다.

"왜? 남자 친구 오나 보지? 근데 이런 건 재미없어. 진짜 끝내주는 거 있는데 그거 볼래? 그건 아무나 안 빌려주는 거야."

그와 동시에 메리야스 아저씨의 음침한 눈길이 비우의 실한 가슴팍에 꽂혔다. 사실 더운 여름이라 조금 파인 옷을 입긴 했지만 저렇게 노골적인 눈빛을 받을 정도의 가슴은 아닌지라 비우는 기분이 팍 상해 버렸다.

"그냥 이거 주세요."

"아니, 이거 재미없다니깐."

"됐거든요!"

"거참, 다른 거 재밌는 게 있대도 그래. 쯧쯧."

메리야스 아저씨가 고시랑대며 비우가 고른 비디오들을 하얀색 반투명한 비닐 봉투에 넣어주었다.

"아저씨! 검은색 봉투는 없어요?"

"아, 우리 집은 다 이거야. 뭔 말이 그렇게 많누."

그래, 저런 똥배에도 당당히 메리야스 하나만 입고 있는 동네 아저씨의 뻔뻔함을 만만히 봐서는 안 된다.

비우가 입을 비죽이며 계산을 하고 밖으로 나왔다.

"내가 다시는 이 집에 오나 봐라."

그녀가 털레털레 지친 걸음으로 룸메이트와 함께 살고 있는 집으로 향했다. 13평짜리 작은 주공아파트는 비좁고 무더웠지만 오늘 이래저래 피곤한 일들을 겪은 비우에게는 지금 가장 편히 쉴 수 있는 곳이었다.

어둠침침한 복도를 돌아 맨 끝에 처박혀 있는 104호의 문 앞에 다가선 비우가 가방을 뒤적여 열쇠를 꺼냈다. 그 다음 그녀가 한 일은 열쇠를 열쇠 구멍에 꽂는 일이 아니라 발로 문짝을 한 번 걷어차는 것이었다.

쾅!

요란한 소리가 울리고 나자 어딘지 삐딱해 보였던 문이 제자리를 찾았다. 그 완벽한 모양새에 비우가 씨익 한번 웃어주었다.

"이제 너도 슬슬 말을 잘 듣는구나."

이곳으로 막 이사 왔을 때 저 아귀가 안 맞게 된 문짝 때문에 얼마나 고생을 했던가. 처음 이 문짝에 열쇠를 꽂아 넣고 돌리기 위해 비우는 무려 삼십칠 분이라는 시간을 허비해야 했었다.

"랄라."

비우가 흥얼대며 열쇠 구멍에 열쇠를 꽂았다. 그 순간,

찰칵!

안쪽에서 문이 열렸다.

"아, 비우 왔구나."

문 안쪽에서 그녀의 동거 일 년 차 룸메이트의 얼굴이 빼꼼하니 보였다. 막 집에 돌아와 샤워를 마친 듯 촉촉하게 젖은 머리

를 하고 벗은 어깨에는 수건을 두른 상태였다.

비우가 저도 모르게 활짝 미소를 지었다.

"앙. 오늘은 집에 일찍 왔네?"

"어, 약속이 없어서. 빨리 들어와라."

"응."

비우가 현관에 들어서 구두를 벗는 동안 그녀의 룸메이트가
비우의 손에 들린 반투명 비닐 봉투를 뚫어지게 바라보았다.

"그거 뭐야?"

"응, 이거? 아, 아무것도 아냐."

비우가 화들짝 놀라 봉투를 뒤로 감추었다. 그 바람에 막 신
발을 벗느라 살짝 들어 올렸던 한쪽 다리의 균형이 흐트러지며
비우가 휘청였다.

"으앗, 조심해!"

그녀의 룸메이트가 재빨리 손을 내밀었지만, 이미 늦었다. 비
우는 콰당 하고 현관에서 마루로 올라오는 모서리에 턱을 박고
야 말았다.

"으윽……. 열나 아프다."

"으유, 조심하지."

그녀의 룸메이트가 이를 드러내며 싱긋 웃었다.

"자, 얼른 일어나."

"어, 어……."

그녀의 얼굴에 수줍은 미소가 가득 떠올랐다.

그녀의 룸메이트, 박상혁. 올해 스물넷의 동갑내기 친구로 군대 대신 박봉의 방위산업체 근무지를 택한 평범한 휴학생. 현재 그녀가 살고 있는 이 좁은 아파트의 실명 소유주인 그는 비우가 대학교 1학년 때 이후로 지금까지 쭉 짝사랑하고 있는 상냥한 미소의 남정네였다.

비우는 상혁이 내민 손을 붙잡고 어영차 일어섰다. 스스로도 어쩌지 못하는 헤벌쭉 웃음을 얼굴 가득 짓고 있는 그녀는, 지금 자신의 얼마나 바보 같은 얼굴을 하고 있는지 유감스럽게도 전혀 눈치채지 못하고 있었다.

상혁이 비우를 보고 말했다.

"마침 할 일 없었는데 잘됐다. 같이 네가 빌려온 비디오 보면서 맥주나 마시자."

캑!

비우의 얼굴에서 미소가 사라졌다.

"왜, 나랑 맥주 마시는 거 싫어?"

"아, 아니…… 아니, 아니, 그게…… 이 비디오가 글쎄…… 별로 재미가 없는…… 에에, 그러니까 말이지…… 에에에에……."

상혁이 피식 웃으며 돌아섰다.

"너 샤워할 동안 난 맥주 사 올게."

두울

제기랄, 왜 하필 이 좋은 시간에 이래야 되느냐 말이지. 이게 다 박경진 그 인간 때문이다! 어쩜 이렇게 인생에 도움이 안 될까, 그 인간은!

군 미필이라는 이유로 들어간 방위산업체에서 밤낮으로 혹사 당하고 있는 상혁과 이렇게 오붓한 시간을 보내기란 쉬운 일이 아니었다. 상혁은 아침 일찍 출근하고—그래 봤자 여느 회사와 마찬가지로 아침 아홉 시까지였지만 비우에게는 굉장히 이른 시간처럼 느껴졌다—거의 막차를 타고 귀가하는 험난한 생활을 이어나가는 중이었다.

말이 룸메이트지, 얼굴 한 번 보기 드문 인간이었다. 주말도 마찬가지다. 회사에 가는지, 다른 약속이 있어서 나가는지는 알 수 없었지만 그의 토요일 날은 항상 외박이었다. 그의 말로는 늘 모임이 있다고 했다.

그렇기에 오늘처럼 상혁을 독점하는 것은 실로 몇 달 만의 일이었다. 좋아한다는 감정을 깨닫기 전에 먼저 친구가 되어버린 상대라 사 년이 넘는 시간 동안 말 한 번 못하고 끙끙 앓고 있던 비우는, 그래서 몇 달 만에 한 번씩 찾아오는 이런 황금 같은 시간을 나노 단위로 끊어 100% 활용해도 모자를 판국이었지만 오늘은 영 아니었다. 그래, 오늘은 정말이지 날이 아니었다.

오붓하게 한침대 위에 앉아 반쯤 얼은 캔 맥주를 나누며 영화 한 편을 감상하는 이런 로맨틱한 시간에! 대체 저 저질스럽고 유치하기 짝이 없는 C급 에로영화는 뭐냔 말이냐!

눈물이 나올 지경이었다.

"저기저기, 상혁아, 저거 너무 재미없지. 우리 그만 다른 거 보자."

라고 비우가 어색하기 짝이 없는 분위기를 억지로 깨부수고 입을 열려는 순간, 상혁이 갑자기 별생각없이 말을 꺼냈다.

"에, 저럼 아플 텐데. 저 영화 거짓말이다."

쿨럭!

순간 입에 들어 있던 맥주가 튀어나올 뻔했다.

"그, 그래……?"

여자도 아닌데 네가 그걸 어떻게 아니, 상혁아.

화면에서는 행복 비디오의 메리야스 아저씨처럼 두툼한 뱃살을 가진 중년 아저씨와 스물이 될까 말까 한 보송보송한 젊은 여자가 뒤엉키고 있는 낯 뜨거운 정사신이 한창 진행 중이었다.

중년 아저씨는 그 육중한 배 밑에 야리야리한 젊은 여자를 깔고서는 마구 밀어붙이고 있었고, 그 밑에 깔린 여자는 무겁지도 않은지 연신 '좋아, 좋아'를 외치고 있었다.

"저 봐, 남자랑 여자랑 거의 직각이잖아. 질이 여자 몸속에 저렇게 수직으로 있을 리가 없는데, 저렇게 하면 되게 아파."

상혁의 친절한 설명이 이어졌다.

"역시 진짜로 하는 게 아닌가 보네."

비우의 얼굴이 안절부절못한 모양새로 달아올랐다.

"아니, 상혁아, 그게 말이지……."

상혁이 맥주를 한 모금 마시더니 비우를 돌아보았다. 늘 귀엽다고만 생각했던 그의 상냥한 얼굴에 야릇한 미소가 떠올라 있었다.

"그런데 웬일이냐, 네가. 저런 걸 다 보려고 하고. 남자 친구 생겼어?"

"아니, 아니! 남자 친구는 무슨."

"그럼 갑자기 왜?"

"아니, 그게……."

사실 저것들은 모조리 자료용이었다. 낮에 박경진 그 인간이 한 말이 비수마냥 가슴에 와서 콱 꽂힌 사연으로 인한. 그러나 왠지 상혁이 앞에서 박경진 이야기는 하기 싫었다. 그래도 작가랍시고 사인북도 한 권 안겼는데, 그딴 식으로 편집장한테 깨졌다는 이야기를 하자니 좀 부끄러웠다.

어쨌거나 그녀는 상혁을 짝사랑하는 중이니까. 이왕이면 좋은 모습만 보이기로 하자.

"음, 그러니까…… 그냥."

"그냥?"

"아니, 그냥…… 으음, 으음…… 그러니까 그냥 궁금해져서."

상혁의 얼굴에 짓궂음이 더해졌다.

"왜 궁금해졌는데?"

"아니, 그냥…… 그러니까 내가 명색이 로맨스 작가잖아. 저런 장면도 좀 알아두어야 하지 않겠어? 응? 뭐, 그런 거지."

"아항, 그러니까 네가 하고 싶어서는 아니고 그냥 궁금해서라 이거지."

"아니, 아니, 그게……."

씨익. 상혁의 얼굴에 걸린 미소가 비우는 알 수 없는 이유로 한층 강렬해졌다.

"뭐, 정 원한다면 그런가 보다 하고 넘어가 줄게."

상혁이 다시 화면으로 눈을 돌렸다. 화면 속의 중년 아저씨와 젊은 여자는 그새 체위를 바꿔 후배위의 위치로 돌아서 있었다. 처음에는 두 사람의 엉덩이만 화면에 가득 클로즈업되더니, 곧이어 카메라가 돌아가 앞뒤로 흔들리고 있는 여자의 얼굴을 가득 비추었다. 수술이라도 했는지 탱탱하게 흔들리는 가슴이 굉장히 선정적이었다. 그리고 그것을 상혁과 보고 있는 비우는 민망해 죽을 것 같았다.

"저기, 상혁아, 우리 저런 건 그만 보……."

"우와, 되게 오래 한다."

상혁은 아무렇지도 않은 얼굴로 열심히 화면을 지켜보고 있었다.

"저 여자 가슴 되게 크다. 수술했나 봐. 하긴 저런 영화 찍으려면 가슴이 좀 커야지."

상혁의 눈길이 비우의 가슴 쪽으로 내려왔다. 그렇다고 행복비디오의 메리야스 아저씨처럼 노골적인 중년의 눈길로 보는 것이 아니라 대상을 객관적으로 관찰하는 듯한 진지한 눈길이었다.

"너도 작은 편은 아니네. 아, 이제 보니 너 가슴 꽤 예쁘다."

화끈. 확실하게 달아오르는 얼굴. 비우가 맨손으로 부채질을 하며 중얼대듯 말했다.

"어, 왜? 가슴이 큰 게 예뻐?"

"뭐, 꼭 그런 건 아냐. 작아도 모양이 예쁠 수도 있고."

"그런데 왜 영화 찍으려면 커야 돼?"

"음…… 그거야 좀 커야 만질 맛도 나고 그러니까. 남자들은 다 똑같애."

으음, 다 똑같다라.

비우가 머리카락 속에 손가락을 찔러 넣고는 벅벅 긁어댔다.

뭐랄까…… 왠지 상혁과 이런 이야기를 주고받는다는 게 조금 마음에 들지 않는다고나 할까.

물론 상혁과 같이 있다는 사실 자체는 황홀했다. 그가 숨결이 닿을 만큼 가까이 앉아 밀착된 상태에서 말을 한다는 것 자체는 온몸이 부들부들 떨릴 정도로 근사한 기분이었다.

문제는 대화의 내용이었다. 이렇게 태연하게, 저런 성적인 얘기를, 정말이지 눈 하나 깜짝 안 하고, 마치 어릴 때부터 함께 자란 거시기 친구처럼 하고 있다는 사실을 인정하기 싫은 것이다.

이봐, 상혁 군. 나도 여자라고. 이성이라고. 난 네 거시기 친구가 되고픈 마음은 요만큼도 없어!

비우의 마음속 절규와는 상관없이 거시기 친구랑 대화하듯 허물없는 상혁의 말은 계속 이어지고 있었다.

"여자들이 정말 저렇게 삽입만으로도 좋아하면 참 편할 텐데."

어절시구. 점점 더 노골적이 되는구나.

"으음…… 뭐, 저건 영화니까."

"그렇지. 이제까지 같이 잔 여자들 중에서 삽입만으로 오르가즘을 느꼈다는 여자는 없는 걸로 봐서 저건 아무래도 거짓말 같아. 뭐, 진짜로 저런 여자가 있을 수도 있지만 아주 드물 거야."

콱!

가슴에 비수가 하나 더 날아와 꽂혔다.

뭐시라? 이제까지 같이 잔 여자들? 여자도 아니고 여자들? 오냐, 그래. 손에 쥐어지는 떡은 마다하지 않았다는 소리로구나.

사실 상혁이 대학 시절부터 따르는 여자가 많다는 것은 비우도 익히 알고 있었다. 상혁이 탄탄한 근육질 체구에 조각 같은 미남상은 결코 아니었지만, 그는 정말로 못 견딜 만큼 사랑스러운 미소를 지을 줄 아는 몇 안 되는 남자 중 하나였다. 아마도 비우가 이제껏 봐온 남자들 중에서 가장 사랑스러운 존재일 것이다. 170㎝가 조금 넘는 아담한 키에, 역시 적당히 마른 몸매와 깨끗한 하얀 피부, 남자치고는 털도 거의 없는 편이어서 그의 사랑스러움은 한층 더 빛났다. 쌍커풀이 엷게 진 눈은 조금 건조한 듯 보였지만 굉장히 맑았다. 촘촘히 길게 뻗은 속눈썹은 여자인 비우보다 훨씬 더 예뻤으며 약간 도톰한 듯 보이는 입술은 양끝이 묘하게 휘어 어딘지 모르게 색정적인 느낌도 주고 있었다.

한마디로 그는 무척 예쁘게 생긴 남자였다. 뭐랄까, 남자라기보단 오히려 소년이라는 말이 더 잘 어울리는 녀석이라고 해야 할까. 아직도 그의 바지는 철없는 십대처럼 통이 넓었다. 그런데 문제는 그게 더할 나위 없이 잘 어울린다는 것이다. 심지어는 회사에서도 '상혁 씨는 그런 바지가 아니라 정직한 바지를 입으면 뭔가 어색할 거야'라는 이유로 별다른 제재를 받지 않는다고 했다.

그러나,

상혁이 너무 예쁘고 사랑스러워—물론 이비우의 주관적인 판단과 순 제멋대로 취향이 반영되어 있지 않은 100% 객관적 지표라는 사실은 보증할 수 없지만—여자가 많이 꼬이는 사실은 물론 잘 알았다. 그는 연애 중인 기간이 싱글인 기간보다 훨씬 길었으며 여자 친구도 한두 달 단위로 바뀌곤 했다. 그러나 이렇게 노골적으로 '그간 같이 잔 여자들'이라는 말은, 그를 사 년 동안이나 짝사랑해 온 비우 입장에서는 너무도 슬픈 얘기가 아니냔 말이다.

어쨌거나 현란한 살색의 화면은 계속 돌아가고 있었고, 여전히 그것을 바라보던 상혁은 손에 들고 있던 캔 맥주가 비었는지 비우의 것을 넘보기 시작했다.

"비우야, 너 그거 다 안 마실 거지."

"어? 응. 마시려고?"

"응. 나 줘."

비우가 캔 맥주 대신 손을 내밀었다. 상혁의 빈 캔을 내밀면 그곳에 자신의 맥주를 따라줄 생각이었던 것이다. 그러나 상혁은 비우가 내민 손을 가볍게 움켜쥐며 다른 손으로 그녀의 캔 맥주를 빼앗았다. 찌르르한 전율이 상혁의 따스한 손 안에 쥐인 비우의 손끝에서부터 시작되어 전신을 훑고 지나갔다. 그리고 더해지는 그의 '보는 사람 작살나는 미소'.

"고마워. 잘 마실게. 네 건 아직 시원하다."

그래, 이렇게 예쁜 놈이니 나처럼 목매는 년들이 한둘이 아니겠지. 난 어쩌다 이런 경쟁률 높은 남자를 좋아하게 됐을까.

"고, 고맙긴."

"아, 하긴 너 원래 맥주 잘 안 마시지."

"맥주만 잘 안 마시니, 소주도 못 마시고 양주도 못 마셔."

"응, 그러니까 우리가 별로 안 친하지."

퐉! 퐉!

연달아 날아와 맨심장에 처박히는 비수들.

아아, 그래. 대학교 사 년 내내 알고 지냈고 지금은 같이 사는 처지가 되었지만 넌 우리가 별로 친하지 않은 사이라고 생각하고 있었구나. 그랬구나.

비우의 처참함은 아랑곳없이 상혁의 말이 계속 이어졌다.

"그래도 일 년 동안 같이 살았던 거 생각하면 신기해, 그렇지?"

상혁이 그녀를 돌아보며 다시 한 번 웃었다.

"뭐, 그거야…… 둘 다 급했으니까."

"응, 맞아. 둘 다 살 집 마련하느라 급했지. 어쨌거나 시기가 참 잘 맞았어. 그렇지?"

"응, 으응. 정말 그랬지."

사실 시기가 잘 맞은 건 그녀였을 뿐이다. 이 집은 꽤나 낡긴 했지만 전부터 상혁의 소유였고, 그녀는 그저 상혁의 호의로 옷가지를 비롯한 짐만 들고 작은 방 한 칸을 차지한 것에 지나지 않았다. 물론 공과금과 기타 잡비는 그녀가 부담하고 있긴 했지만.

"너 없었음 혼자서 못살았을 거야."

이놈 자식! 그렇게 예쁜 얼굴로 그따위 말 하지 말란 말이다!

가슴 떨려 죽을 것 같단 말이다!

"왜…… 왜? 어차피 이 집은 네 집이고, 내가 신세지고 있는 거잖아."

그 말에 상혁이가 코에 주름을 잡았다.

"경제적인 면에서도 사실 다행이었어. 내 박봉으로 관리비랑 공과금 내고 나면 허리가 휘었을걸. 게다가 나 외로움 되게 잘 타거든. 사실 혼자 사는 남자 집에 군말없이 들어와 살 여자는 없잖아. 사귀는 사이도 아닌데. 그래서 그때 너한테 되게 고마웠어."

덜컹덩컹.

이것은 한 남자를 사 년째 짝사랑하고 있는 스물네 살 숫처녀 이비우의 심장이 흔들리는 소리였다.

그게 고마운 거라면 난 벌써 너한테 고마워 죽었게.

"고맙긴, 내가 더 고맙지."

"서로 고마워하니 우린 정말 괜찮은 룸메이트다. 그렇지?"

"어, 음…… 그렇게 되나?"

"어, 이 자식. 반항하네. 그럼 아니라는 거야?"

"아, 아니, 아니…… 물론 그렇네."

상혁이 말을 더듬는 비우를 바라보며 다시 히죽 웃었다.

"너 오늘 되게 귀엽다."

뭐, 뭐시라?

"앙?"

"귀엽다고. 이비우한테 이런 면이 있는 줄 처음 알았네."

상혁의 손이 뻗어와—언제나, 늘, 한결같이, 변함없이 예쁘다고 생각하고 있던 그 하얀 손이었다—비우의 머리카락을 쓰다듬었다.

"헤에, 이러고 얌전히 있으니까 꼭 여자 같잖아."

이놈아! 내가 여자가 아니면 대체 뭐란 말이냐!

"아니, 아니…… 저기, 나 여자 맞거든? 그럼 넌 날 남자로 알고 있었단 말이야?"

"아니, 내 말은 그냥 친구였단 거지. 친구랑 여자는 달라."

"어, 어째서? 어떻게? 왜?"

"다르니까 다른 거지."

머리카락을 쓰다듬던 상혁의 손이 어느샌가 비우의 어깨를 두르고 있었다. 그만큼 그의 얼굴이 바싹 다가왔다. 아주 가깝게.

—으음, 아앙…… 꺄앗!

이해할 수 없게도, 저 혼자 돌아가고 있는 C급 에로물에서 흘러나오는 여주인공의 신음 소리가 귓가에 정밀확대되는 그 순간!

상혁이 물었다, 그 예쁜 눈을 또랑하게 뜬 채.

"키스해도 돼?"

쿵!

이것은 한 남자를 사 년째 짝사랑하고 있는 스물네 살 숫처녀 이비우의 심장이 저 밑바닥으로 추락하는 소리였다.

"그럼 한다."

그리고 상혁의 입술이 다가왔다.

"**헥**헥헥, 황희경!"

"웬일이니, 이비우? 네년이 뛰는 것도 보고."

"헥헥! 시간있어? 있으면 나랑 얘기 좀 하자. 아니, 없어도 해."

"무슨 일인데?"

"아무튼!"

희경은 비우의 가장 친한 친구였다. 둘 다 먹고 살기 바쁘다는 이유로 한 달에 두어 번 만날까 말까 하는 얄팍한 관계를 유지하고 있었지만, 어쨌거나 서로 외에는 이렇다 할 만한 친구가 없으니 제일 친한 친구가 맞는 셈이었다.

희경이 딱딱 굽 높은 슬리퍼를 끌며 밖으로 나왔다. 그녀가 사촌 언니와 함께 살고 있는 복층 원룸은 비우네 집에서 느린 걸음으로 한 이십 분 정도 거리에 있었다. 그런 거리를 십삼 분 만에 왔으니, 걷기 이상의 운동이라면 딱 질색인 비우가 지금 얼마나 절박한 심정인가를 알 수 있었다. 그것도 이런 한밤중에 말이다.

"아, 이런 썅년. 오밤중에 귀찮게 말이지."

"집 앞에서 할 얘긴 아니니 우리 좀 나가자. 아, 그래, 맥주 마실래? 내가 쏘마."

"아, 그럼 잠시 옷 좀 갈아입고."

"에이씨, 망할 년아. 요 앞에 가는데 뭔 놈의 옷이야. 그냥 나와."

"나 트레이닝복에 슬리퍼 신었는데?"

"미친년이 좋겠어, 썅년이 좋겠어?"

"더러운 년."

얼굴을 찡그리며 욕설을 내뱉어준 희경이 고맙게도 순순히 비우를 따라나서 주었다.

그렇게 들어가게 된 곳은 작은 동네 호프집. 술 취한 아저씨, 아줌마들로 두 테이블이 꽉 찬 호프집 안은 시끄러웠다. 곱게 자란 아가씨 희경의 눈살이 찌푸려졌다.

"야, 여기 진짜 시끄럽다. 나가자."

"안 돼! 여기가 제일 가깝단 말이야. 다른 데 찾으려면 일이십 분은 또 걸어야 하잖아."

"이년이, 뭐가 그렇게 급한데!"

"진짜, 진짜, 진짜, 진짜 급한 일이야. 내 대학 생활 전부하고도 지금의 반 백수 생활 일 년이 걸린, 몽땅 걸린 일이야."

"이런 그지 같은 년."

말은 그렇게 하면서도 희경은 개중 입구와 가장 멀리 떨어져 있는 구석 테이블에 자리를 잡았다. 역시 그녀는 비우의 가장 친한 친구였다.

둘은 그들이 가장 좋아하는 메뉴인 양념치킨 한 마리와 희경을 위한 생맥주 피처 한 개, 비우를 위한 콜라 한 병을 시킨 다음 본격적인 이야기로 들어갔다.

"후딱 말해 봐."

희경의 말에 비우가 시체라도 되살릴 듯한 진지한 눈빛을 하고 입을 열었다.

"황희경, 너 박경진 그 인간 알지."

"박경진? 박경진이라는 이름을 가진 인물이 하나라면 말이지, 지금으로부터 석 달 전에 너는 지금처럼 오밤중에 날 찾아와서는 박경진이라는 이름의 잘생기고 잘빠진 서른네 살 독신남이 네 하릴없는 백수 인생을 구원해 준 메시아 같은 존재라는 말을 했어."

캑!

"거짓말!"

"썅년아, 네 입으로 분명 그랬거든?"

희경은 기억력이 좋다. 그녀가 이렇게 진지하게 맞대응한다면 비우가 진 것이다.

"뭐, 좋아. 그땐 그랬나 보군. 아무튼 오늘 그 인간이 내게 무슨 짓을 저질렀냐면, 지난 두 달 반 동안 머리 싸매고 끙끙 써 내려간 내 소중한 밥줄을 쓰레기통에 처박으며 쓰레기라고 부르는 엄청난 모욕을 선사했어."

순간 희경의 얼굴이 딱딱하게 굳었다.

"뭐? 뭐 그런 개새끼가 다 있냐?"

"그치, 그치? 정말 빌어먹을 인간이지?"

"이유가 뭐래?"

"저번에 말한 문제가 수정이 안 되어 있다는 사소하기 짝이 없는 이유로 말이야."

"그 문제가 뭔데?"

"음…… 내 소설이 로맨스라는 장르임에도 불구하고 다섯 살배기가 읽는 동화책 같다는 것."

"그 말은 다시 말해, 네 로맨스 소설이라는 게 제대로 된 키스신 하나 안 나왔다는 뜻이야?"

"에에…… 뭐, 그렇지."

희경이 양손을 들어 보였다.

"아까 박경진더러 개새끼라 부른 거 취소. 좀 직설적인 사람이네."

"뭐? 넌 어떻게 친구의 밥줄을 쓰레기라 부르는 인간을 단지 직설적일 뿐이라는 점잖은 표현으로 그냥 끝낼 수 있니?"

"야 이년아, 나라도 변변한 키스신 하나 없는 영화는 안 보거든. 뭐 할 말 있냐?"

"······그러니?"

"물론. 요즘은 애들도 그런 거 안 봐."

그래, 너 잘났다, 이년아.

비우가 어거지로 고개를 끄덕였다.

"뭐, 좋아좋아. 그러더니 그 직설적인 인간이 나에게 이렇게 말했어. 시간은 넉넉히 줄 테니 지금 원고에서 야한 장면을 몇 장면 더 삽입해서 써오라고. 그럼 원하는 대로 계약해 주겠다고 말이야. 나는 당연히 이를 바드득 갈면서, 책표지에 19금이라는 빨간 딱지를 붙여야 될 정도로 민망하고 노골적인 글을 써다 주겠어! 라는 오기로 집에 들어가는 길에 비디오 가게에 들러서 에로 비디오를 몇 편 골랐어."

희경의 표정이 변했다. 그 표정을 딱 한마디로 표현한다면 '얼씨구' 라고 할 수 있을 것이다.

"좀 닥치고 들어, 황희경. 어쨌거나 나는 그 길로······."

줄기차게 이어지려는 비우의 말을 희경이 뚝 잘라먹었다.

"이비우, 확실하게 짚고 넘어가자. 분명 난 아무 말도 안 했는데?"

"각! 지금 분명히 표정으로 얼씨구, 하고 있었잖아. 아무튼 나는 그 길로 메리야스 아저씨한테 민망한 제목의 비디오 몇 개를 빌려서……."

"잠깐, 메리야스 아저씨란 뭔데?"

"황희경, 너 못 본 사이에 센스가 많이 죽었다. 메리야스 아저씨 정말 몰라?"

비우가 눈을 부라리며 말을 끊지 말라는 제스처를 해 보이자 희경이 화들짝 고개를 끄덕였다.

"아, 대충 알 것 같아. 트렁크인지 반바지인지 구분 안 가는 체크무늬 짧은 반바지 위에 하얀색 속옷 하나만 달랑 입은 동네 아저씨들 말하는 거지."

"딩동댕. 어쨌거나 비디오를 빌려서 집에 들어서는데, 글쎄 내 룸메이트가 집에 있었던 거야."

"앙."

"그리고는 자기 오늘 할 일이 없던 참인데 마침 잘됐다며 같이 맥주나 마시며 내가 빌려온 비디오를 보자는 거야."

"아, 점점 흥미로워지네. 그래서?"

"응응. 그렇지? 그래서 우리는 같이 시원한 맥주를 마시며 내가 빌려온 형편없는 C급 에로 비디오를 보기 시작했어."

"응."

마침 주문했던 맥주와 치킨이 나왔다. 희경은 주당답게 단숨에 생맥주를 한 잔 따라 원샷으로 가볍게 비어내더니 가장 큼직한 다리토막을 들고 냠냠 쪽쪽 뜯어먹기 시작했다. 눈 깜짝할 사이에 다리 하나를 다 해치운 희경이 태연하게 하나 남은 다리를 마저 들어 올렸다. 역시나 눈 깜짝할 사이에 희경의 입 안으로 쏙 빨려 들어간 닭다리는 맛깔스럽게 너덜대는 모습으로 튀어나왔다.

저런 나쁜 년. 혼자서 다리 두 개를 다 먹다니!

비우가 말을 끊고 자신을 바라보고만 있자 희경이 가볍게 손짓을 했다.

"어, 계속해."

쳇, 저걸 누가 말려.

"쳇, 얘기 다 끝나고 보자, 황희경. 어쨌거나 왜, 단둘만 있는데 비디오 화면은 계속 시뻘겋지, 좀 그렇잖아."

"어라? 그럴 게 뭐가 있어?"

"아무튼! 난 그랬어. 그런데 놀랍게도 내 룸메이트가 먼저 그런 얘길 꺼내는 거야. 저런 자세면 아프다느니, 삽입만으로 절정에 다다르는 여자는 없다느니 하면서."

"뭐, 경험이 좀 있나 보네. 그리고 그건 여자라면 다 아는 사실 아냐?"

"난 몰랐거든."

"그건 네가 경험이 없어서니 당연한 거고. 아, 물론 칭찬은 아냐. 알지?"

"아주 잘 알지, 망할 년아. 아무튼! 그런 얘기가 나오니 나는 민망해서 계속 버벅거리고. 그러더니 내 룸메이트가 자기 맥주를 다 마셨다며 내 걸 낼름 뺏어 들고는 자기가 홀딱 마시잖아. 물론 입대고."

"그래? 그게 뭐?"

"잘 들어. 여기가 중요해."

긴장되는지 비우가 커다란 얼음 잔에 콜라를 따라 벌컥벌컥 들이켰다. 희경이 그 모습을 경이롭다는 듯 바라보았다.

"와, 너 용하다. 그 정신으로 왜 술을 못 마실까."

"켈록켈록! 으으, 목 아파. 암튼! 이 장면 정말 중요해. 그러고 몇 마디 더 주고받다가…… 글쎄, 나더러 귀엽다는 거 있지."

"흐음. 네가 몰라서 그렇지 너 어리숙한 게 꽤 귀여워. 아, 이건 칭찬이야."

"샹년아, 욕으로 들려. 어쨌거나 여기서! 내 룸메이트가!"

"응! 네 룸메이트가!"

"내 룸메이트가!"

"네 룸메이트가!"

"내 룸메이트가! 글쎄, 나한테 키스를 했어!"

비우의 얼굴은 벌겋게 달아올라 있었고, 호흡이 그새를 못 참고 거칠어진 듯 숨이 쌕쌕거렸다. 그건 희경도 마찬가지였다.

"네 룸메이트 레즈였니? 야, 너 아무래도 거기 나와야겠다. 넌 노말인데 그런 사람하고 엮이면 곤란하잖아."

……아, 맞다. 남자랑 같이 산다고 하면 희경이 잔소리할 게 뻔하므로 비밀로 해뒀었지.

비우가 저도 모르게 손을 들어 머리를 벅벅 긁어댔다.

"아, 그게 아니라…… 저기, 저기…… 음…….."

비우의 머리 속에서 갈등이 스쳐 갔다. 희경에게 사실을 말하고 죽도록 용서를 빈 다음 예상대로 남자들의 심리에 관해 말해 볼까, 아니면 그녀의 잔소리가 귀찮다는 이유로 오늘은 그만 넘어갈까. 그러나 그대로 덮어두기엔 사 년간 성심성의껏 짝사랑해 왔던 남자의 키스는 너무도 유혹적이었다.

비우가 눈을 질끈 감고 남은 콜라를 깨끗이 비워냈다.

"사실 그게 아니라…… 나, 박상혁이랑 같이 살아."

"박상혁?"

순간 희경의 눈초리가 가늘어졌다.

"너 설마…… 99학번 박상혁 말하는 거야?"

"응."

"지금 그래서 박상혁 그 인간하고 같이 에로 비디오를 봤다고 얘기하는 거야?"

"응."

"같이 술 마시고, 그러다 같이 키스하고?"

"응."

탕!

희경이 갑자기 들고 있던 포크로 테이블을 찍었다. 어찌나 힘껏 내리찍었는지 포크가 그대로 테이블 위에 박혀 버렸다.

"너 미쳤니?"

비우가 화들짝 놀라 희경의 팔을 잡아당겼다.

"조용히 해! 사람들이 보잖아!"

희경이 그 팔을 홱 뿌리쳤다.

"이 미친년. 다시 말해 봐. 누구랑 산다고? 누구랑 뭘 어쨌다고?"

"말했잖아. 왜 그래. 왜 그렇게 흥분하는데. 우리 둘이 그렇고 그런 관계가 될까 봐? 내가 경험없다고 욕하던 건 너였잖아, 황희경."

"네가 딴 남자랑 동거를 하든 그래서 매일 섹스를 하든 나는 물론 안 말려. 나는 지금 네가 박상혁이랑 같이 살고 있는지를 묻는 거야."

"그래, 그 박상혁 맞아. 하지만 유감스럽게도 일반적인 의미의 동거 같은 건 아니고 매일 섹스도 안 해. 한 달에 한 번 얼굴 보기도 힘들어. 생활 시간대가 달라서. 그냥 말 그대로 룸메이트라구."

"그냥 룸메이트? 이제껏 쭉 그랬다고?"

"그랬다니깐."

"하! 그 인간이?"

"왜 그래, 희경아. 너 상혁이랑 잘 알아?"

"한진대학 99학번 여자애들…… 아니지, 99학번대랑 같이 학교 다녔던 한진대학 여자애들 중에서 박상혁 모르는 애가 어딨다구?"

"아, 물론 학창시절에 상혁이가 좀 소문나긴 했었지. 하지만 그거랑은 별개의 문제잖아."

"어째서 별개야?"

"그럼 어째서 연관이 되지?"

"그건⋯⋯."

무슨 생각에서였는지 희경의 말이 잠시 막혔다. 예쁘게 길러 메니큐어를 받은 손톱으로 테이블 위를 톡톡 두들기던 희경이 다시 입을 열었다.

"그래서, 네가 말하려던 게 뭐였는데? 박상혁이 너한테 키스 했는데, 그게 뭐 어쨌다고?"

희경의 눈은 차가웠다. 그러나 무표정과 무관심으로 차가운 것이 아니라 분노를 가장한 냉정함으로 차가운 눈빛이었다. 비우는 그녀가 그 눈 속으로 무척 많은, 자신은 결코 몰랐던 아주 많은 사연을 감추고 있음을 깨달았다. 자신이 솔직해지기 전까지 희경은 절대 그것을 꺼내놓지 않을 것이다. 비우가 한숨을 내쉬며 입을 열었다.

"나 상혁이 좋아해. 아니, 좋아했어. 아니아니, 좋아해 왔어, 지난 사 년 내내 쭉."

나름대로 독하게 마음 먹고 한 말인데 희경은 입을 비죽거리며 이렇게 대꾸해 주었다.

"골빈 년."

비우의 한숨 소리가 점점 커져 갔다.

"뭐라도 해도 좋아. 사람이 사람 좋다는데 그걸 누가 말려. 아무튼 그랬어. 그래서 그 애가 갈 데 없으면 공과금과 관리비를 부담하는 조건으로 자기 집 빈방에 들어오라는 소리 했을 때 죽도록 황송해하며 냉큼 들어간 거고. 하지만 물론! 너한테 방금 말한 것처럼 한 달에 한두 번 얼굴 마주치는 꼴이라서 꼬시려는 시도도 한 번 못해봤어. 그러기를 무려 아홉 달째야. 그런데 상혁이가 오늘 우연히 집에 있었고, 얘기가 오가다 결국 그렇게 된 거야. 사 년 내내 짝사랑하던 남자가 해주는 황송한 키스라서 나는 감히 뭘 어째야 좋을지 모르다가 나보다는 훨씬 더 풍부한 연애 경험이 있는 너한테 냉큼 달려와서 묻는 거고."

"뭘 물어?"

"상혁이가 나한테 갑자기 그러는 걸 연애의 시작으로 봐도 좋은지. 만약 그렇다면 지난 사 년 동안 못했던 것을 지금부터 적극적으로 한번 해볼 생각인데 그래도 좋은지."

희경이 가소롭다는 듯, 새된 웃음소리를 흘렸다.

맹세코 저런 표정의 희경은 비우에게는 처음이었다. 아주 낯선 모습의 희경이었다. 늘 싹싹하고, 공부 잘하고, 예쁘고, 활기차며, 자신감 넘치는 멋진 여자라고 생각했던 희경이 아니라 아파하고 화내고 상처를 드러내며 발톱을 세우는 표정의 희경이 비우의 눈앞에 자리하고 있었다.

대체 왜?

"지금 얘기할 때 똑바로 잘 들어, 이비우. 만약 네가 다른 남자랑 동거를 했었고, 아홉 달 동안 아무 일 없다가 오늘 갑자기 여차저차되어서 키스를 하게 된 거라면 난 당연히 그것을 연애의 시작이라고 말해 줬을 거야. 그런데."

"그런데?"

"그런데 유감스럽게도 박상혁이 그랬다면 그건 아니야. 물론 그놈은 그걸 연애라고 부를 수도 있겠지. 그런데 일반적인 연애랑 그놈이 평소 생각하고 있는 연애는 아주 차원이 다르거든."

"어떻게 다른데?"

"아주 달라, 아주! 내가 충고하는데, 너 당장 그 집에서 나와. 그리고는 박상혁 그놈 코빼기도 볼 수 없는 곳으로 이사가 버려. 그래서 다시는 이 동네 놀러 오지도 마. 내가 너네 동네로 갈게."

"야, 대체 무슨 일이 있었길래……."

"개새끼라는 말은 너네 그 직설적인 편집장한테 할 말이 아니라 박상혁 그 새끼 같은 놈한테 할 말이야. 알아? 너 당장 그 새끼 집 나와."

"희경아……."

"당장!"

비우가 자리에서 일어섰다.

"너 취했어, 황희경."

"황희경이 고작 맥주 한 잔에 취해? 이비우, 너 이런 식으로 도망가려고? 어림없어. 당장 그 집에서 나와. 그 집에서 붙어 있으면, 그래서 빨래고 청소고 식모처럼 집안일 다 해주고, 공과금이랑 관리비 다 내주면 그놈이 너 봐줄 거 같아? 어림도 없다구. 그 새끼한테 여자가 여잔 줄 알아?"

희경은 마치 비우의 생활을 눈으로 보고 있는 것처럼 정확히 읊어대고 있었다.

사실이었다. 비우는 기꺼이 빨래며 청소며 밥 짓는 일까지 해대고 있었다. 그 집이 상혁의 집이니까, 함께 사는 사람이 상혁이니까 기꺼이 해줄 수 있었다. 공과금과 관리비 따위는 아무것도 아니었다. 그런 일을 해대면서, 상혁이가 언젠가는 알아주지 않을까 하는 꿈 같은 기대도 저버리지 않고 있었다.

비우의 목소리가 낮아졌다.

"희경아, 나 너랑도 사 년 동안 친구였지만, 상혁이도 사 년 동안 좋아했어."

희경은 전혀 말을 들을 눈치가 아니었다.

"그게 무슨 대수라고!"

"나, 너 소중한 만큼 상혁이도 소중해. 그러니까 상혁이한테도 들을래. 그 말 듣고서 내가 판단할래."

"판단할 게 뭐가 있는데! 너, 내 말 못 믿어? 내가 거짓말하는 것 같니?"

설마. 내 친구 희경이가 설마. 설마 나한테 거짓말을 할 리가.

그러나 지금 이것은 친구에 대한 믿음과는 확실히 다른 것이었다. 비우가 잘 움직이려 하지 않는 입을 억지로 열어 말을 뱉어냈다.

"그런 거 아냐, 희경아. 난 그냥…… 내가 사 년 동안 말 한마디 못하고 끙끙 앓으면서 사랑했던 남자가 개새끼라면…… 그냥 너무 슬플 거 같아서, 그래서 내가 아주 힘들 거 같아서 그러는 거야."

비우의 눈에 눈물이 한 방울 맺혔다.

"나 먼저 일어설게."

돌아서서 나가는 비우는 끝내 눈가에 고였던 눈물이 주르륵 흘러내리는 것을 느꼈다.

그녀의 등 뒤로, 자신이 아는 한도 내에서 단연코 곱게 자란 아가씨의 대명사인 황희경이 끈적한 기름기가 묻어나오는 낡은 동네 호프의 테이블에 고개를 처박고 어깨를 들썩여 우는 것이 느껴졌기 때문이다.

네엣

—**S**weet dreams are made of this. who am I to…….

어디선가 들리는 음침한 노랫소리. 맨슨 교주의 나지막한 음성이 비우의 아침잠을 깨우고 있었다.

비우는 눈을 감은 채로 베개 밑으로 손을 집어넣어 휴대폰을 꺼냈다.

"으음, 여보…… 세요……."

맨슨 교주의 스윗드림은 들을 때마다 뒤집어지게 놀란다며 희경이 질색팔색을 하는 음악이었지만 모종의 이유로 석 달 가까이 비우의 휴대폰을 떠나지 않는 근성의 휴대폰 라이브 벨소리이기도 했다. 대학교 2학년 여름 무렵에 상혁이가 마릴린 맨슨에게 한동안 열중했다는 사실을 그녀가 아직도 또렷이 기억하고 있는 탓이었다.

[게으름뱅이. 지금이 몇 신데도 자는 거야.]

전화기 너머로 들려오는 목소리는 객관적으로 판단하자면 꽤나 근사한 축에 속했다. 적당히 낮았고, 적당히 세속적이었으며, 적당히 감미롭기도 한 그런 음성. 아마도 발라드를 부른다면 소녀 팬 여럿 죽일 명반을 만들고도 남았을 것이다.

그러나 비우는 이 멋진 목소리에서 왠지 음울하고 기분 나쁜 오로라를 느낄 수 있었다.

[원고는 잘되어가나?]

왜냐, 바로 박경진 편집장의 목소리였으니까.

잠시 수화기를 집어 던질까 말까 고민하던 비우는 이 최신형 라이브벨 폰의 할부금이 무려 아홉 달이나 더 남았다는 사실을 떠올리며 애써 떨리는 손을 다독였다.

"아침부터…… 웬 시비예요. 것도 전화까지…… 해서…….."

그녀가 아직도 정신 못 차리고 웅얼대는 음성으로 말하자 박경진이 전화기 너머로 얄미운 비웃음을 흘렸다.

[아침은. 벌써 오후 세 시가 넘었어.]

"난 지금이 아침이란 말이지요."

[시끄러워. 스스로 인간이기를 포기한 존재는 타인의 기준에 대해 왈가왈부할 자격이 없는 거야.]

"그거 본인한테 하는 말이죠?"

말이 곱지 않은 이유는 아직도 비우가 박경진에게 사뭇 감정이 남아 있기 때문이었다. 아마 박경진도 그것을 알고 있을 것이다. 알면서도 전혀 신경을 안 쓰니 뻔뻔하고 사악하다고 할 수밖에.

[흠, 희소식이 하나 있는데 말해 주지 말까.]

"그래 봤자 편집장님한테만 희소식인 거 아니에요?"

[천만에. 어제 임원회의에서 결정난 건데 우리 출판사에서 이번 년도 로맨스문학 공모전을 하기로 했거든. 새파란 아마추어도, 기성작가도 얼마든지 참여 가능한. 총 상금이 오천이 넘어.]

비우가 누운 자리에서 벌떡 일어났다.

"오천?"

[물론 한 사람한테 다 가는 건 아니지. 어디 보자, 대상은 이천이라는군.]

"이천?"

[그렇대. 우리가 전에 쓰레기라 결론 내렸던 그것 말이지, 내 생각에는 내가 지적했던 대로 야한 장면 몇 군데만 집어넣어서 잘 꿰매주면 대상은 아니더라도 금상까지는 노려볼 수 있을 것 같은데 말이야.]

"커헉!"

[그렇게 된다면야 넌 얼마든지 다른 출판사에서 계약 문의가 쇄도할 거야. 내 지긋지긋한 얼굴도 두 번 다시 안 봐도 되고.

어디 보자, 뭐라고 했지? 그래, '이 염병할 편집장 아저씨' 얼굴 말이야.]

비우의 얼굴이 확 달아올랐다.

"어머나, 그런 걸 다 마음에 품고 계시다니. 편집장님 보기보다 소심하시네요."

[네 무례함을 남 소심함이라고 둘러댈 생각은 말라구. 그런 작가들 아주 밥맛이니까. 지금 일어났으면 밥도 안 먹었을 텐데 같이 밥이나 먹지. 나도 바빠서 아직 못 먹었거든.]

이상하네. 박경진 이 인간이 왜 나랑 밥을 먹자고 그러지? 혹시 지금 얘기 거짓말인가?

[지금 너네 집 쪽으로 가고 있으니까 삼십 분 뒤에 만나자. 세수하고 옷 입고 있어.]

달칵.

그리고 전화가 끊겼다.

"쳇, 염병할 아저씨 같으니라고. 지 할 말만 하고 전화 끊는 싸가지 좀 보라지."

어쨌거나 그는 한다면 하는 인간이다. 삼십 분 뒤라고 했으니 오 분이라도 늦었다간 '시간 엄수 못하는 작가는 정말 밥맛' 이라느니 어쩌구 하면서 또 한참 갈궈댈 게 뻔했다.

비우가 삐그덕대는 몸을 일으켜 억지로 샤워를 하고 대충 아무 옷이나 주워 입고는 아파트 밖으로 나섰다. 생각보다 햇살이 화창한 것이, 방금 일어나 퉁퉁 부은 데다가 화장도 하나도 안

한 맨얼굴이 거슬리기 시작했다.

"들어가서 화장이라도 하고 나올까……."

비우가 손을 들어 뒤통수를 벅벅 긁었다.

"그러자니 시간이 좀 촉박한데……. 으음, 이걸 어쩐다."

그래도 아침의 태양—오후 세 시 반의 태양—은 너무 강렬하고 적나라했다. 분명 얼굴에 난 아주 작은 땀구멍, 아주 가느다란 솜털 하나까지 똑똑히 드러날 것이다. 최소한 자신을 풋내기 애 취급하는 사람 앞에서 그렇게 커다란 빈틈을 보이기는 싫었다.

"에잇, 귀찮더라도 들어가서 파우더나 한 번 찍어 바르고 나오자."

비우가 그런 생각으로 몸을 홱 돌리는데,

"엄마얏!"

끼이익!

느닷없이 검은색 차 한 대가 급회전을 해서 그녀 앞에 멈춰 섰다.

끼이이잉—

선팅된 창문이 내려가고 나자 인간 박경진의 두 눈동자가 또렷이 그녀의 맨얼굴을 응시하고 있었다.

"타."

"죽을 뻔했잖아요!"

"스치지도 않았다고."

"쇼크사 몰라요?"

"네 덩치를 보고 그런 말을 해라. 어디 연약해 보이기라도 해야 믿어주지."

"이씨!"

"할 말 없지? 그러니까 타."

"이씨!"

"안 탈래?"

"이씨!"

약이 올라 씨근대면서도 역시 약자 쪽인 비우가 얌전히 박경진의 차에 올랐다.

출발하는지도 모를 정도로 부드럽게 전진하는 차를 보고 비우가 놀라 입을 벌렸다.

"우와, 편집장님 차 되게 좋네요. 이런 차 처음 보는데. 우리나라 차 아닌가 봐요?"

"응, 독일 차야."

"편집장 월급이 그렇게 많아요?"

"중고야."

"아항. 중고는 좀 싼가 보다."

"뭐, 경우에 따라서는."

"그렇구나. 얼마 정도 해요?"

"그런 건 알아서 뭐 하게?"

"아, 외제 차 끈다고 잰다."

"재긴 누가 재!"

"지금 재잖아."

비우가 입을 삐죽거렸다.

"흥. 나이도 많으면서 심술맞긴."

끽!

그러자 잘 달리던 박경진의 차가 갑자기 멈춰 섰다.

빵빵!

놀란 옆 차들이 클랙슨을 누르고 난리도 아니었다. 심장이 쿵
쾅댈 정도의 소음과 소란이 전해져 왔다.

"미쳤어요? 왜 그래요?"

박경진이 비우를 돌아보았다. 그리고는 놀랄 틈도 없이 양손
을 들어 그녀의 뺨을 세게 잡아당겼다.

"으악! 으앗!"

그녀가 벌게진 뺨을 붙들고 울상을 짓는 것을 보고 난 박경진
은 다시 여유롭게 차를 출발시켰다.

"이 중년 변태!"

"시끄러. 누가 중년이래."

"서른넷이면 중년이죠!"

"난 아직 결혼도 안 했거든?"

"안 한 게 아니라 못한 거잖아요! 이렇게 못됐는데 누가 시집
와요?"

"너는 젊은 애가 사고방식이 왜 그따위냐. 시집을 오다니, 그

런 전근대적인 발언을 작가라는 애가 잘도 쓴다."

"트집 잡기는!"

"싫으면 트집 잡힐 행동을 하지 마."

"이씨!"

"그런 버르장머리는 어디서 배웠냐?"

"왜요, 가르쳐 줄까요?"

"나참."

더 이상 상대하기도 귀찮았는지 박경진이 말씨름하던 입을 다물고 운전에 집중했다. 핸들을 쥔 그의 손에 마디가 살짝 올라왔다. 길게 쭉 뻗은 손가락, 확실히 여자보다는 단단해 보이는 마디, 넓은 손톱. 비우의 시선이 박경진의 손에 가 닿았다.

"헤에, 남자 손은 이렇게 생겼구나. 꽤 크네."

벌써 관심의 대상이 옮겨간 비우는 좀 전까지 얼굴을 발갛게 달구며 그와 말다툼을 했다는 사실을 잊어버리고 말았다. 담배를 들고 있을 때도, 핸들을 쥐고 있을 때도 박경진의 손가락은 그의 늘씬한 몸매만큼이나 근사해 보였다. 한 번쯤 만져 보고 싶을 정도로.

박경진이 비우에게 슬쩍 시선을 돌렸다.

"내 손? 남자 손 처음 보냐?"

"으음, 처음은 아니지만 관심 갖고 본 손은 이제껏 하나밖에 없었거든요. 걔 손은 되게 하얗고 보들보들해서 여자 손처럼 예뻐요. 손 크기도 나보다 조금 더 큰 정도고……. 손가락 굵기는 아마도 나랑 똑같을걸요. 근데 되게 예쁘거든요. 그래서 난 남자 손도 그렇게 예쁜 건 줄 알았어요. 근데 편집장님 손은 좀 다르게 생겼네요."

"뭐가 다른데?"

상혁이 손이 예쁘다면, 박경진의 손은 멋졌다. 어딘지 모르게 야한 상상을 불러일으킬 정도로.

그러나 순순히 그런 말을 해줄 비우가 아니었다.

"상혁이 손보다 훨씬 더 커요. 그리고 더 길고…… 더 검고, 앗, 털도 있다."

박경진이 작게 웃으며 마치 '또 시작됐군'이라고 하는 듯한 표정을 지어 보였다.

"네 손에도 털 있잖아."

"쳇. 편집장님 털이 더 길잖아요."

"난 남자니까."

"상혁이는 남자라도 안 그런데."

박경진이 비우를 한 번 돌아보았다.

"상혁이가 누군데? 남자 친구?"

그 말에 비우가 세차게 고갯짓을 했다.

"아뇨! 남자 친구는 무슨!"

"그럼?"

"그냥……."

홍조가 가득 떠오르는 비우의 얼굴. 그 옆모습을 박경진이 기묘한 눈길로 훑어 내렸다.

"그냥 뭐?"

"그냥…… 나 혼자 오래도록 좋아했어요."

"……지금도 좋아해?"

"그럼요. 난 걔가 첫사랑인데. 아, 물론 무협 작가 좌백님 빼고요. 아무튼 첫사랑인데 난 평생 걔만 좋아할 것 같아요. 그렇게 좋아요. 벌써 사 년쨌데 날마다 더 좋아지고 있어요."

확실히 어젯밤 키스의 영향이 크긴 컸다. 별로 친하지도 않은 사람 앞에서 상혁의 얘기를 줄줄이 늘어놓고 있으니.

박경진이 다시 시선을 정면으로 향했다.

"얼핏 듣기로 말이지, 여성은 의도하지 않는 상대에게 자신이 좋아하는 사람 얘기를 할 때면 뭔가 그에 대해 자랑하고 내세울 게 있을 경우라는 소리를 들었어. 지금 너도 그런 거냐?"

"음?"

비우가 고개를 갸웃거렸다.

"그, 그런 걸까요?"

그런가? 나는 어제 상혁이랑 키스한 것을 이 사람 앞에서 자랑하고 싶은 걸까? 아니, 꼭 이 사람이 아니더라도 상관없이 그저 아무에게나 마구 떠벌리고 싶을 정도로 그렇게 좋은 걸까?

"인마, 그걸 나한테 물어보면 어쩌냐."

"저기…… 그게 저도 잘 모르겠거든요."

비우가 박경진을 바라보며 싱겁게 웃었다.

"이 녀석, 이제 봤더니 싱겁기도 하네."

그러면서 박경진이 그녀를 따라 웃었다. 하지만 그런 그의 웃음은 어딘지 모르게 씁쓸해 보이는 여운을 남기고 있었다.

다섯

박경진이 비우를 데리고 간 곳은 홍대 근처의 어느 자그
마한 이탈리안 레스토랑이었다. 작은 골목길 사이에 있어 단골
이 아니면 잘 모를 만한 그런 위치에 있는 이 식당은 경진을 잘
알고 있는 듯, 문을 열고 들어서는 그를 아주 반갑게 맞았다.

"어서 오세요. 오늘은 어린 아가씨가 동행이시네요. 혹시 조
카 분이세요?"

"아뇨. 우리 출판사에서 신세지고 있는 작가 분입니다. 자리
있죠?"

"박경진 씬데 없어도 만들어야죠. 이쪽 안으로 들어오세요."

작은 테라스를 가꿔놓고 한쪽 벽을 유리벽으로 만들어 외부

가 그대로 보이게 한 자리는 무척 밝고 예뻤다. 마치 외국에 온 듯한 착각마저 불러일으키는 인테리어였다.

"와아, 예쁘다."

비우의 감탄에 하얀색 주방장 유니폼을 입은 남자가 싱긋 웃었다.

"감사합니다, 작가님. 이쪽으로 앉으세요."

그가 능숙한 솜씨로 비우에게 의자를 빼주었다. 왠지 엄청나게 중요한 사람처럼 대접받고 있는 기분이었다. 순간 비우는 아무렇게나 흘러내린 자신의 머리 모양과 반바지도 긴바지도 아닌 어설픈 길이의 트레이닝 팬츠, 헐렁한 반팔 아톰 티셔츠, 찍찍 끌고 나온 구겨 신은 운동화가 쪽팔리고 민망해 견딜 수가 없었다.

"저기, 저기……."

비우가 박경진을 향해 작게 입을 열었다.

"응?"

"여기 말이에요. 뭐, 정장 입거나 그러고 들어와야 하는 데예요?"

비우의 물음에 박경진이 들고 있던 메뉴판으로 그녀의 이마를 톡 쳐댔다.

"바보냐. 그런 데면 네가 어떻게 들어왔겠냐."

"아, 듣고 보니 그렇네."

비우와 박경진의 모습을 보더니 자리를 안내해 준 하얀 유니폼의 그가 다시 한 번 싱긋, 좀 더 크게 웃었다.

"하하, 굉장히 재미있는 작가와 편집장의 관계네요. 그럼 두 분, 편하게 음식 고르시고 좋은 시간 되십시오."

예의 바르고 조용하게 몸을 돌려 유니폼의 그가 사라지자 비우가 어색한 미소를 흘렸다.

"헤에, 근데 오늘 웬일로 밥을 같이 먹자고 하셨어요?"

"엉? 좋은 소식 전해줬는데 당연한 거 아니야?"

비우가 고개를 갸우뚱했다.

"좋은 소식인데 왜 밥을 같이 먹어요? 소식 전해준 것만 해도 황송한데."

"무슨 소리야. 황송하니까 네가 사는 거지. 당연한 거 아냐?"

비우의 얼굴이 홱 굳었다.

"에엥? 당연하긴요! 당연히 먼저 같이 먹자고 한 사람이 내는 거죠!"

"시끄러. 뭐 먹을래?"

"시끄럽다뇨. 내가 지금 무슨 옷 입고 있는지 안 보여요?"

"뭘 입긴. 잠옷보다 조금 나은 수준의 옷."

"그렇죠? 사실 이거 잠옷이에요. 잠옷 겸 실내복. 이해 가죠?"

"뭐가 이해가 가?"

"그러니까 내 말은, 내가 지금 돈이 한 푼도 없다구요."

박경진이 메뉴판을 소리나게 탁 덮었다.

"여기 주문입니다!"

그의 목소리가 높이 식당 안을 울렸다. 다급해진 비우가 그의 팔을 잡아당겼다.

"이봐요, 이봐요, 편집장님. 돈도 없다는데 그렇게 막 시키는 게 어딨어요?"

"그럼 그냥 나가?"

"아니, 그러니까 내 말은…… 그러니까 돈 있는 사람이 내라 이거죠."

박경진이 그녀를 묘한 눈초리로 내려다보았다.

"그러니까 나더러 내라고?"

"네, 물론이요."

"내가 왜?"

"좋아요. 돈 내기 싫으면 내지 말아요. 뭐, 보아하니 아는 사이 같던데 저쪽에서 알아서 접시 닦는 일이라도 시켜주겠죠."

이렇게 실랑이하는 동안 다시금 하얀 유니폼의 그가 다가왔다.

"고르셨습니까?"

"아, 예. 저는 바질 토마토 팬네와 샐몬 샐러드 하나 주시고 이쪽은 시금치 파스타로 주세요. 샐러드는 다 빼고 토마토와 야채만."

비우가 눈을 부라렸다.

"잠깐! 나에게도 선택할 권리는 줘야죠!"

마치 미리 짜놓은 각본처럼 주르륵 이어지는 박경진의 대꾸
는, 비우로서는 생각지도 못한 것이었다.

"시끄러. 새우는 콜레스테롤이 높아서 안 돼. 지금도 운동 부
족일 게 뻔한 너를 어떻게 믿고 새우를 먹이느냔 말이야. 그냥
시켜주는 거 먹어."

이 인간이 내가 새우를 시킬 줄 어떻게 알았지?

"잠까안!"

"시끄러."

손을 내밀어 메뉴판을 빼앗으려는 비우의 손길을 피해 경진
이 재빨리 메뉴판을 건네자 하얀 유니폼의 그가 소리 죽여 쿡쿡
웃더니 메뉴판을 받아 들고 사라졌다.

비우가 넘쳐 나는 실망감에 한소리를 뱉어냈다.

"엑, 너무해. 나 새우 좋아하는데."

"뭔들 안 좋아할까."

죄책감이라고는 한 올도 없는 표정이다. 비우가 다시 입을 비
죽였다.

"어쨌거나 메뉴도 편집장님이 골랐으니 돈은 편집장님이 내
요. 알았죠?"

"좋아. 대신 영수증 줄 테니 나중에 갚아."

"앗, 쪼잔하다!"

"계산이 정확한 거지."

"이씨!"

"말 참 예쁘게도 한다."

"이씨!"

"내 앞에서 그런 말 쓰지 마라."

"이씨! 그런 편집장님은 내 앞에서 말 가려서 하세요?"

"아니. 내가 왜?"

"이씨! 그럼 왜 나더러만 가리라고 하세요?"

"억울하면 네가 편집장 해."

"이씨!"

"한 번만 더 그러면 잠옷 차림에다가 돈도 한 푼 없는 거지 같은 너를 이곳에 내버려 둔 채 나 혼자 가겠어."

"이…… 네."

박경진이 히죽 웃었다.

"이제야 말 잘 듣네. 협박이 안 따르면 남의 말을 들을 만한 마음이 안 생기나 보지?"

사실 꼭 그런 건 아니었다.

그저 비우가 박경진 이 인간에게 약할 뿐이다. 열 살이라는 나이 차이부터 시작해서 싫든 좋든 지금으로서는 비우의 밥줄을 움켜쥐고 있는 사람이라는 점과 이쪽에서 어떻게 나오든 늘 여유만만하게 자기 페이스를 유지하는 **뻔뻔함**을 고루 갖추고 있다는 점에서 비우는 일단 그에게 꿀리는 기분이 드는 것이다. 약이 올라 기를 쓰고 덤비다가도, 소용없다는 걸 깨닫고는 제 풀에 지치고야 만다. 지금처럼.

"뭐래, 뭐래. 마음대로 하세요, 지금 지갑 가진 건 편집장님이니까. 돈 없고 힘없는 사람이 참아야지."

비우가 입술을 삐죽 내밀고 창밖을 바라보았다. 햇살이 따갑게 맨얼굴에 와 닿았지만 지금은 눈곱만큼도 신경이 안 쓰였다.

왜 편집장은 사사건건 내 비위를 긁을까. 그것도 이렇게 어린애 취급하면서.

무려 나이 차이가 열 살이나 나긴 하지만, 그래도 이건 좀 억울했다. 아무리 나이가 어려도 그녀는 작가였고, 그녀가 알기로 작가한테 이렇게 막 구는 출판사는 없었다. 책이랑의 다른 직원들만 하더라도 그녀에게 늘 상냥한 어조로 '이 작가님'이라는 존칭을 사용해 줬고, 반말을 마구 해댄다거나 좀 버릇없이 굴었다고 해서 뺨을 잡아 늘이는 폭력 행위 따위를 동반하거나 하지도 않았다.

그녀가 아무리 내세울 것 없는 초출내기 무명 신인 작가라고 하더라도, 이건 잘못된 거였다. 뭔가 억울했다.

"왜 그래. 너 화났냐?"

하도 억울해서 그랬나 보다. 비우의 한쪽 눈가에 눈물이 고였다. 감추려 했지만 잘 되지 않았다. 햇살이 너무 밝았던 탓이다.

"다른 작가들한테는 안 이러시죠."

"응?"

예상외의 반격이었던 듯, 박경진이 놀라 움찔하는 모습을 보였다.

"갑자기 왜 그래?"

"다른 작가들한테는요, 이렇게 애 취급도 안 하고, 밥도 척척 잘 사주고, 꼬박꼬박 무슨 작가님 이렇게 불러주고, 반말도 안 하고, 머리를 때리거나 뺨을 꼬집거나 이런 짓도 안 하죠."

비우의 말에 박경진이 긴장을 풀고는 피식 웃었다.

"너 같으면 그러겠냐."

너무도 간단한 대답. 역시 비우라서 그랬던 것이다. 그녀가 어리고, 내세울 것 없는 무명 신인 작가라서.

비우의 눈에 고였던 눈물이 주르륵 흘러내렸다.

"왜요? 왜 나한테는 그래요? 내가 어려서요? 내가 다른 곳 어느 한 군데 계약해 줄 곳도 없는 무명 신인 작가라서요? 그래서 내가 만만해서요?"

아아, 이거 위험했다. 비우의 눈에 눈물이 걷잡을 수 없이 쏟아져 내리고 있었던 것이다. 박경진이 그녀를 잠시 지켜보다가 한마디 던졌다.

"그런 거 아냐. 어서 화장실 다녀와. 누가 보면 내가 너 울렸는 줄 알겠다."

네가 울린 거 맞잖아, 이 염병할 아저씨야!

비우가 벌떡 일어섰다.

"죄송한데 편집장님이 울린 거 맞거든요. 저 이만 먼저 일어나겠습니다. 도저히 밥 먹을 기분이 아니어서요."

비우가 몸을 돌려 재빨리 떠나려고 하는데, 박경진이 그녀의 팔을 덥석 움켜 쥐었다.

"그런 거 아니라니까. 어서 앉아."

에이씨! 염병할 인간아!

"이거 놔!"

비우가 빽 소리를 질렀다.

"네가 반말하면 나도 반말해. 우리가 선후배 관계야? 네가 내 아빠야? 오빠야? 왜 너는 나한테 반말하는데? 우리 일 관계로 만났어. 아무리 내가 너네 출판사에 빌붙어 있는 별 볼일 없는 작가라도 일 관계로 만났다고! 그럼 비즈니스로 대해. 그게 네가 좋아하는 정답 아냐? 왜 나한테만 이러는데? 내가 못나서 네가 나 무시하는 건 참을 수 있는데, 이런 식으로 애 취급하는 건 못 참겠어. 나 갈 테니까 앞으로 우리 얼굴 보지 말자. 네가 내 앞에서 꼬박꼬박 존칭 쓰지 않는 한 나도 너 안 봐. 네 얼굴, 일 관계 아니면 절대로 보고 싶지 않은 얼굴이니까!"

박경진이 놀라 멍하니 입을 벌리고 있는 사이, 비우가 젖은 얼굴로 쿵쾅대며 식당을 나섰다.

쏟아지는 햇살이 너무 따가워 죽을 지경이었다. 근 일 년간을 주침야활에 익숙해졌던 그녀는 갑자기 핑그르르 머리 속을 울리는 아득한 현기증을 느꼈다.

"이씨……."

속은 시원했지만, 현실은 막막하기 짝이 없었다.

그녀의 집은 대방동. 홍대에서 걸어갈 것을 생각하니 참으로

끔찍한 거리였던 것이다. 더구나 그녀는 집까지 걸어가는 길도
몰랐다.

삐질.

다시금 눈물이 축축한 눈 사이를 비집고 흘러내렸다.

"제기랄, 주머니에 돈 들은 거 없나."

주머니를 뒤지니 돈은 나오지 않고 대신 휴대폰이 나왔다. 핸
드폰을 열고 저장된 전화번호 목록을 뒤지던 비우의 눈에 갑자
기 생기가 돌았다.

psh군, 011—9996—XXXX이라는 목록이 눈에 들어왔던 것
이다. 상혁이 다니는 회사는 기적이 아닐까 의심될 정도로 멋진
장소인, 이곳 홍대에 있었다.

여섯

"엉엉……. 미안해, 상혁아. 실은 일이 그렇게 되어서……. 응. 내가 너네 회사 앞으로 찾아갈게. 어디야? 응, 응. 극동 방송국 알아. 거기서 홍대 방향으로 쭉? 아니, 그 반대로? 그럼 삼거리 나오고 그 옆에 골목길 있다구? 응, 응…… 응, 알았어. 거기 알 것 같아. 응, 그럼 십 분 내로 갈게."

통화를 마친 비우가 이리저리 두리번거리며 상혁이 가르쳐 준 대로 그의 회사 건물을 찾아 걷기 시작했다. 대낮에 홍대 주변이 한산해서 다행이었다. 아마도 저녁 여덟 시 이후였다면, 몰아치는 삐까번쩍한 인파들에 주눅 들어 이렇게 뻔뻔스럽게 얼굴을 드러내 놓고 다니지도 못했을 것이다.

이윽고 비우는 상혁이 설명해 준 대로의 칠층짜리 작은 벽돌 건물을 무사히 찾아냈다. 한쪽 벽에는 담쟁이 넝쿨이 고풍스럽게 매달려 있는 그 건물은, 방위산업체 회사가 들어와 있을 것이라고는 도저히 생각 못할 정도로 예쁜 건물이었다.

"어, 여기 맞는 것 같은데?"

비우가 건물 안으로 들어섰다. 엘리베이터가 없이 야트막한 경사의 계단만으로 이어진 건물을 보며 비우는 왜 상혁이 올라오지 말고 아래서 기다리라고 했는지 이유를 알 것 같았다.

"아무튼, 친절한 새끼."

그녀가 중얼중얼 혼잣말을 하고 있던 그때,

"엄마야!"

누군가의 손길이 듬직한 옆구리에 느껴져서 깜짝 놀란 그녀가 비명을 질렀다.

"뭘 그렇게 놀라? 나야."

뒤를 돌아보니 상혁이 예의 작살미소를 지으며 서 있었다. 박경진한테 이리저리 깨지고 난 후에 보게 된 미소라 그런지 한층 더 아리땁고 그립게 느껴졌다.

비우가 순식간에 긴장을 풀고 표정을 회복했다.

"야아, 왜 옆구리 살을 만지고 그래."

"어차피 많은 살 좀 만지면 어떠냐. 여기 찾느라 안 힘들었어?"

"응? 아니, 찾기 쉽던데. 건물이 예뻐서."

"여기야 다들 예쁘지 뭐. 근데 너 옷차림이 왜 그 모양이야?"

"아, 이거……."

"화장도 하나도 안 했네. 하긴 원래 잘 안 하지만."

"그, 그게…… 오늘은 좀 급해서……."

"선크림은 발랐어? 오늘 햇빛 따가운데 피부 아프겠다. 모자라도 쓰고 오지."

비우의 얼굴이 발갛게 달아올랐다.

"설명했잖아. 암튼 나 쪽팔려서 빨리 집에 가고 싶으니까 택시비 꿔줘. 집에 가서 갚을게. 여기서 얼마나 나오지?"

"길 막히면 한 만 원 정도? 혹시 모르니깐 이만 원 받아."

"응."

아아, 이놈 자식, 박경진 그 염병할 인간의 얼굴과 비할 바가 못 되는구나. 천배만배 더 예쁘다.

비우가 손바닥을 내밀자 상혁이 싱긋 웃었다.

"뭐야, 그냥 받아갈 거야?"

"엉? 이따가 집에 가서 줄게. 나 돈 하나도 없거든."

"참, 너는 친구 사이에 오가는 게 꼭 돈뿐이냐."

"에, 그럼 뭐? 나 지금 휴대폰하고 맨몸이 달랑인데."

"난 그래도 받을 거 있는데?"

"어?"

"내가 알아서 받아가도 돼?"

"뭐, 받아갈 거 있음 그래."

"그래?"

상혁이 갑자기 두리번대며 주위를 살폈다. 그들 주변에는 아무도 없는 게 뻔한데.

"그럼 받아간다."

그리고는 상혁의 따스한 입술이 와 닿았다.

뭐랄까, 축축하고 미끌대는 입술이 아니라 햇빛에 보송보송 마른 듯한 느낌의 따스한 입술이었다. 부드럽게 비우의 입을 벌려놓은 그의 입술 사이로 치약 냄새가 묻어나는 혀가 내밀어졌다.

상혁의 손이 허리를 감쌌고 다른 한 손의 비우의 턱을 붙들었다. 덕분에 바싹 밀착된 그의 몸이 느껴졌다. 평소에는 늘 여자처럼 날씬한 체구라고 생각했던 상혁의 몸은, 가까이에서 느끼자 의외로 단단했다. 그녀의 허리를 바싹 안은 팔뚝에는 잔뜩 힘이 들어가서 평소 이상적이라 생각했던 근육의 모양이 그대로 잡힐 지경이었다.

비우의 입 안으로 들어온 상혁의 혀가 부드럽게 움직였다. 민트 그린 향의 치약 맛이 고스란히 느껴지는 그의 혀는, 수많은 시인과 소설가들이 키스를 왜 달콤하다고 표현했는지를 액면 그대로 깨닫게 하는 기적을 발휘하고 있었다.

코끝에 와 닿는 그의 숨결도 따스하고 건조했다. 상혁의 코에서는 비누 향이 났다. 그의 머리에서는 은은한 피치 향의 샴푸 냄새가 났으며 아슬아슬 와 닿는 목덜미에서는 겐조 플라워의 꽃 냄새가 났다.

한마디로 그는 이상적인 남자였다. 사 년 하고도 육개월 동안 비우가 꿈꿔오던 것보다 훨씬 더 사랑스러운 인간이었다. 너무도 사랑스러워 현기증이 날 지경이었다. 비우가 질끈 눈을 감고 그의 목덜미에 매달렸다.

시간이 그렇게 얼마나 흘렀을까. 갑자기 상혁이 비우로부터 몸을 떼었다.

"아, 근무 시간인데. 이러고 있다가 큰일나겠다."

그는 또 좀 전보다 더욱 예쁜 미소를 짓고 있었다. 약간 수줍은 듯하면서도 한없는 다정함이 묻어나오는, 그런 종류의 너무도 예쁜 미소.

'아마 상혁이가 나보다 백배는 더 예쁠 거야.'

어처구니없게도 그런 생각이 먼저 들었다.

"큰일 내기 전에 너 먼저 가. 택시는 길 건너지 말고 요 앞에서 바로 잡으면 돼."

"어, 응…… 고마워."

"정말 고마워?"

"응? 응."

"그럼 오늘 밤에 집에 가서 네가 먼저 키스해 줘."

"에에…… 에?"

"약속했다."

상혁이 잽싸게 고개를 숙여 비우의 뺨에 쪽 소리나게 입을 맞추고 후다닥 계단을 올라갔다.

"집에 가서 보자."

상혁의 모습이 계단 위로 사라지고 나서, 비우가 스르륵 바닥에 주저앉았다. 다리 힘이 몽창 빠져나간 듯, 두 다리가 연체동물처럼 흐느적대고 있었다.

"상혁아…… 나, 너 죽을만큼 좋아해."

저도 모르게 비우가 소리 내어 이렇게 중얼거렸다. 그것도 아주 여러 번.

아주아주아주 여러 번. 몇 번이나 말했는지 기억도 나지 않을 정도로.

일곱

택시를 타고 무사히 집으로 돌아오자 집 앞에는 꽤나 놀라운 광경이 연출되고 있었다. 희경과 박경진이 나란히 서서 비우를 기다리고 있었던 것이다.

비우가 택시에서 내려 둘 중 누구에게 먼저 아는 척을 할까 고민하던 사이, 박경진이 먼저 다가와 비우의 팔뚝을 세게 움켜잡았다.

"이리 와, 나랑 얘기 좀 하자."

그는 약간 화가 난 듯했다. 눈매는 평소보다 더 매섭게 치켜올라가 있었고 얼굴에는 '나 건들지 마라'라는 경고성 오로라가 가득했다. 순간 자신이 대낮에 그에게 어떤 말을 퍼부었는지 기억해 낸 비우가 냉큼 컵을 집어먹고 그에게 붙들린 팔뚝을 슬며시 비틀었다.

"아야, 아파요. 놔줘요."

"얌전히 따라오면 놔주지."

"싫어요. 이제 얘기할 게 뭐가 있어요. 난 그냥 그랬고, 그땐 정말 화가 나서……."

비우가 박경진과 실랑이를 벌이고 있자 희경이 냉큼 다가와 박경진의 손을 움켜잡았다.

"이봐요, 당신 뭔데 우리 비우한테 행패예요?"

박경진의 눈썹이 꿈틀하고 올라갔다.

"이 아가씨는 누구지?"

"나? 나 비우 보호자예요."

"보호자?"

비우가 작게 중얼거렸다.

"보호자 같은 친구예요. 아무튼 이거 놔줘요."

희경과 비우의 손 두 개가 동시에 달라붙었지만, 비우의 팔뚝을 움켜잡은 박경진의 손은 꼼짝도 하지 않았다.

"잡아먹으려는 거 아니니 괜찮아요. 잠깐 얘기만 하고 돌려줄게요."

뜻밖에도 박경진이 예의 바르게 희경에게 양해를 구했다.

'어라, 저 인간이 왜 저러지?'

뭔진 모르겠지만 희경—즉 방해꾼—을 안심시켜 떨구어내기 위한 연막술일 뿐이다. 희경이가 사라진다면 박경진 이 인간은 자신을 한 대 쥐어박을지도 모른다.

"아냐, 희경아! 나 이 사람하고 할 얘기 없어! 이 사람 좀 저리 가라 그래."

다행히도 희경은 비우의 편이었다. 잘한다, 우리 희경이!

"이거 봐요, 우리 비우가 아니래잖아요. 어서 이 손 놓지 못해요? 경찰 부를 거예요!"

그러자 더욱더 놀랍게도 박경진이 희경이를 향해 고개를 꾸벅이기까지 했다.

"저 이 작가가 소속되어 있는 출판사 편집장입니다. 오늘 계약 건으로 잠시 자리를 마련했는데, 이 작가가 무슨 일이 있었는지 제 말을 오해하는 바람에…… 중간에 먼저 일어서서 얘기가 중단되었습니다. 급한 얘기라 마저 해야 하는데 친구 분 되시는 아가씨께서 양해를 좀 해주셨으면 합니다."

박경진이 더위 먹고 살짝 맛이 간 게 틀림없었다. 어린 여자들은 무조건 애 취급하는 저 인간이 저리도 정중하게? 이거 미친 거 아냐?

희경이 반 미심쩍은 눈초리를 비우에게 돌렸다.

"비우야, 이 사람 말 사실이야?"

"악! 넌 그 말을 믿냐! 물론 개뻥이지! 어서 경찰 불러!"

"그럼 이 사람 누구야?"

"어, 어?"

"이 사람 너네 출판사 편집장 맞아?"

"어, 어…… 그게, 물론 그렇지만, 저어……."

순간 희경이 잡고 있던 박경진의 팔을 툭 놓아버렸다.

"야! 황희경!"

그뿐인가. 희경은 예의 바른 미소를 띠며 박경진에게 고개를 까닥이기까지 했다.

"실례 많았습니다. 황희경이라고 해요. 비우에게는 보호자 같은 친구입니다. 우리 비우 잘 부탁드려요. 애가 워낙 덜 자란 데다가 철까지 없어서…… 호호."

아, 맙소사. 희경의 예쁜 미소에 넋이 나갔는지 박경진도 그녀를 마주 보고 싱긋 웃었다.

"그거야 같이 일한 저도 익히 아는 사실이죠. 이해해 주셔서 감사합니다. 그리 긴 이야기는 아니니 잠시만 빌려가겠습니다."

"호호, 마음대로 빌려가세요. 저는 여기서 기다리고 있을게요. 비우야, 얘기 잘하고 와."

"어어…… 야!"

잘하긴 뭘 잘해!

그러나 희경은 매정하게도 한쪽 눈을 찡긋하는 의미심장형 윙크를 던지더니 완전히 그녀에게서 손을 떼고 뒤로 물러났다.

"감사합니다, 황희경 씨."

박경진이 답례 미소를 날리고는 비우의 팔뚝을 질질 끌면서 그녀를 자신의 차에 태웠다. 끝장이다. 든든한 아군이라고 믿었던 희경이 저렇게 맥없이 물러났으니 이제 비우가 어떤 몰골이 될지는 아무도 모르는 일이었다.

일단 비우는 여전히 우선 쫄게 만들고 보는 이 사악한 편집장과 맞대응하는 방법으로 '선수치기'를 택했다.

"으악! 아파랏!"

박경진에게 붙들렸던 팔뚝을 움켜쥐고 인상을 버럭 쓰며 분위기를 잡았던 것이다.

"아파도 싸지."

그러나 그런 점에 있어서까지 박경진은 비우보다 한 수 위였다. 어느샌가 운전석에 올라탄 박경진이 비우를 돌아보며 그녀와는 비교도 안 되는 험악한 인상을 띠고 있었다. 희경에게 듬뿍 날려주었던 예의 바른 호남형 미소가 흔적도 없이 사라졌음은 물론이다.

이씨, 것 봐. 저 인간은 나만 미워해.

순간 비우의 눈에 눈물이 그렁그렁 고였다. 또다시 낮에 식당에서 겪었던 설움이 몽창몽창 밀려들었다.

그때 불쑥, 눈앞에 무언가가 다가왔다.

"또 우냐?"

그것은 박경진의 손에 쥐어진 손수건이었다.

"에? 손수건 같은 것도 들고 다녀요?"

"넌 안 들고 다니냐?"

"네."

"자랑이다!"

박경진이 직접 손수건을 펼쳐 비우의 얼굴을 닦아주었다.

"왜 우냐. 내가 너 울렸어?"

"알면서 뭘 물어요. 재수없어."

"말은 네가 더 심하게 하지 않았어? 지금도 그렇잖아."

"난 말뿐이지만 편집장님은 더 심해요. 편집장님은 늘 태도로 보여주잖아요."

"태도? 무슨 태도?"

"나 무시하고 애 취급하는 거요."

"그럼 애 같은데 어떻게 애 취급을 안 하냐."

"내가 왜 애죠? 편집장님이 우리 아빠예요?"

"그거 아까도 써먹었다. 작가라는 놈이 그렇게 상상력이 없고 어휘력이 달리니?"

"말 돌리지 말아요! 내가 왜 박경진 편집장님 애가 되냐고요. 왜요!"

"애기 같은 걸 어쩌라고."

비우는 약이 올라 얼굴이 벌겋게 달아올라 있었는데, 박경진은 그 모습을 보고 피식 웃기까지 했다.

하, 웃어? 웃어? 남 울려놓고 넌 재밌냐?

눈물이 또 왈칵 솟구쳤다.

"편집장님 정말 재수없어요. 정말 꼴도 보기 싫다구요. 왜 만날 울리고 그래요?"

아, 아무래도 미친 게 틀림없다. 아무래도 그녀는 저 편집장의 재수없는 얼굴을 두 번 다시 안 보기로 작정한 모양이었다. 그러니까 이렇게 훗날을 생각 안 하고 할 말 안 할 말 다 해버리지. 그것도 펑펑 울기까지 하면서.

그런데 박경진도 미친 모양이었다. 그가 느닷없이, 정말로 아무런 낌새도 없이 그녀를 덥석 안아 품에 꼭 파묻는 미친 짓을 저질렀기 때문이다. 게다가 한꺼풀 낮아진 그의 목소리는 어처구니없게도 다정하게 들리기까지 했다.

"인마, 내가 널 언제 울렸어. 네가 네 멋대로 울어버린 거잖아."

"윽! 내가 언제……."

"네가 그랬어. 널 애 취급한 건 맞지만 너 무시한 적 없어. 단 한 번도. 맹세한다."

"편집장님 종교 있어요?"

"없어."

"그럼 뭐에 대고 맹세할 건데요?"

"내 이름에 대고."

"엑. 그 별로 멋지지도 않은 흔해 빠진 이름이 뭐 볼 거 있다고?"

"넌 안 그러냐? 난 내 이름 석 자가 제일 무서운데. 살면서 내 이름 석 자가 부끄러워질까 봐 안 그러려고 매일 노력 중인 이름이야. 그러니 믿어도 좋아."

상혁이보다 월등히 넓은 박경진의 품 안은 상혁에게 안겼을 때처럼 두근두근대지는 않았지만, 훨씬 안락한 기분이 들었다.

'내가 미쳤나 봐……'

비우가 화들짝 제정신을 차렸다.

"그럼 사과하는 거예요?"

"사과는 무슨. 네가 오해했던 거라니까."

"쳇, 사과하러 왔다면 그냥 솔직하게 사과한다고 말해요. 뭘 그렇게 빼?"

"빼는 게 아니라 내가 잘못한 게 없는데 뭘 사과하냐고. 그리고 재수없다느니 두 번 다시 안 보겠다느니 하면서 막말했던 건 너잖아, 인마."

"이 사람이 정말!"

비우가 홱까닥 고개를 치켜들려고 하니 박경진이 다시 그녀를 잡아 품속에 대고 눌렀다.

"어떻게 하면 믿을래."

그의 음성은 아직도 낮아서 부드럽게 귀 안에 머물렀다. 이러면 모처럼 마음먹고 화를 내려 해도 잘되지 않는 게 당연한 일이었다. 비우가 박경진의 품 안에서 몸을 비틀었다.

"저기…… 그게…… 이것 좀 놓고 얘기하면……"

박경진이 고집을 피웠다.

"믿을 때까지 안 놔준다. 빨리 믿는다고 그래. 네가 오해했다고."

"아니, 그게…… 사과를 해야 믿죠."

"내가 잘못한 게 아닌데?"

"나로 하여금 오해를 하게 했으니 그게 잘못한 거 아니에요?"

"네 잘못이지 어떻게 내 잘못이야, 그게."

"엑, 고집은."

"그래, 나 고집 무지 세거든. 밤새도록 이렇게 너 안고 안 놔줄 수도 있어. 그러니까 빨리 말해."

"엑? 뭐라고?"

"나 믿는다고, 내가 한 말 다 믿는다고. 앞으로도 다 믿을 거라고."

하! 대체 무슨 근거로?

"싫어요. 내가 손해 보는 거 같아요."

"왜? 뭐가 손해야?"

"당연히 손해죠. 난 아무런 대가도 없이 편집장님 믿어야 되는 거잖아요. 편집장님이 강요한다는 이유로 말이죠. 그렇게 억울한 게 어딨어요? 증거라도 보여줘야 내가 믿을 거 아니에요?"

"증거를 원해?"

"물론이죠!"

"흠, 내 이름 석 자 가지고는 부족하다."

"물론이에요! 자기 이름 석 자가 안 소중한 사람이 어딨다고 그렇게 유세예요? 나참, 기가 막혀서."

사실 말이 좀 심하다는 것은 비우도 충분히 느끼고 있었다.

그러나 왠지 평소와는 다르게 고분고분 말을 들어주는 박경진을 대하자 마구 기운이 샘솟는 것도 사실이었다.

아주 막 나가는구나, 이비우. 오늘 아주 네가 간만에 광합성을 하더니 팍 돌아버린 게 틀림없다, 틀림없어.

박경진이 그녀를 잠깐 품에서 떼어 얼굴을 들여다보았다. 그의 눈빛은 평소와는 아주 다르게 무언가를 망설이는 것 같기도 했고 갈등하는 것 같기도 했다.

"좋아, 보여줄게."

"빨리 내놔봐요."

……어랄라? 오늘 날이 미치도록 더웠나? 그래서 이 사람 저 사람 할 것 없이 다들 돌아버린 건가? 박경진의 입술이 자신의 입술 위에서 느껴졌을 때 비우의 머리 속에 가장 먼저 들었던 생각이 바로 이것이었다.

'이제 앞으로는 일기예보를 꼭 봐야겠어.'

그렇다. 일기예보에서 '오늘은 자외선과 적외선, 가시광선 모두 임계치를 넘어 강렬해지는 바람에 이를 인식하는 뇌에서 장애기능이 일어나 일시적으로 돌아버리는 새로운 일사병이 발생하기 아주 쉽습니다. 제발 집 밖으로 나가시는 것을 모두모두 삼가해 주시기 바랍니다' 라는 식의 유효적절한 안내가 나올지도 모를 일이니까.

상혁의 것과는 달리 뜨겁고 축축한 입김이 느껴지던 박경진의 입술이 주는 감촉이 사라지고 나자 비우가 멍청해진 얼굴로 박경진을 바라보았다.

"에…… 에에…… 에에에?"

역시 미친 게 확실한 듯, 박경진의 그 여유만만 마이 페이스형 얼굴이 살짝 붉어진 것도 같이 보였다.

"이거 받아라. 이거 주려고 불렀어."

박경진이 내민 것은 포장된 작은 상자였다.

"이게 뭐예요?"

"그냥 받아."

"뭐냐구요!"

박경진이 벌떡 일어나 차 밖으로 나갔다. 그러더니 냉큼 돌아 비우가 타고 있던 조수석의 문을 열었다.

"내려. 할 얘기 다 했으니까 그만 가."

"이게 뭐냐구요! 내가 이유도 없는 선물을 왜 받아요."

"누가 선물이래!"

"그럼 이거 선물 아니에요?"

"선물 아니야."

"그럼 왜 포장까지 되어 있어요?"

"시끄러. 빨리 내려."

박경진이 비우의 팔을 붙잡아 밖으로 끌어 내렸다.

"나 간다. 빨리 집에 들어가라."

"아니, 이게 대체 뭐냐니……."

끈질기게 덤벼드는 비우의 질문을 무시한 채 박경진이 잽싸게 문을 닫고 차를 출발시켰다. 하지만 고맙게도, 문이 닫히기 직전 한마디 작게 흘려주는 것을 잊지 않긴 했다.

"네 생일도 기억 못하냐, 이 바보야."

박경진의 차가 출발하고 나서야 비우가 멍청해진 표정으로 중얼거렸다.

"나 오늘 생일 아닌데."

그러고 보니 7월 28일, 오늘이 그녀의 호적상 생일로 기재되어 있는 것 같기도 했다. 그녀의 주민등록번호가 810728로 시작했으니까.

"허, 참. 저 인간 오늘 정말 미쳤구나."

멍한 표정으로 박경진의 차가 사라지는 모습을 바라보고 있는 사이 희경이 등 뒤에 바싹 다가와 있던 모양이었다.

"야야, 저 남자 누구야, 응?"

갑자기 등 뒤에서 들리는 희경의 음성에 비우가 화들짝 놀라 뒤를 돌아보았다.

"아, 상년. 기척 좀 내라."

"충분히 냈어. 네가 멍하게 있느라 못 들은 거야. 그리고 저 남자 누구냐니까?"

"아까 들었잖아, 우리 출판사 편집장이라고."

희경의 눈이 반짝거리기 시작했다.

"너네 출판사 댑따 크니?"

"아니, 형편없이 작아. 왜?"

"그럼 저 사람 원래 집이 부자야?"

"왜?"

"흐응, 못 느꼈어?"

"뭘 느껴?"

여전히 멍한 표정을 지우지 못하고 있는 비우를 바라보며 희경이 거의 보이지 않게 된 박경진의 차를 가리켰다.

"저 차 봐라. 돈 냄새 풀풀 나지 않냐? 엔간해서는 저런 차 한 번 타보지도 못한다."

아아, 난 또 뭐라고.

비우가 심드렁하게 대꾸했다.

"저거 중고 산 거래."

그러나 희경의 반짝임은 여전했다.

"중고일 수밖에 없지."

"왜?"

"메르세데스에서 단종시켰으니까. 저거 프리미엄 붙어서 현재 중고 시세가 출시가의 몇 배나 될걸."

"……."

"기집애. 그런 것도 모르고 뭐 했냐?"

"……."

여덟

"그건 그렇고, 황희경 네가 웬일이냐, 먼저 나를 찾아오고?"

"새삼. 내가 언제 안 그랬니? 어쨌든 집으로 들어가자."

"어어. 근데 조금 있으면 상혁이 퇴근 시간이야."

"거짓말 마. 걔 만날 늦잖아."

"네가 그걸 어떻게 알아?"

"모르는 게 더 이상하지. 너 나한테 만날 룸메이트가 늦게 들어와서 밤만 되면 무서워 죽겠다고 그랬잖아."

"아, 그랬나."

그들은 자연스럽게 101동 104호, 비우가 얹혀사는 상혁이네 집으로 들어가고 있었다. 이윽고 문 앞에 이르자 희경이가 너무도 자연스럽게 문짝 아래를 발로 한 번 걷어찼다.

쾅!

"열쇠 줘봐."

"엉? 엉, 여기."

비우는 자신이 매일 일상처럼 하는 일이라 희경이 어째서 그 삐딱해진 문짝을 열기 전에 미리 그렇게 밑부분을 한 번 쳐줘야 한다는 사실을 알고 있는지 미처 알아채지 못하고 열쇠를 건네주었다.

찰칵!

처음 하는 사람이면 누구나 난감해하는 상혁이네 집 열쇠 돌리기도 희경은 아주 손쉽고 능숙하게 해버렸다. 현관으로 들어서면서 희경이 망설임없이 상혁이 쓰고 있는 안방으로 건너 들어갔다.

"어어, 야! 거기 상혁이 방이야."

"알아."

냉큼 잘라 말한 희경이 방문을 열고 안으로 들어가 상혁의 침대 위로 올라가 앉았다.

"야야, 아무리 너랑 상혁이랑 안다지만 이러면 좀 기분 나빠하지 않겠냐?"

"그 말종 새끼는 이딴 거 눈곱만큼도 신경 안 써."

한술 더 떠서 희경은 상혁의 침대 옆에 놓인 작은 서랍장을 열기까지 했다. 그 안에는 작은 박스들이 가득 들어 있었다.

희경이 물었다.

"자, 스물네 살의 순진한 숫처녀 이비우 씨. 당신은 이게 뭐라고 생각하십니까?"

"응? 베네통? 누들누들? 뭐야, 이거? 캐릭터 밴드야? 근데 어째 다 네모난 것밖에 없네."

희경이 한숨을 내쉬었다.

"내 그럴 줄 알았어. 이게 다 콘돔이다."

응? 뭐라고?

"엑! 거짓말!"

희경이 말싸움을 하는 대신 그중 하나를 개봉해 낱개들이 포장을 꺼낸 다음 부욱 찢어 내용물을 꺼냈다. 확실히 콘돔이 맞았다. 겉 포장 박스가 캐릭터 밴드처럼 너무 예쁘다는 것이 문제였지만.

비우가 어색한 표정으로 뒤통수를 긁적이기 시작했다. 어색하고, 난감한 상황.

"이, 이게 다 뭐라고…… 그래서 뭘…… 말하려고……."

희경이 진지한 얼굴로 비우를 똑바로 쳐다보았다.

"너도 알겠지만 상혁이 그 자식, 독신이야. 게다가 스물넷밖에 안 됐고. 아무리 연애를 한다지만 여자 친구가 없는 시기도 있을 테니 매일같이 섹스를 할 수는 없겠지. 뭐, 정상적인 사고방식의 소유자가 일반적인 방법으로 섹스를 한다면 말이야. 근데 이거 너무 많지 않아? 어림잡아 몇 개는 될 것 같아? 이거 일 년 동안 쓰고도 남을 거다. 근데 이 새끼는 늘 이렇게 상비하고 살아. 왜냐, 그만큼 콘돔이 필요하니까. 이 정도면 난잡하다는 말로는 부족해. 이 새끼는 거의 섹스홀릭 수준이라고."

비우가 한 손으로 머리를 짚으며 난감한 목소리로 대꾸했다.

"아, 저기…… 음, 그러니까 저기, 박스가 예뻐서 종류별로 사 모으는 건 아닐까? 그러니까 콜렉션처럼 말이지."

희경이 다시 한숨을 쉬었다.

"콜렉션이면 이렇게 들쭉날쭉하게 포장을 개봉했을 리가 없 잖아? 좀 더 잘 모셔뒀겠지."

"아니, 그게 콜렉션이라도 일단 샀으니 어떻게 생겼나 열어보 고 싶었을지도 모르……."

"야, 이비우!"

희경이 빽 소리를 질렀다.

"너 지금 장난하니?"

"자, 장난은 무슨……."

"이 새끼 여자가 몇이었을 것 같아? 응? 지금은 나도 본 지 오 래됐으니 물론 모르고. 양다리는 우습지, 박상혁한테. 한 번은 동아리 한 학번 아래 후배들 전부 걔 손에 놀아났던 적도 있어. 물론 그 동아리 개판되고 발기발기 찢어졌지. 너도 알잖아. 그 소학회가 하는 '별바라기'. 소수정예로 잘 나간다 싶더니 박상 혁 그 인간 하나로 개판된 거야."

별바라기에 대한 안 좋은 소문이야 비우도 익히 들었었다. 너무 드라마틱하게 느껴져서 누군가의 악성루머인가 했는데, 그런데 그게 상혁이었다고?

"더 적나라한 얘기도 해줄까? 별바라기 6기랑 7기에 친자매가 있었어. 미상이랑 미정이 너도 알지? 너네 과 소학회였으니까 개네들 알고 있을 거 아냐. 박상혁 그 개새끼가 자매 둘 다랑 양다리 걸쳐서 파장이 더 컸다구. 고맙게도 임신했다는 사람이 없어서 다행이었다. 졸지에 애 아빠 같은 사생아가 무더기로 쏟아져 나왔으면 어쩔 뻔했니. 다 그 새끼 뻔들뻔들한 낯짝 닮았다고 생각하면 소름 끼친다, 야. 근데 그게 또 무슨 얘긴 줄 알아? 박상혁 그 새끼가 선수라는 거야. 어떻게 그 많은 애들 건드리고 다니면서 실수로 흘린 적도 한 번 없냐? 그거는 아주 수준급이야. 수십 번 가지고는 그런 경지에 도달 못할걸. 수백 번은 했을 거야."

"사, 사람이…… 일생 동안 하는 섹스는 수천 번이 넘지 않아?"

"지금 누가 걔더러 섹스 많이 한다고 욕하니? 응? 그 새끼의 무분별한 도덕성을 탓하는 거야! 나 아는 애는 걔 때문에 손목 그은 적도 있어. 비쩍 말라 가지고 퇴원한 날 그 새끼 찾아갔더니, 그 샤바랄 인간이 뭐랬는 줄 알아? 지 좋을 대로 실컷 휘둘러 놓고 단물 쪽쪽 빨아먹은 다음에 한다는 말이, 지는 책임질 만한 일 한 거 없단다. 그냥 사이좋은 친구였고, 앞으로도 친구일 거래. 아주 생글생글 웃는 낯으로 그렇게 말했다더라. 그래서 걔 어떻게 됐는 줄 알아? 손목 또 긋고 응급실에 또 실려갔어."

낯선 얘기들.

희경의 얘기에서 '그 새끼'란 분명히 상혁을 지칭하는 것일 텐데도 비우는 자신이 아는 상혁과 희경이 말하는 상혁은 분명 다른 사람 같았다. 상혁이는 친절해. 여자가 좀 많기는 하지만 그래도 아주 친절하고 상냥한 사람이야. 그렇게 나쁜 사람이 아냐.

"설마…… 설마……."

"너 이제까지 박상혁이 남자들이랑 어울리는 거 본 적 있어? 없지? 나도 없어. 그 인간, 그래, 그런 인간이야. 지 좋다는 여자애들 등쳐먹고 막판에 가면 싹 오리발 내미는, 진짜 저질이라고. 너 그래도 그 인간 좋다는 말이 입에서 나와? 응?"

희경의 예쁜 얼굴이 발갛게 달아올랐다. 그녀는 지금 극도로 흥분하고 있었다. 흥분하는 것뿐만이 아니었다. 그녀는 분노하고 있었다.

대체 누구에게, 대체 무엇 때문에.

그 사실을 알 수 없었던 비우는 답답함을 느꼈다. 희경이 거짓말을 하는 것은 아닐 테지만, 그렇다고 희경의 말을 덥석 믿을 수도 없었다. 비우가 상혁을 좋아하던 그 사 년간의 시간은 그 누구도 함부로 정의 내릴 수 없는 것이다. 비우 자신도 그 실체가 무엇인가에 하는 접근은 감히 하지 못하고 있었다.

　상혁은 너무도 예쁘고, 그리고 너무도 상냥하고, 그야말로 꿈 같은 사람이었다. 비우는 그를 예쁘게, 상냥하게, 그야말로 꿈처럼 사랑했다. 그녀의 대학 시절에서 박상혁이라는 사람을 뺀다면, 그것은 무미건조하게 바싹 말라 모래처럼 주먹 사이로 부스스 흘러버리고 말 것이다.

　아무 말 하지 않고 있는 비우의 어깨를 희경이 잡아챘다.

　"너 그래도 그 새끼 좋아할 거야? 응? 좋아한다고 말할 거야? 아니지, 응? 아니지! 왜 하필 그게 너야, 이비우! 왜 하필 그런 새낄 좋아하는 사람이 내 친구 이비우냐고! 아니지, 응? 비우야! 이 상년아! 아니라고 말해, 빨리! 아니라고 말해!"

　비우가 멍하니 그대로 어깨를 붙들린 채 흔들리고만 있자 희경이 한층 더 거세게 그녀를 밀었다.

　"이 바보 머저리 등신아! 왜 하필 남자가 없어서 박상혁 같은 쓰레기한테 반해. 왜 하필 네가! 너처럼 깨끗하고 착한 애가! 안 되겠다. 당장 짐 싸자. 짐 싸서 우리 집으로 가자. 당장 여기서 나가자!"

　그때였다.

　"너나 내 집에서 나가."

　어깨 너머로 들려오는 누군가의 짧고, 서늘한 목소리.

　"사, 상혁아……."

　"박상혁……."

상혁이 들어서고 있었다. 그가 희경과 비우가 어지럽혀 놓은 자신의 방을 아무 말 없이 둘러보더니 침대 위에 늘어진 콘돔들을 챙겨 다시 서랍장에 넣었다.

"사, 상혁아, 그게……."

상혁이 홱 고개를 돌렸다. 그 눈과 비우의 눈이 마주쳤다.

"비우 넌 내 방에서 나가고, 희경이 넌 내 집에서 나가. 빨리."

여전히 깨끗하고 예쁜 목소리였지만, 비우는 그 목소리가 너무 건조해 당장 물 한 모금을 마시지 않으면 금세 날카롭게 갈기갈기 갈라져 버릴 것처럼 느껴졌다.

"상혁아, 미안해. 저기, 그러려던 게 아니라……."

그러려던 게 아니긴 뭘. 어차피 주인도 없는 방에 들어와 함부로 서랍장을 뒤지며 그 없는 주인의 뒷담화를 신나게 까고 있었는데. 변명의 여지가 없었다.

"됐어. 말할 필요 없어. 내 말 들었으면 다들 빨리 나가."

"상혁아, 우리……."

"더 이상 얘기하면 나 너한테 화낼 거 같애. 그러니까 당장들 꺼져."

"상……."

"안 들려? 꺼지라고!"

상혁이 버럭 소리를 질렀다. 그 말에 갑자기 상혁이 나타난 뒤로 아무 말도 못하고 꼼짝없이 서 있던 희경이 쿵쾅대며 현관으로 걸어나갔다.

"비우야, 가자. 저런 쓰레기가 화를 내든 말든 신경도 쓰지 마."

어떻게 신경을 안 쓸 수가 있냐고!

비우가 어쩔 줄 모르는 목소리로 외쳤다.

"희경아!"

최소한 상혁이가 있는 앞에서 저런 말은 하지 말았으면 했다. 그러나 희경의 말은 계속 가차없이 이어졌다.

"저 새끼 쓰레기 맞아! 그러니 상대하려고 하지 마!"

"희경아!"

막 현관문에 손을 대는 희경의 등 뒤로 상혁의 예쁜 목소리가 들려왔다.

"그래? 유감이다, 황희경."

멈칫. 희경이 잠시 동작을 멈췄다.

"난 여전히 우리가 '사이좋은 친구'라고 생각하는데. 그때나 지금이나."

"……."

멈춰 있던 희경이 어깨를 들어 숨을 크게 한 번 들이마셨다. 그리고,

쾅!

희경이 현관문을 힘껏 닫고는 저 혼자 나가 버렸다.

탁!

동시에 상혁의 방문도 닫혀 버렸다. 양쪽에 끼어 누구를 따라 가야 할지 모를 입장에 처한 비우가 손톱을 물어뜯으며 난감해 하기 시작했다.

"아, 이것들! 둘 다 동시에 저러면 나더러 어쩌란 말이야!"

그러나 비우는 자신이 우선 순위로 해야 할 일이 무언지 잘 알고 있었다. 그것은 희경의 뒤를 쫓아가는 일이었다. 상혁이보 다는 아주 조금일지 몰라도 희경이 쪽이 좀 더 많이 속상할 것 같았기 때문이다.

비우가 서둘러 현관문을 열고 희경을 쫓아 나갔다.

"황희경! 멈춰라!"

다행히도 희경은 멀리 가지는 않고 있었다. 그것은 그녀의 걸 음이 평소와는 다르게 위태로운 모양새로 흔들리고 있었던 탓 이지만, 비우는 애써 그 사실을 모른 척했다.

"황희경……."

희경이 비우로부터 삐딱하게 고개를 돌렸다. 아마도 희경은 지금 울고 싶을 것이다. 남 앞에서 죽어도 울지 않는 그 성격 탓 에 지금 저렇게 아픈 각도로 고개를 빳빳이 치켜들고 있는 것이 다.

비우가 희경을 바라보며 피식 웃었다.

"황희경, 우리 그네 타러 가자."

사실 우울할 때 그네만큼 시원한 것은 별로 없다. 둘의 몸무 게를 고려할 때―아니, 실은 비우의 몸무게만으로도―어린이 전용 그네가 좀 걱정되는 게 탈이었지만.

어쨌거나 때마침 어두워지기 시작한 아파트 단지 내의 놀이터는 텅 비어 있었고 희경과 비우는 각기 그네 위에 엉덩이를 깔고 앉을 수 있었다.

삐이이걱. 끼익.

텅 빈 놀이터에 희경과 비우가 그네를 흔드는 소리만이 울려 퍼졌다.

"야, 이 샹년아."

희경이 먼저 욕설로 입을 열었다.

"말해라."

"우리 친구 맞냐?"

"응."

"사 년도 넘게 봐왔는데, 정말 친구 맞지?"

"미친년. 아닌 거 같으면 왜 물어봐?"

끼이이익—

희경의 그네에서 나는 소리가 훨씬 더 커졌다. 희경이 갑자기 그네 줄을 붙잡고 흔들었던 탓이다.

"그래, 친구 맞지. 정말 우리 친구지."

그 모습을 보며 비우가 인상을 팍 썼다. 전혀 평소답지 않은 모습. 희경은 왜 언제나 친구였던 둘 사이에 무슨 문제가 있기라도 하는 것처럼 말하는 것일까.

"너도 오늘 일사병 걸렸냐?"

느닷없는 비우의 질문에 희경이 싱겁게 웃으며 대꾸를 달았다.

"일사병? 아니, 나 방금 전에 집에서 나왔는데."

"아니, 더위 먹는 그 일사병 말고."

"그럼 뭐?"

뭐긴 뭐야. 다들 정신이 살짝 나간 것 같으니 하는 말이지.

"에에, 그게, 그런 게 있어. 아무튼 어서 말해."

희경이 고개를 끄덕였다.

"그래, 분명 너도 내 친구고 나도 네 친군데 말이야…… 친구가 대체 뭐냐?"

"……엥?"

"친구란 게 대체 뭘까."

희경이 다시 희미하게 웃었다. 어젯밤 그녀가 화를 낼 때의 표정처럼, 황희경이라는 사람과는 도무지 어울리지 않는 웃음이었다. 지금 웃음은 희경이가 짓기에는 너무 건조해 보였다.

"남보다 더 걱정해 주고, 잘못될 거 같으면 미리 말려주고, 아프면 간호해 주고, 등신같이 사는 거 보면 대신 화도 내주고…… 그런 게 친구인 거지."

"꽹장히 구체적인 정의인데. 뭐, 둘러치고 메쳐도 대충 비슷할 거라고 생각해."

희경이 비우를 돌아보았다.

"넌 나한테 그럴 수 있니?"

"네년은 아니냐?"

"······."

이 말에 희경은 한동안 말이 없었다. 비우가 재촉하듯 계속 바라보자 희경이 마지못해 입을 떼었다.

"······그럼 나 네 친구 아닌가 봐, 이비우."

아픈 목소리였다.

"뭐시라?"

"딴 건 다 하겠는데, 한 가지만은 죽어도 말 못하겠다. 그 알량한 자존심이란 게 뭔지, 도무지 말이 안 나온다. 나 이런 년인가 봐."

비우가 저도 모르게 손을 들어 뒤통수를 긁었다.

"친구 사이래도······ 말 못할 일은 얼마든지 있는 거지 뭐."

"꼭 해야 하는 말이라도?"

"당위성을 가지고 있다고 해서 꼭 그것이 현실에서 이루어진다는 법은 없잖아."

"어쭈, 이년이 꼴에 작가랍시고 어려운 말 쓰는데. 좀 더 쉽게 설명해 봐."

"이를 테면 나 이비우는 타고난 천부적인 자질로 만부작가가 되어 마땅하지만 아직 현실에서는 그런 당위적인 일이 일어나지 않고 있잖아."

"으하하."

자신을 팔아 어떻게 해서든 한 번 웃겨보려는 비우의 가상한 노력에 희경이 애써 소리 내어 웃어주었다.

그런 게 친구야, 희경아. 너무 거창하게 뭘 해줘서가 아니라, 그런 것 가지고도 이미 충분히 친구야.

희경을 바라보는 비우의 눈이 그렇게 말하고 있었다. 그래서였을까, 희경이 질끈 눈을 감으며 비우로부터 시선을 돌렸다.

"미안, 비우야. 나 그래도 안 되겠다. 네 얼굴 보면서도 도저히 말이 안 나와."

희경이 벌떡 일어섰다.

"그러니까, 나 당분간 네 친구 못하겠다. 방금 전 그 일로 나는 할 만큼 한 거야. 그러니까 나는 분명 네년한테 '박상혁 그 인간은 개새끼다, 절대 포기해라'라고 말해 준 거라고. 그걸로 친구로서의 의무는 끝. 나중에 네년이 울고불고 난리치며 날 원망해도 단 일 초도 듣지 않을 테니 명심해. 나 간다."

희경이 후다다닥 말을 쏟아붓고는 저 혼자 달려갔다. 그녀는 날씬한 몸에 비해 상당한 운동치다. 분명 저렇게 앞도 안 보고 달려가다 콰당 넘어지고도 남을 것이다.

그러나 비우는 그 사실을 알면서도 희경을 쫓아가지 않았다. 쫓아갈 수가 없었다.

"미안, 희경아……."

희경이 뭐라 하든, 아직 비우는 상혁이 죽을 만큼 좋았다. 희경이 분명 거짓말을 하지는 않았을 것이다. 그러나 그게 다 사실이라고 하더라도 비우는 아직 상혁을 단념할 준비가 되어 있

지 않았다. 말 한마디에 그만두기에는, 상혁을 혼자 사랑해 온
사 년의 시간이 너무 길었다.

비우가 작게 중얼거렸다.

"나도 뭘 어째야 좋을지 모르겠어⋯⋯."

아홉

쾅!

얌전히 들어서려고 했는데, 이놈의 문은 그녀의 간절한 마음으로도 어쩔 수 없이 '나 다녀왔다!' 란 표시를 내며 열렸다. 비우가 속으로 욕설을 중얼대며 살금살금─이미 소용없었지만─자신의 방으로 걸어 들어갔다.

그때 찰칵 소리와 함께 상혁의 방문이 열리고 상혁의 얼굴이 드러났다.

"비우야."

비우가 화들짝 놀라 상혁을 바라보았다.

"응? 응? 말해. 왜?"

"잠깐 들어올래? 얘기 좀 하자."

얘기?

비우가 서둘러 고개를 끄덕였다.

"응? 그래, 그래. 그래, 그럴게. 뭐, 맥주 마실래? 나가서 사 올까?"

"아냐, 됐어. 지금은 너만 있으면 돼."

상혁은 조금 전의 사건은 모두 잊은 듯, 평소와 다름없이 웃고 있었다. 그 죽을 만큼 좋은 미소를 바라보며 저도 따라 웃던 비우는 문득 희경과 '사이좋은 친구' 였다던 상혁의 말이 귓가에 맴돌았다.

"난 여전히 우리가 '사이좋은 친구' 라고 생각하는데. 그때나 지금이나."

사이좋은 친구. 상혁과 희경이가 사이좋은 친구. 그건 대체 무슨 의미일까.

"빨리 들어와."

"어? 어, 응."

탁.

그녀가 들어서자 상혁이 등 뒤로 문을 닫았다.

"거기 앉아."

"응."

상혁이 가리킨 자리는 좀 전까지만 해도 비우와 희경이 앉아 있던 그의 침대였다. 비우가 엉거주춤한 자세로 그곳에 걸터앉자 그가 손을 내밀어 비우의 허리를 잡아 침대 안쪽으로 확 끌어당겼다.

"엄마야!"

"으유, 앉으려면 좀 편하게 앉지 그게 뭐야. 친구 사이에 왜 그래? 뭐가 불편한데?"

조금 전 당장 꺼지라며 큰 소리를 내던 상혁은 아예 거짓말 같았다. 지금의 상혁은 비우가 알고 있는 것과 똑같은 모습의 상혁이었다. 한없이 달콤하고 상냥한 사람. 한입 베어버리면 너무 달아서 다른 맛은 아예 느끼지도 못하게 될 그런 사람. 그래서 먹다 보면 반드시 충치가 생겨 버리는, 그런 사람.

"아니, 아니…… 그게, 불편한 게 아니라 말이지……."

비우가 어색하게 웃자 상혁이 손을 뻗어 비우의 얼굴 근육을 부드럽게 문질렀다.

"바보야, 억지로 웃지 마. 얼굴에 주름살 생겨."

"으응? 응."

"아, 말 되게 잘 듣네. 엄청 착하다, 너."

똑같은 상혁이. 평소와 다를 게 없는 박상혁. 비우가 그렇게 좋아하는 박상혁.

"에, 에헤. 내가 원래 좀 착해."

"응. 난 말 잘 듣는 친구가 좋아."

"아니, 저기, 그건 좀⋯⋯."

그러다 불쑥, 정말이지 불쑥 상혁의 입술이 다가왔다. 뭐라고 말할 사이도 없이 비우의 작은 입술을 덮어버린 상혁의 입술이 평소의 다정하던 키스가 아닌 좀 더 노골적이고 노력한 키스를 그녀의 입술 위에서 그려냈다. 그의 두 손이 비우의 등 뒤로 넘어가 날개뼈 사이의 작은 공간을 꾸욱 누르기 시작했다.

"으앗, 거기, 거기 이상해! 하지 마, 하지 마!"

비우가 등골을 쫘악 훑어 내리는 묘한 느낌에 자지러지게 놀라 외치자 상혁이 쿡쿡대며 웃었다.

"여기가 이상해? 어떻게 이상해?"

"아아, 간지럽고 아프고⋯⋯ 아무튼 이상해. 으악! 만지지 말라니까!"

"아프고, 간지럽고, 또?"

"그리고⋯⋯ 그리고⋯⋯ 으음, 으음⋯⋯ 아무튼 하지 마!"

"여기만 간지러워?"

"아니, 등 전체가 쭈욱 다 간지러워. 으악, 하지 마!"

참다 못한 비우가 빙그르르 몸을 돌려 상혁의 손길을 피했다.

"헥헥⋯⋯ 하지 말라니까!"

상혁이 빙긋 웃었다.

"기분 좋지 않아?"

기분이 좋냐고? 물론 상혁이 네놈이 만지는 거니 그 자체만으로도 황홀해 죽겠다만, 그렇게 못살게 굴 거면 좀 문제가 생기지 않겠냐.

"아니, 그게…… 간지러운데 꼭 기분이 좋다고는…… 끄응."

"아, 그런가? 여자애들마다 다른가 보네."

"엥?"

"거기 여자들 성감대거든."

쿨럭.

아니, 이보시게, 친구! 우리가 비록 서로 타액을 교환하고 혀를 섞는 끈적한 키스도 한 사이이긴 하지만, 아직 명백히 순결한 친구 사이인데 어쩌자고 남의 성감대를 눌러대는 것이오! 지금 이게 뭐 하는 짓이야!

비우가 더듬더듬 말을 이었다.

"아니, 그게 그러니까…… 왜, 왜…… 그런 짓을……."

상혁의 눈이 동그래졌다.

"원하지 않아?"

엥? 무엇을?

비우의 눈이 상혁의 눈보다 더 땡그래졌다.

"아, 너도 사귀지 않으면 같이 잘 수 없다는 그런 주의야?"

엥? 이보시오, 친구. 그런 생각을 하는 내가 희한한 것이 아니라 마땅히 대부분의 사람들이 그리 생각하고 살지 않소? 그렇지 않다면 이 사회가 얼마나 문란해지겠소?

비우의 표정에서 상혁이 대충 그런 말을 알아들은 모양이었다. 그가 아무 일도 없었다는 듯 자세를 바꿨다.

"그럼 안 할게. 싫으면 강요하지 않아. 대신 아까 하려던 얘기 하자."

안심이 되면서도 왠지 뭔가 서운한 느낌. 비우가 떨떠름하게 입을 열었다.

"어, 음…… 그래, 그게 좋겠다."

어느 틈엔가 멀찍히 떨어진 비우를 상혁이 팔을 뻗어 바싹 끌어당겼다. 졸지에 그녀는 자신의 듬직한 허리살을 상혁의 여리여리한 팔뚝에 내맡긴 아주 파렴치한 몰골이 되어버렸다.

"사, 상혁아."

허리를 끌어안은 상혁의 팔에 바싹 힘이 들어갔다. 분명 비우가 뭐라고 하든 상관 안 하겠다는 뜻이었다. 그가 그런 자세로 말을 시작했다.

"희경이 말…… 다 믿어?"

"응?"

"희경이가 한 말 말이야. 어떻게 생각해?"

"으음…… 저어……."

사실 모르겠다. 사실이 아니었으면 좋겠다고 막연하게 바랄 뿐이었다. 희경이가 말한 모든 것이 거짓말이었으면 좋겠다고, 그저 그를 짝사랑하는 자신을 놀렸던 것일 뿐이라고. 장난치고는 지독하긴 했지만.

결국 비우는 이렇게 말했다.

"내가 직접 보고 겪은 게 아니라서 잘 모르겠어."

그리고 가능한 사실이 아니었으면 좋겠고.

상혁이 비우의 어깨에 얼굴을 묻은 채로 답했다.

"그래, 그게 정답이지. 사실 희경이가 말한 거 다 사실이야."

하마터면 소리를 지를 뻔했다.

"……에?"

그게 정말이야? 정말이야, 상혁아?

상혁의 말이 이어졌다.

"해석의 관점이 다를 뿐이지."

"어떻게?"

"내가 걔네들을 단체로 강간한 것도 아니고, 그냥 자연스럽게 같이 잤을 뿐이야. 그리고 남자랑 여자랑 서로 만나서 같이 자는 건데 그게 뭐가 나빠. 난 걔네들한테 분명히 사랑한다고 말한 적도 없고, 같이 잤으니 이제 우리는 애인 사이다, 뭐 이런 말도 한 적 없었어. 자기들 욕심대로 날 휘두르고 싶어했던 것은 그 애들이야."

"……."

으음, 과연 남녀가 만나 사랑하지도 않고 사귀지도 않는데 같이 자는 것이 극히 자연스러운 일일까? 그런 걸까?

"걔네들하고는 친구였고, 같이 공부하기도 편하고 같이 노는 것도 재밌고……. 그러다 보니 자주 어울렸던 거고 걔들이 먼저 따로 만나자길래 따로 만났던 거야. 따로 만나서 얘기하는 것도 나름대로 재미있었어. 그리고 가끔 얘기가 잘 통할 때도 있었고. 그럼 즐거운 분위기 속에서 마지막 단계 같은 걸로 같이 잤을 뿐이야. 그게 이상해?"

저기, 난 아직 좀 이상한데.

"나는 걔들에게 아이를 갖게 한 적도 없었고, 나중에 어떻게 하자느니라는 말 한마디도 한 적 없어. 대체 왜 그렇게 관계라는 것에 목숨을 거는지. 사이좋은 친구면, 그걸로 다가 아냐? 만나자고 해서 만나준 것뿐인데 왜 그런 것을 가지고 질투를 하고 질책을 하는 거지?"

"……."

"싫다면 거절할 수 있었잖아. 같이 자기 전에 무슨 관계인지에 관해 물어볼 수도 있었고. 하지만 아무도 묻지 않았어. 자기들 마음대로 내가 자기들을 친구 이상으로 좋아한다고 생각했던 거야. 그런 것에 내가 일일이 책임을 져야 돼?"

이 순간에도 상혁은 아주 상냥한 얼굴을 하고 있었다.

"왜 처음부터 있지도 않은 것을 내놓으라고 하는 건데?"

그제야 비우는 상혁을 둘러싼 문제를 알 수 있을 것 같았다.

상혁은 친절하고 다정한 사람이었다. 그리고 한 사람에게만 다정한 사람이 아니라 열이면 열, 백이면 백 모든 사람에게 다 그러한 사람이었다. 이렇듯 다정하게 키스하고, 시도 때도 없이 끌어안고, 저렇게 미칠 만큼 사랑스러운 미소를 보여주면 누구든 그가 자신을 사랑한다고 느낄 것이다.

그 여자애들은 그렇게 느꼈을 뿐이다. 비우가 요 며칠간 갑자기 시작된 상혁의 키스에 고민하듯이. 그리고 비우가 그런 것처럼 상혁을 사랑했을 것이다. 아니, 사랑하지 않았어도 최소한 욕심은 냈을 것이다. 저 녹을 듯한 다정함을 오로지 자신의 것으로 만들고 싶다는 욕심에 당위성을 부과하고 이유를 달고, 그리고 그렇게 믿어버렸을 것이다.

그러나 그는 그러지 못했다. 애초에 그는 아무 곳에도 담지 못할 사람이었다. 그것에 좌절한 여자애들이 그를 욕하고, 자신을 더럽히고, 서로에게 상처를 주고, 만신창이가 된 관계를 서둘러 잘라냈던 것이다.

비우는 물끄러미 상혁을 바라보았다. 그녀가 사 년 동안 사랑한 남자. 그러나 본질은 아무것도 알지 못한 채 껍데기만 사랑했던 남자. 너무도 상냥하고 사랑스럽지만 막상 속을 들여다보면 바싹 마른 선인장처럼 따갑기만 한 남자.

비우가 한참 후에야 선인장을 통째로 집어삼킨 듯, 따끔따끔한 목소리로 말했다.

"너는…… 사이좋은 친구가 같이 자는 친구라는 소리야?"

"사이가 좋아지면 다들 그렇게 되던데. 여자들은 대부분 둘 중 하나를 원해. 섹스를 원하거나 마음을 원하거나. 그런데 우습게도 나는 여자들이 원해서 주는 건데 그 애들은 내게 주었다고 생각해. 대체 어디서 그런 사고방식이 나오는 건지 모르겠어."

상혁이 다정하게 웃었다. 그런데도 비우는 바싹 마른 선인장을 안고 있는 기분이 들었다.

그래서 그녀는 저도 모르게 몸을 돌려 상혁의 목덜미를 끌어 안았다. 그를 안자 평소에 그가 그녀를 안았을 때처럼 따스하고 포근한 감촉이 와 닿았다. 그러나 마음은 그렇지 않았다. 그녀의 마음은 무엇엔가 마구 찔린 것처럼 쓰리고 따끔거렸다.

아마도, 아마도 그 여자애들도 이랬던 거겠지…….

"상혁아."

"응?"

"나…… 너 좋아해."

사 년간을 별렀던 고백은 이렇게 느닷없이 이루어졌다. 갑자기 왜 이런 말이 튀어나왔는지 모르겠다. 그러나 지금이 아니면 기회가 없을 것 같았다. 저렇게 말하는 상혁이 무서워서, 막상 안으면 따갑고 쓰라린 상혁이 너무 무서워서 앞으로 두 번 다시는 그를 좋아한다는 말 따위는 할 수가 없을 것 같았다.

상혁아, 나 너 좋아해. 사 년 동안 계속계속 좋아했어.

상혁은 전혀 놀라는 얼굴이 아니었다. 비우가 그런 말을 하는 게 그들의 대화가 이어져 가는 가장 자연스러운 순서라는 것을 미리 알고 있었다는 듯한 얼굴이었다.

"알아."

그런데…… 너는 아니지. 너는 아닌 거지.

"죽을 만큼 좋아해."

"그래?"

너는 아닌 거지.

"응, 죽을 만큼 좋아해."

상혁이 그녀를 보며 상냥하게 웃었다.

"그렇다고 죽지는 마. 너 죽으면 나 심심할 거야."

상혁의 다정함은 그런 다정함이었다. 듣기에는 아주 다정하지만, 막상 그 내용은 차갑기 짝이 없는.

아마도 보통 남자 같았다면 '죽으면 너만 손해니까 나 좋아하지 마'라고 하든지 '널 안 죽이려면 나도 너 좋아해야겠다'라는 식으로 말했을 것이다. 그러나 상혁은 절대 그녀에게 좋아한다거나 좋아하지 말라거나 하는 이야기는 하지 않았다.

잠시 후 자신의 방으로 건너간 비우는 밤새도록 두 눈이 탱탱 붓도록 울어버렸다.

열

"**욱**, 너 얼굴이 왜 그 모양이야?"

역시 인간 박경진은 비우를 실망시키지 않았다. 마치 영화 고질라의 현란한 CG를 눈앞에서 생생한 실물로 보고 있다는 듯한 저 표정. 어쩜 표정 하나도 저렇게 얄미울 수가 있을까.

"이거 돌려주려고 왔어요."

비우가 박경진의 말은 가볍게 무시한 채 어제 그에게서 받은 선물 상자를 내밀었다. 그것을 확인하는 박경진의 얼굴은 영 곱지 못했다.

"이거 생일 선물이라니까?"

"나 어제 생일 아니었거든요."

박경진의 얼굴이 바싹 경직되었다.

　"그럼?"

　"나 호적 생일하고 실제 생일하고 차이가 있어요. 실제 생일
은 겨울이에요."

　박경진의 얼굴에는 불쾌한 기색이 가득했다.

　"대체 뭐가 그래?"

　"7월 28일이 길일이라고 할아버지가 출생신고 할 때 그렇게
해버리셨대요. 내 책임 아니에요."

　"길일?"

　"그날 태어나면 큰 인물 될 사주랬어요."

　그리고 박경진이 비웃기 전에 비우가 재빨리 선수를 쳤다.

　"비웃지 말아요! 어차피 사주팔자 백퍼센트 믿고 사는 것도
아니면서!"

　그래도 박경진은 끝까지 비죽대는 기분 나쁜 웃음을 지었다.

　"뭐, 널 보니 그래야 될 것 같아서 말이야."

　"어유, 저런 말 나올 줄 알았어. 어쨌거나 이거 도로 가져가세
요. 선물 받을 이유 없었으니까. 그리고 미안한데, 정말 궁금해
죽을 것 같아서 포장은 살짝 뜯어봤어요. 그거 겁나 비싸게 생
겼던데 그냥 환불해 달라고 해요."

　티파니의 로고가 새겨진 두 줄짜리 금팔찌는 당최 종류를 알
수 없는 기묘한 색깔의 보석이 촘촘히 박혀 있었다. 그걸 보고
이게 대체 뭘까 한참을 고민하던 중이었는데 어느 순간 상혁이

다가와서 대충의 금액을 말해 주었고, 막 팔에 한 번 차볼까 말까 까닥이던 그녀의 손가락은 그 자세로 그냥 얼어붙어 버렸다.

그게 그녀가 지금 영화 고질라의 CG 같은 얼굴을 하고 그 모습을 세상에서 상혁이 다음으로 보이기 싫은—물론 정반대의 이유로—박경진 앞에 서 있는 이유였다.

"박경진 편집장님, 어제 혹시 뉴스 봤어요?"

"아니."

그의 목소리는 평소보다 더욱 딱딱했다.

"나도 못 봤는데, 어제 분명히 이런 기사가 났을 거예요."

"어떤?"

"태양열이 지구에 한층 더 가까워짐에 따라 가시광선, 적외선, 자외선 모두 뇌에서 인지할 수 있는 임계점을 넘어선 나머지 뇌가 혼란을 일으켜 밖에 돌아다닌 사람들은 전부 살짝 돌아 버리는 신개념 일사병이 유행하고 있으니 절대 외출을 삼가라는 식의 기사가요."

"그 말은?"

"그러니까 내 말은 어제 박경진 편집장님도 살짝 맛이 가 있었을 거라는 거죠. 그러니까 평소보다 훨씬 더 재수없었고, 재수없는 건 둘째 치고 이런 비싼 선물도 사 왔고, 비싼 선물에도 아랑곳없이 내 생일을 멋대로 착각했다는 사실도 있고, 그리고 나한테 키스도 했잖아요. 아, 물론 나도 멀쩡했단 건 아니에요. 나도 마구 히스테리를 부리고, 하늘 같은 편집장님께 무려 반말을 마구 지껄여 댔죠. 그러니 우리 둘 다 살짝 맛이 갔었던 거예요. 그렇죠?"

사실 비우는 지금도 그리 멀쩡해 보이는 상태가 아니었다. 적어도 박경진의 눈에는 그랬다.

"아니, 어쩌면 내가 더 미쳤었는지도 몰라요. 어젯밤 상혁이한테 물어봤는데, 남자가 여자에게 키스하는 이유는 꽤나 여러 가지가 있대요. '여동생처럼 사랑스러워 보여서' 할 수도 있고, '그 순간 너무너무 애처로워 보여서' 했을 수도 있고, 뭐 '갑자기 하체가 꼴려서 한번 해보자는 심정으로 덤볐을' 수도 있고, 특히 '여자가 울고 있는 상황이라면 달래주기 위해서' 그랬을 수도 있고. 에에, 기타 등등. 아무튼 정말 많대요. 그리고는, 박경진 편집장님이 나한테 키스했을 때 자기가 했을 때처럼 혀가 입 안에 들어왔냐고 묻길래 저는 아닌 것 같다고 대답해 줬어요. 그랬더니 안심해도 좋을 거라면서 아마도 앞서 말한 수많은 예시들 중 첫 번째와 마지막 것이 가장 근접할 것 같다고 하던걸요. 그러니 박경진 팀장님은 나보단 꽤나 제정신이셨던 거죠."

"그게 어떻⋯⋯."

박경진이 뭐라고 반박할 새도 없이 비우가 허리를 팍 꺾어 그에게 인사를 했다.

"어제 물론 본의 아니게 날씨 탓이기는 했습니다만, 그래도 확 돌아버려서 정말 죄송합니다. 실례 많았습니다."

그렇게 돌아서서 나가려는 그녀를, 박경진이 잽싸게 책상을 훌쩍 뛰어넘어 쫓아와서는 붙들었다. 비우가 움찔, 놀란 얼굴로 그를 올려다보았다.

"엄마야! 왜요?"

박경진은 이제 화가 난 표정을 하고 있었다. 그의 입에서 흘러나온 이유는 돌아서는 비우의 팔을 그렇게 다급히 붙들 만한 것이 전혀 아니었기 때문이다. 그러니 핑계 같다고 느낄 수밖에.

박경진이 내뱉듯이 말했다.

"이렇게 네 할 말만 하고 가는 건 예의가 아니지!"

비우가 의아한 표정으로 되물었다.

"우리가 언제부터 예의 지키는 사이였다고요?"

박경진이 절대 아니라는 표정으로 작게 혀를 찼다.

"정말로 맛이 갔군. 원래 지키는 사이였어."

"에에에, 거짓말."

"적어도 넌 내가 뭐라고 말을 하면 얌전히 잘 듣는 스타일이었지, 이렇게 밑도 끝도 없이 토를 달진 않았다고."

"그건 원고 검토할 때였으니까 그랬지요!"

"아무튼 앉아봐."

박경진이 편집장실 문밖에 대고 큰 소리로 외쳤다.

"여기! 비우 씨한테 시원한 것 좀 가져다 줘!"

"예."

문밖에서 싹싹한 대꾸가 들리자 박경진이 비우를 억지로 접

대용 소파에 앉혔다. 얼떨결에 다시 앉게 된 비우가 빤한 얼굴로 그를 바라보았다.

"에에, 편집장님도 어제 일에 대해서 하실 말씀이 있으세요?"

"물론."

"어떤 건데요?"

"첫째, 내가 아는 네 생일은 7월 28일이니까 이것 받아. 네 겨울 생일은 나도 몰라. 그러니까 그날은 안 챙겨줄 거라고. 미리 챙겨놔."

"헤에, 작가들 생일을 따로 관리해요?"

비우의 물음에 박경진이 속으로 '제기랄'이라고 한 열 번쯤 중얼거리는 듯한 표정을 지었다.

"천만에."

"그럼 왜요?"

"그냥 어쩌다 사다리 타서 네가 걸린 거야. 그 많은 작가들 생일을 어떻게 일일이 다 챙겨주란 말이야."

그 말에 비우가 멍한 미소를 지었다. 그것은 불신의 미소였다.

"세상에, 거짓말. 난 추첨운이 정말 꽝인데."

"진짜야. 그러니 잔말 말고 챙겨."

그래도 비우는 고개를 저었다. 안 되는 건 안 되는 거다.

"그래도 안 되겠어요. 이거 비싼 거라면서요. 출판사에서 보면 나 그렇게 돈 많이 벌어다 주는 작가도 아닐 텐데 하필 내가 이런 거 받아가면 어떡해요. 아껴뒀다가 다른 작가 주세요."

그 말에 박경진은 '알았어'라고 하는 대신 비우가 보는 앞에서 포장을 북 뜯고는 작은 보석 상자 안에 든 팔찌를 꺼내서 고리 부분을 홱 뒤집었다.

"여기 보여?"

약간 근시가 있는 비우가 그 작은 고리를 보기 위해 얼굴을 바싹 들이댔다. 박경진의 손 근처에서는 희미하게 잉크 냄새가 났다. 방금 뭔가를 출력한 모양이었다. 지극히 사무적인 그 냄새가 묘하게도 간질간질한 느낌으로 비우의 코끝을 스쳐 갔다. 상혁에게서는 절대로 맡아보지 못했던 냄새다.

"뭐가요?"

"여기 B.W라고 쓴 것. 벌써 네 이니셜 새겼어. 다른 사람한테 주긴 뭘 줘. 너 아니면 이거 할 사람 없어. 그러니 그냥 고맙게 받아가."

순간 비우의 얼굴이 확 달아올랐다.

"세상에……"

그리고, 어쩔 줄 모르는 얼굴이 되었다.

"이거, 이거 진짜예요? 내 이름이에요?"

"그래."

"세상에…… 세상에…… 나 이런 거 처음 받아봐요."

비우의 손가락 끝이 아직도 박경진의 손가락 사이에 들려 있는 팔찌를 조심스럽게 건드렸다. 손에 닿는 금속성의 느낌은 기묘하게도 따뜻했다. 마치 크리스마스날 진짜 산타를 보게 된 듯한 기분이랄까.

박경진이 비우의 손목을 붙들어 팔찌를 채워주었다. 새하얀 피부 위에서 달랑이는 색색의 보석들이 크리스마스 트리처럼 반짝거렸다. 비우가 말없이 그것을 바라보고 있었다.

팔찌를 다 채워준 박경진이 비우의 손을 세게 움켜쥐었다가 놓았다.

"잊어버리지 마라. 이제 네 거야."

"고맙, 고맙습니다."

신기한 듯, 계속 황홀한 눈으로 팔찌에만 고정된 비우의 시선을 돌리기 위해 박경진이 말을 이었다.

"그래. 그럼 오늘 온 용건은 이것을 돌려주기 위해서였어?"

그제야 비우가 박경진을 올려다보았다. 그녀의 얼굴이 묘하게 진지해져 있었다.

"아뇨, 사실 이 용건 하나면 이 멀리까지 안 오죠. 용건이 하나 더 있긴 해요. 이건 작가로서 편집자에게 하는 질문이에요."

"흐음. 네가 그렇게 탱탱 부은 얼굴을 하고 작가로서 질문을 한다니 뭔가 어색한데. 상당히 코믹스러워."

"그럼 좀 웃으면서 그런 말을 하든지요."

비우가 부스럭대며 어깨에 메고 왔던 커다란 가방에서 박경진이 빌려주었던 책 '콘돔의 다섯 가지 사용 방법'과 '나는 그녀의 누드가 좋다' 두 권을 꺼내 그 앞에 밀어 넣었다.

"이거 정말 잘 봤어요, 편집장님. 진짜 재미있었어요. 감동받을 만큼이요. 베스트셀러는 왜 베스트셀러인지 새삼 깨닫게 되었어요."

"재미있었다니 다행이네."

"그래서 내린 결론인데 말이죠, 저 사실 이것 보기 전에 야한 비디오도 봤거든요. 물론 참고자료로서 말예요. 그리고 어젯밤 잠이 하도 안 와서 제 원고를 다시 봤어요. 그리고 음, 이 책 두 권과 그 야한 비디오의 장면들을 떠올리며 뭔가 야한 장면을 집어넣으려고 해도 영 어색한 거예요. 이 책들처럼 자연스럽게 섹시한 분위기가 안 사는 것 있죠. 그건 말이지요…… 아무래도 제가 경험이 없어서 그런 걸까요? 전 그렇게 결론 내렸거든요. 상상력이 빈곤한 거라고도 볼 수 있지만 말이죠, 하지만 그 '야한 장면'에서 여자들의 심리가 어떤지 도무지 모르겠어요. 아니, 글로 표현해 낼 만큼 구체적으로 떠오르지가 않아요. 그건 정말 경험의 부재 탓인가요?"

이렇게 묻는 비우의 진지한 얼굴에 박경진이 뭐라 표현하기 어려운 표정을 지었다.

"아니에요? 그럼 그건 역시 제 상상력이 빈곤해서 그런 것뿐이에요?"

박경진이 잠시 시선을 딴 데로 돌리고 생각에 잠겼다. 그러더니 여전히 알 수 없는 표정으로 이렇게 답을 달아주었다.

"으음. 사실 내가 작가가 아니니 정답이라고 할 만한 걸 얘기해 줄 수는 없겠지만 말이야, 내가 볼 때는 그런 탓이 절대적이라고 봐. 예를 들어 나는 심리학 부전공이지만 누가 나한테 '생리 주기에 임해 나타나는 여성의 심리적 변화 양상의 차이를 최근의 경제적 불황과 연관지어 논의하라' 라는 주제를 주고 레포트를 제출하라고 했다면 기꺼이 포기하고 그 과목은 달가운 마음으로 F를 받았을 거야. 아무리 상상력을 발휘해 봐도 생리를 하지 않는 나로서는 생리 당시의 심리 상태가 어떨지 정확하게 파악해 낼 수 없을 테니까. 이것과 비슷하지 않을까?"

비우야 알 수 없겠지만, 지금 박경진은 편집자로서 객관적인 답을 달아주기 위해 최선을 다한 것이었다.

"음, 뭔가 장황하지만 결론은 제가 내린 것과 같네요. 그렇지요?"

"뭐, 그렇다고 할 수 있지."

"그럼 내가 야한 글을 쓰기 위해서는 역시 경험이 필요하겠죠?"

"뭐, 있으면 확실히 수월하겠지. 내가 알기론 자기 경험의 베이스를 그렇게 도약하듯 크게 벗어나는 작가는 없으니까."

"아, 정말 고맙습니다. 사실 고민 많이 했거든요. 이제 결심이 섰어요."

"결심?"

"네. 훌륭한 작가가, 아니, 잘 나가는 작가가 되기 위한 밑천으로 저도 그 방면의 경험을 쌓으려구요."

그때 박경진이 커피를 마시고 있던 게 문제였다.

"쿨럭! 쿨럭, 쿨럭!"

갑자기 그가 괴로운 기침 소리를 뿜어내는 바람에 입에 들어 있던 커피의 대부분이 비우의 얼굴을 향해 튀어나왔던 것이다.

"악! 더러워라!"

비우가 펄쩍 일어서며 박경진을 냅다 째려보았다.

"불만이 있으면 말로 하시지 그랬어요! 이거 너무 치사해요!"

"쿨럭, 쿨럭. 누가 불만이래…… 쿨럭."

박경진이 주머니에서 손수건을 꺼내 비우에게 내밀었다.

"이걸로 대충 닦아."

비우가 그것을 받아 얼굴과 목덜미 주변을 닦았다.

"너무해. 이거 흰 옷인데."

과연 비우가 입고 있던 하얀 셔츠에는 온통 갈색 얼룩이 방울 져 있었다. 얼룩을 직접 두 눈으로 확인한 비우의 얼굴이 금방 이라도 울 것처럼 변했다.

"이 꼴로 집에 어떻게 가란 말이야."

박경진이 비우가 얼굴을 닦고 내려놓은 손수건을 집어 들고 자신의 입 주위를 한 번 닦았다. 그리고는 벌떡 일어섰다.

"태워다 줄게. 나가자."

그 말에 비우가 눈을 땡그랗게 떴다.

"에? 지금 안 바빠요? 원고 볼 거 산더미 같다면서요."

"내가 저지른 일 책임질 시간은 내야지."

의외의 전개였지만, 마음이 놓이는 건 사실이었다.

"에헤헤, 그럼 기꺼이요."

비우가 배실배실 웃으며 박경진의 뒤를 따라 편집실을 나섰
다.

"사실 이런 얼굴 하고 또 지하철 타기 싫었거든요. 셔츠 하나
버리고 되게 잘됐다."

"너무 노골적으로 좋아하는 표시 내지 마라. 다시 들어가고
싶어지니까."

"어유, 남 좋은 꼴은 못 보는 성격인가 봐요?"

"아니. 너 잘되는 꼴은 못 보겠다."

"것봐, 역시 편집장님은 나만 미워해."

"농담도 못하냐!"

말은 그렇게 해도 박경진은 칙칙한 시멘트 계단을 쫄래쫄래
뒤따라온 비우가 자신의 차에 오르는 꼴을 얌전히 지켜보고 있
었다. 게다가 친절하게 안전벨트를 매주기까지 했다.

"고맙습니다."

박경진의 머리가 비우의 턱 끝을 스쳤다. 꽤나 남성적이면서
도 산뜻한 향기가 흘렀다. 이런 냄새라니, 의외다.

새삼 박경진이 꽤나 친절한 사람이라는 생각이 들었다. 말을
얄밉게 해서 문제지 사실 그녀에게 그리 꼭 나쁜 것 같지도 않
았다. 차도 태워주고, 생일이라고 사다리도 타주고, 안전벨트도
매주고.

차를 출발시킨 박경진이 시선을 앞에 고정시킨 채 물었다.

"아까 하던 얘기 마저 하지. 그래서 그 경험에 대한 구체적인 계획은 세운 거야? 아니면 그냥 그래야겠다는 뜬구름식이야?"

"에에…… 굳이 말하자면 구체적으로 변하고 있는 중이에요."

비록 어젯밤에 급작스럽게 내린 결론이긴 했지만.

"어떻게? 내가 알기로 넌 연애하는 남자도 없고 연애 대상이 될 만한 남자도 주변에 없는 것 같은데?"

"편집장님이 어떻게 안다고 그렇게 단정 짓는 거예요?"

"바보냐. 이제껏 너랑 일 년을 알고 지냈는데 너 그때부터 지금까지 변한 게 하나도 없어. 여자가 눈에 띄는 큰 변화가 없단 것은, 애인이 없다는 말과 똑같은 거야."

"아, 그래요? 적어둬야겠다. 소설에서 써먹어도 돼요?"

"말 돌리지 말고 말해 봐. 그 구체적인 계획은 대체 어떤 거야?"

비우가 선팅된 창밖으로 스쳐 가는 거리의 풍경을 바라보며 대수롭지 않게 입을 열었다. 아니, 대수롭지 않게 보이기 위해 애쓰며 입을 열었다.

"나 예전에 섹스에 대해서 되게 궁금한 적이 있었거든요. 그래서 황희, 아니, 제일 친한 친구한테 물어봤어요. 첫경험에 대해 얘기해 달라고 한 것 같은데 그 친구 말이, 첫경험은 상대방 남자도 처음이었기 때문에 굉장히 재미없었다면서 가장 재미있었던 경험에 대해서 얘기해 줬어요."

"그게 너랑 무슨 상관인데?"

"그러니까 희경, 아니, 그 친구의 결론은 첫경험을 추억으로 남기고 싶으면 경험 많은 유능한 남자랑 해라, 뭐 이런 거였죠. 그래서 저도 경험 많은 유능한 남자를 하나 찍어서 그 사람이랑 해보자고 하려구요."

끽!

갑자기 차가 급정지했다.

"으얏!"

그 바람에 덜컹대며 푹신한 의자에 엉덩이를 찧게 된 비우가 냉큼 비명을 질렀다.

"운전 좀 잘해주세요!"

박경진이 그 말을 무시하고 다시 차를 출발시켰다.

"그래서, 그 경험 많은 유능한 남자가 누군데? 찍어둔 사람이라도 있는 거야?"

만약 비우가 그 순간 박경진을 보고 있었다면 그의 눈동자가 지금 얼마나 갈 곳을 잃고 허둥대고 있는지 볼 수 있었을 것이다. 그러나 그녀는 좀 전처럼 창밖의 풍경에만 관심이 있는 척하고 있었다. 도무지 다른 사람에게 들켜도 괜찮을 만한 표정이 아니었던 것이다. 비우가 한참 후에야 대답했다.

"네."

그 목소리는 왠지 떨리고 있는 것처럼 들렸다.

그제야 비우를 돌아본 박경진은, 비우가 창밖으로 스쳐 가는 풍경에 정신 팔린 것이 아니라 자신으로부터 표정을 감추려 했을 뿐이라는 사실을 알아차렸다. 비우는 울고 있었던 것이다.

"그런데 왜 울어, 인마?"

비우가 양손을 들어 부비부비 눈을 문질렀다.

"나도 몰라요."

"네가 모르면 누가 알아?"

"정말 모르겠어요."

"왜?"

"상혁이는 분명 굉장히 잘할 거예요. 경험이 되게 많거든요. 그리고 난 그 애를 사 년이 넘게 짝사랑해 왔으니 사실 첫경험 대상으로는 그보다 더 좋은 상대도 없을 거라고 생각해요. 그리고 상혁이는 굉장히 다정하고, 음, 상냥하고, 으음, 그리고 친절하니까 내가 못해도 별 무리 없을 거란 생각도 들어요. 분명 정말 잘할 거예요. 그리고 어제까지 그 애의 행동 패턴을 체크해 본 결과 내가 이런저런 이유로 같이 자자고 하면 군말없이 같이 자줄 거 같아요."

빠앙!

좀 전에 급정거를 감행하던 박경진의 이름 모를 외제 차는 이제 멀쩡히 잘 빠지고 있던 도로에서 클랙슨을 울리는 짓까지 해대고 있었다. 가뜩이나 불쾌지수도 높은데 열받은 운전자들이 꽤나 될 것이다.

"왜 그래요?"

박경진은 이번에도 비우의 말에는 대구를 달지 않고 자기 할 말만 했다.

"그런데 넌 왜 울어?"

비우가 다시 한 번 눈 주위를 부비거렸다.

"그러게 말이에요. 사실 더없이 좋은 조건인데 왜 자꾸 눈물이 나는지 모르겠어요. 아마 처음이라서 그러지 않을까 싶어요."

"내가 알기론 자기가 좋아하는 남자랑 같이 자면서, 아니, 같이 잘 생각을 하면서 우는 여자는 없는데."

"그, 그래요?"

그러면서 비우는 또 눈 주변을 부비적 문질렀다.

"그러니까 너는 지금 뭐가 잘못됐다고 보는데."

"그래요?"

"네가 시침 떼고 그래요, 할 게 아니지 않아? 네 녀석 문제니까 네가 해결해야지. 너 그 남자 품에 안겨서도 계속 그렇게 질질 짤래? 그럼 아마 하다가 도중에 그만둘걸."

"왜, 왜요?"

"너라면 홀딱 벗고 질질 짜는 남자랑 같이 잘 마음이 들겠냐."

"으음……. 그런 경우는 겪어보지 않아서 잘 모르겠지만 확실히 문제가 있을 것 같네요."

"물론이지. 그러니까 그 이유도 모를 울음이 멈출 때까지는 그 남자와 같이 자는 것, 진지하게 보류해 봐."

"진지하게 생각하는 것도 아니고 진지하게 보류하는 건 또 뭐래요?"

"여튼!"

갑자기 박경진의 목소리가 신경질적으로 들려왔다. 아마도 목소리 톤이 높아져서 그럴 것이다.

끼익!

어느 순간 차가 멈춰 섰다. 문을 빼꼼히 열고 보니 벌써 상혁이네 아파트 앞에 도착해 있었다.

"내려!"

박경진의 목소리는 여느 때보다 훨씬 더 신경질적이었다. 마음이 상한 비우가 자기도 목소리를 높였다.

"엑, 이제 와서 새삼 바래다준 게 억울하신 거예요? 갑자기 왜 성질이래?"

"시끄럽거든. 빨리 내려라."

"쳇. 알았어요, 간다고요."

비우가 종알종알거리며 차 문을 막 열려던 참이었다. 갑자기 박경진의 손이 비우를 덥석 붙들었다.

"으앗, 왜요?"

"잠깐만."

잠깐만은 무슨 잠깐!

비우가 '뭔데 잠깐만이요?'라고 묻기도 전에 박경진의 입술이 덥석 비우의 입을 막았다. 차 안의 빵빵한 에어컨 냉기 덕택에 느닷없이 다가온 박경진의 입술은 시원한 느낌이었다. 시원하면서도 뜨거운, 아주 야릇한 느낌.

"으읍……!"

그의 혀가 노련하게 입술 사이를 파고들었다. 도망치려고 버둥대는 비우를 꽉 움켜쥔 팔뚝처럼 단호한 기세로, 박경진의 혀가 비우의 안을 헤집어놓기 시작했다. 달콤함이라고는 하나도 없는 키스였다. 난폭하거나 거칠지는 않았지만 부드럽고 다정하지도 않았다. 그것을 키스라기보다는 소유권 주장에 대한 항변처럼 느껴졌다.

아직도 희미한 원두 향이 남아 있는 그의 키스는 그래서 상혁의 한없이 달콤한 키스와 비교해 볼 때 위험한 느낌이었다. 뭐랄까, 상혁이처럼 사랑스럽고 솜사탕 같은 존재로 다가오는 것이 아니라 남성적이고, 단단하고, 그래서 뭔가 도망치고 싶은 기분이 드는 존재로 자신을 확실히 인식시키고 있었다.

퍽!

비우가 손을 들어 박경진을 한 대 내려쳤다. 키스는 그렇게 끝나고, 박경진의 눈앞에는 잔뜩 붉어진 얼굴로 가쁜 숨을 몰아쉬고 있는 비우가 드러나 있었다.

비우가 꽉 막힌 듯한 목소리로 말했다.

"미치는 건 어제로 끝 아녔어요?"

박경진이 고집스럽고, 좀 전에 비우가 느꼈던 것처럼 위험한 표정으로 고개를 저었다.

"네가 잊은 게 있는 것 같아서."

여전히 죄책감이라고는 없는 그 표정에 비우는 계속 씩씩댈

뿐이었다.

"그게 뭔데요?"

그리고 이어지는 대답.

"어제도 지금처럼 혀 넣었다. 네가 기억 못하는 것뿐이야."

"에…… 에?"

놀랄 시간도 없이 박경진이 손을 뻗어 조수석의 문을 열어주
었다.

"잘 가라."

"에……?"

얼떨떨해하는 비우가 내리자마자 탁 소리와 함께 문이 닫히
더니 그가 얄밉게도 횡하니 차를 돌려 도망치듯 가버렸다.

비우가 집에 들어갈 생각을 못하고 그 자리에 한참 동안 서
있었다.

"뭐야, 이거. 저 사람 요즘 애인 없어서 욕구불만인가?"

갸우뚱.

"저 사람도 남자긴 남자인 모양이지."

그래도 갸우뚱.

"근데 왜 나한테 이래?"

왜 하필 그녀일까.

연신 고개를 갸우뚱하던 비우가 결론을 내리지 못하고 그대
로 집으로 향했다.

열하나

띵—동.

중간에 한 번 달칵, 끊기는 듯한 벨소리.

"어라? 가스 점검인가?"

예의 트레이닝복으로 갈아입고 헐렁한 아톰 티셔츠를 입은 뒤 컴퓨터 앞에 앉아 절대 풀리지 않을 것 같은 원고를 노려보고 있던 비우가 후다닥 현관으로 튀어나갔다.

"누구세요?"

들리는 목소리는 비우로서는 처음 듣는 것이었다.

"상혁이네 집이죠?"

"네, 그런데요?"

"문 좀 열어주세요. 저 상혁이 친구예요."

척 듣기에도 나긋나긋, 여성스러움이 한껏 배어나오는 예쁜 목소리였다. 비우는 순간 벨소리를 못 들은 척하고 다시 방 안으로 튀어 들어갈까 하는 심각한 고민에 휩싸였다.

띵동.

다시 한 번 벨소리가 울렸다.

"문 열어주세요."

"쳇."

비우가 결국 손을 뻗어 현관문을 열어주었다.

철컥!

비우가 잠가놓았던 문고리를 돌리자마자 밖에서 당기게끔 만들어진 문이 벌컥 열렸다. 그 때문에 비우는 비명을 지르며 신발을 놓는 현관 바닥에 턱을 찧어야 했다.

"으악, 아파라."

"어머, 죄송해요."

들어서는 사람은 목소리만큼이나 예쁘게 생긴 여자였다. 나이는 한 스물하나, 둘 정도. 여자라면 누구나 부러워할 만큼 날씬한 작은 몸매에 길게 늘어뜨려 우아하게 웨이브를 넣은 갈색 머리가 무척 잘 어울리는 세련됨까지 갖추고 있는 여자였다.

"저기, 상혁이 아직 회사에서 안 돌아왔거든요. 누군지 전해드려요?"

그녀가 크고 맑고 시원하게 생긴 예쁜 눈을 들어 비우를 바라보았다.

"그쪽이 지금 상혁이 여자 친구예요?"

응? 뭐라고?

비우가 당혹스럽게 고개를 저었다.

"에, 저요? 아, 아니, 아닌데요."

그러자 이 예쁜 년은 태연하게 신고 온 구두를 벗으며 안으로 들어섰다.

"그럼 내가 안에서 기다리죠."

"아니, 그게…… 상혁이한테 전화를 해보시든지요. 걔 만날 늦는데."

"상혁이가 내 전화 안 받아서 온 거거든요."

꽤나 거리낌없는 태도로 상혁의 방문을 열고 들어선 그녀는 냉큼 그의 침대에 주저앉아 침대 옆의 작은 서랍장을 열었다. 곧이어 보이는 상혁의 콜렉션들. 그녀가 손가락을 들어 콘돔의 숫자를 세어보더니 서랍장을 탁, 소리나게 닫았다.

"나쁜 자식."

그녀가 손톱을 잘근잘근 씹기 시작했다. 얼떨결에 그녀를 따라 상혁의 방에 들어와 있던 비우는 어째야 할지 몰라 그냥 살금살금 몸을 돌려 자신의 방으로 들어가려고 했다. 그런데,

"이봐요!"

저 예쁜 여자가 비우를 불러 세웠다.

"왜요?"

"상혁이 애인이 아니라면서 왜 여기 있어요?"

"저기, 그냥 룸메이튼데요."

"룸메이트?"

"네."

그녀가 의심스럽다는 듯, 비우를 위아래로 쭈욱 훑어보았다.

"언제부터요?"

"꽤 됐어요. 아홉 달 정도요."

"그래요?"

"그런데요."

그녀가 다시 비우를 주욱 훑어보았다. 마치 정육점의 고기 재
듯 저울에 재보는 듯한 느낌. 아, 저 허벅지 살은 몇 근이로군.
체지방률이 꽤 높겠는데. 어라, 대뱃살과 갈매기살도 지방이 꽤
많은걸. 그러니까 내 승리다, 라고 하는 식의. 어디라도 한 대
때려주고 싶을 만큼 얄미운 표정이었다.

"알았어요."

그리고 그녀가 비우로부터 고개를 돌렸다. 이제 비우에 대한
관심거리가 모두 사라진 모양이었다.

"쳇."

비우가 작게 중얼거리며 상혁의 방을 나와 문을 닫았다.

"자자, 신경 끄고 난 공모전이나 준비하자."

그렇게 그녀가 다시 자신의 방으로 들어가려던 순간, 비우는
열린 현관문을 이상한 눈초리로 바라보며 들어서고 있는 상혁

과 마주쳤다.

"으앗! 너 오늘 왜 이렇게 일찍 와?"

"그냥. 너랑 또 놀려고. 근데 문이 왜 열려 있어?"

상혁이 씨익 웃으며 현관으로 들어섰다. 막 신고 있던 커다란 운동화를 벗으려는 상혁에게 비우가 달갑지 않은 목소리로 '한 대 때려주고 싶은 여자'의 존재를 알렸다.

"참. 방에 손님 와 있어."

상혁은 놀라는 눈치였다.

"손님? 누구?"

"몰라. 되게 예쁜 여자애."

"여자?"

그때 상혁의 방문이 활짝 열렸다. 상혁의 방에 들어가 있었던 그녀가 그들이 주고받는 대화를 들은 모양이었다.

"박상혁!"

그 순간, 아직 신발을 벗기 전인 상혁이 재빨리 비우의 손을 잡아끌었다.

"달려, 비우야!"

"엥? 뭐?"

"달려!"

비우의 손목을 꼭 움켜쥔 상혁이 마구 달리기 시작했고, 엉겁결에 그에게 붙들린 비우도 따라서 죽자고 뛰었다.

"대체 왜 그러는데!"

"일단 뛰어! 나중에 말해 줄게!"

"헥, 헥헥……."

얼마나 달렸을까. 아파트 단지 후문으로 빠져나와 그 옆으로
이어진 고등학교까지 어마어마한 속도로—최소한 비우에게는 그
랬다—내달린 상혁이 어느 담벼락에 붙어서서야 간신히 발걸음
을 멈추고 숨을 골랐다.

"헥헥헥헥, 헥헥……."

비우가 털썩, 바닥에 주저앉았다.

"아이고, 죽겠다."

간만에 달리느라 마구 덜렁거려 빨갛게 가려워진 뱃살을 움
켜쥐고 헥헥대는 비우 옆에 상혁이 자신도 엉덩이를 붙이고 앉
았다. 뱃살도 아팠고 맨발도 아팠다. 그나마 아파트 후문도 길
이 잘 닦여 있으니 망정이지 아니었으면 그대로 피 볼 뻔했다.

"미안. 힘들었지?"

그는 여전히 예쁘고 다정하게, 마치 솜사탕처럼 웃고 있었다.
저 모습을 보고 대체 어떻게 화를 낼 수 있을까.

비우가 배시시 웃으며 고개를 저었다.

"힘들긴. 너도 같이 뛰었잖아."

"에, 거짓말. 힘들어서 죽으려고 했으면서."

상혁이 장난스럽게 웃더니 옷자락을 들어 비우의 이마에서
흐르는 땀을 닦아주었다. 코끝으로 상혁의 몸 냄새가 확 파고들

어 왔다.

이놈 자식은 타고난 선수야, 선수.

그래도 상혁에게 폭 안기고 싶은 유혹을 참느라 안간힘을 쓰자니 기껏 땀을 닦아주는 상혁의 노력에도 불구하고 땀이 더 흐르는 기분이었다.

"됐어, 상혁아. 네 옷에서 땀냄새 나겠다."

자신이 흉포한 한 마리 야수로 변해 상혁을 덮치기 전에 비우가 얼른 그를 말렸다.

"왜? 이러는 거 싫어?"

"아, 아니…… 그게 아니라, 나는 네 옷에서 냄새 날까 봐. 에헤헤."

어색하게 웃는 비우를 바라보면서 상혁이 다시 흙바닥에 주저앉았다. 그의 이마에도 송골송골 땀방울이 맺혀 있었다. 비우는 슬금슬금 그의 눈치를 보면서, 그가 했던 것처럼 자신도 옷자락으로 그의 얼굴을 닦아주면 어떻게 될까 하는 부질없는 상념에 젖어 있었다.

불쑥 상혁이 입을 열었다.

"걔 누군지 안 궁금해?"

"응? 누구?"

"아까 걔."

"음…… 궁금해해도 돼?"

"안 될 게 뭐가 있어. 걔도 친구였어. 지금은 아니지만."

"왜 친구가 아냐?"

"걔가 애인 하자고 그랬거든. 내가 싫다고 그러니까 이제 친구 안 한다더라. 그래서 친구 아니야, 지금은."

흠. 남들은 그런 관계를 뭐라고 부르더라?

"음, 단순하게 들리는데 의외로 복잡한 관계다."

"그래? 나야 뭐, 친구보다는 쟤처럼 친구 아니게 된 관계가 더 많으니까. 사실 나는 아직도 친구라고 하는데 쟤들은 대부분 그렇게 생각 안 하더라고."

내 말이 그 말이야, 상혁아. 너만 친구인 그런 관계를 사람들은 뭐라고 부를까?

비우가 손을 들어 대충 들어간 땀을 닦아내는 척했다.

"음, 그래서 복잡하다고 한 거였어. 근데 쟤는 왜 온 거야?"

"글쎄, 그거야 나도 모르지. 연락 안 한 지 꽤 됐거든. 지금은 어떻게 사는지도 몰랐어."

"예쁜 거 보니까 잘사는 모양이던데 뭐."

"헤, 여자들은 예쁘면 잘사는 거야?"

"잘 못살면 얼굴에서 표시나. 피부도 망가지고, 머리 하고 다닐 여유도 없고. 화장도 잘 안 먹고 옷발도 잘 안 살아. 자연히 안 예뻐 보이지."

"흠. 쟤는 나랑 친구 아니면서 더 잘사는 모양이다."

"그럼 뭐, 잘된 거네."

상혁이 어딘가 먼 곳에 대고 히죽 웃었다.

"쟤 생긴 건 괜찮은데 되게 무섭다."

"에? 어디가?"

"쟤 화나면 자기 친구도 막 때려."

"뭐?"

자기 친구를 때리는 여자? 그 여리여리한 팔뚝으로? 대체 왜?

비우가 멍한 표정이 되자 상혁이 비우의 머리카락을 쓰다듬으며 말을 이었다. 마치 재미있는 옛날얘기라도 들려주는 것처럼.

"그때 어쩌다가 쟤 친구가 나랑 잤거든. 쟤가 나중에 그거 알고는 자기 친구 막 때렸어. 머리카락도 쥐어뜯고 따귀도 때리고. 그 일이 있고 나서 내가 쟤한테 실망했다고, 다시 보지 말자고 그랬어."

분명 네놈이 나쁜 거야, 이 마성의 미소년아.

그런데 비우는 차마 상혁이한테 '네가 개새끼였네! 어떻게 친구 사이에서 양다리를 걸쳐!' 라는 말을 해줄 수가 없었다. 상혁이한테는 어차피 둘 다 애인이 아니었으므로 둘이 친구 사이였다는 것 자체가 아무런 의미도 없었을 것이다.

상혁이 아무 말도 못하고 있는 비우를 바라보며 다시 웃었다.

"드라마 같지? 되게 재미있지 않아?"

그의 미소는 정말로 재미있어 죽겠다는 듯한 표정을 만들어내고 있었다. 그래서 비우는 그 표정이 정말로 마음에 들지 않았다.

"아니, 별로 재미없어."

"왜 재미없어?"

"걔들도 재미없었을 테니까."

"그래?"

"그럼. 친구 사이에 한 남자 놓고 싸우는 게 뭐가 재미있어."

"그래? 난 재미있던데."

비우가 상혁에게서 고개를 돌렸다. 이 표정을 그가 눈치채지 않았으면 좋겠다는 마음뿐이었다.

재미있어하지 마, 상혁아. 제발 재미있어하지 마. 난 정말로 하나도 재미가 없거든.

"비우야."

상혁이 조심스럽게 비우를 불렀다. 비우가 상혁과 눈이 마주치지 않게 시선을 애매하게 돌리며 대꾸했다.

"응."

"너……."

무슨 말을 하려던 상혁은 곧 마음을 접은 듯 앉은 자리에서 벌떡 일어서서 비우에게 손을 내밀었다.

"어차피 걔 아주 오래 있을 테니까 우리 맛있는 거 먹으러 가자. 내가 사줄게."

비우가 선뜻, 상혁의 손을 잡지 못한 채 한참 그 손을 바라보고 있었다. 이 손을 잡고 그를 따라나서면 자신도 공범자가 될 것만 같은 기분이 들었던 탓이다. 이 손을 잡고, 태연히 상혁이 보면서 웃고 그러면 상혁의 저 옳지 못한 생활 방식을 자신이 고스란히 묵인해 주는 식의 분위기가 정착될 것만 같아 마음이 불편했다.

과연 이 손을 잡아도 될까? 상혁이를 저렇게 살도록 내버려 두어도 되는 걸까?

비우가 한참 동안 꼼짝도 않고 있자 상혁이 비우 앞에 무릎을 꿇고 앉았다. 당황한 비우가 손을 내밀어 그를 말렸다.

"야, 이러지 마. 바지 더러워지잖아."

"네가 이런 표정 지으니까 그렇지."

"내 표정이 어때서?"

"울 것 같잖아."

"엥? 내가?"

상혁이 손을 들어 비우의 얼굴을 꼭 감쌌다. 언제나 그렇듯, 뽀송뽀송 마른 듯한 느낌의 따스하고 건조한 손이었다.

"내가 뭐 너한테 잘못했어? 아까 걔 때문에 기분 나빴어?"

울 것 같은 건 자신이 아니라 오히려 상혁이었다.

"아니야. 그리고 나 울 것 같지도 않아."

"진짜?"

"응."

"정말?"

"응!"

비우가 억지로 웃어 보이자 상혁이 고개를 끄덕였다.

"그럼 다행이고."

상혁이 다시 솜사탕처럼 웃으며 비우의 어깨 밑으로 손을 넣어 그녀를 일으켰다.

"끙차. 아유, 무거워."

아아. 대체 어떻게 스물네 살씩이나 먹은 남자가 이렇게 귀엽게 보일 수 있는 것인지. 비우는 상혁의 미소 한 방에 전신이 흐느적거리는 자신을 느낄 수 있었다.

에이, 몰라. 될 대로 돼버려라. 나쁜 놈이든 말든 나한테만 안 나쁘면 됐지 뭐.

귓가로 상혁의 목소리가 내려앉았다.

"무거운 우리 비우, 뭐 먹을래?"

아, 말을 마치자마자 나쁜 놈이 되는군.

비우가 저도 모르게 인상을 썼다.

"안 먹을래."

"무겁다고 그래서 화났어?"

"당연하지!"

상혁의 팔이 어느샌가 허리에 둘러졌다.

"괜찮아. 아직은 내가 너보다 더 무거우니까."

이봐, 박상혁 군. 그건 애인들 사이에서나 쓰는 말이야. 그러니 그건 너랑 나랑 애인이 됐을 때나 할 수 있는 말이라구. 나처럼 그냥 혼자서 너 좋아하는 애한테 그런 말 쓰면 안 돼.

그러나 상혁은 자신이 비우에게 무얼 잘못하고 있는지 도무지 모를 것이다. 그러니 저렇게 사심없이 예쁜 미소를 지어댈 수 있을 터였다.

"날도 더운데 우리 팥빙수 먹자. 저기 아래 지하철역 앞에 아이스베리 새로 생겼더라."

"뭣? 아이스베리?"

그 멋진 말에 비우의 눈이 번쩍했다가 곧 수그러들었다.

"왜? 싫어?"

"아니, 그게 아니라…… 지하철역 앞이니까 사람 많을 거 아냐."

"사람 많으면 나랑 있기 싫어?"

캑! 바보냐, 네놈은! 당연히 그럴 리가 없잖아!

"아니, 저기…… 이거……."

비우가 어색한 미소를 지으며 자신의 맨발을 가리켰다.

"네가 싫은 게 아니라 내가 쪽팔려서."

"아, 저런. 그러고 보니 맨발이었구나."

상혁이 비우의 맨발을 보며 잠시 고민에 잠기더니 곧이어 그녀를 향해 등을 들이밀었다.

"자, 업혀."

"엥? 이봐, 친구. 나 굉장히 무겁다고."

"너 무거운 거 내가 모를까 봐? 빨리 업혀."

아니, 그래도 그럴 수는 없다. 막연히 알고 있는 것과 직접 업혀 적나라하게 들통나는 것은 결단코 다른 영역의 일이었다.

"끄응. 이건 우리 둘 다 죽이는 행위야."

그러니까 포기해라!

비우의 그 말에 상혁이 소리 내어 웃었다.

"하하. 너 정말 특이하다. 그래도 업을 수 있으니까 업혀."

이걸 어떻게 해야 할까라며 고민도 좀 하고, 결국 사양하고…… 이런 것이 바람직한 '양심적 인간'의 행위이겠지만 지금 비우에게는 자신의 눈앞으로 다가온 상혁의 등짝이 너무도 유혹적이었다.

상혁이 등에 업히면 어떤 기분이 들까……?

비우가 눈을 질끈 감았다. 사랑 앞에서 양심이 다 무슨 소용이냐.

"에잇! 그럼 업힌다!"

"엉. 빨리 업혀."

비우가 어기적 다가와 상혁의 등에 찰싹 들러붙은 상태로 그의 목을 꼭 그러안았다.

"끙차."

상혁이 비우의 엉덩이를 손으로 받치며 꽤나 힘들게 일어섰다. 비우가 계속 콕콕 찔려오는 양심에 맞서 눈을 질끈 감고 상혁의 목에 매달렸다. 이렇게 직접적이고 노골적인 전신 접촉은 처음 있는 일이라 온몸이 부들부들 떨리지 않는 게 신기한 노릇이었다. 양 허벅지 안쪽에는 상혁의 옆구리가, 엉덩이 밑에는

상혁의 손바닥이, 가슴에는 상혁의 단단한 등이, 손에는 언제나
단정하고 깔끔한 모양새를 하고 있는 그의 목덜미가 와 닿았다.

　'흑, 이대로 죽어도 좋아.'

　비우가 막 그런 생각을 할 무렵이었다.

　"대신 팥빙수는 네가 사."

　상혁의 사심없는 예쁜 목소리가 귓가를 울렸다.

열둘

"**와**, 쟤들 되게 예쁘다."

신대방역 앞 지하상가에 새로 생긴 아이스베리는 고만고만하게 다양한 종류의 사람들이 모여 혼잡스럽고 시끄러운 분위기를 연출하고 있었다.

그중 한몫을 하게 된 비우가 상혁의 말에 건너 건너 테이블에 자리 잡고 있는 일련의 여고생—혹은 여중생—무리들을 돌아보게 되었다.

"누구?"

"머리 길러서 핀 꽂은 애도 예쁘고, 그 맞은편 머리 짧은 애도 예쁘고."

확실히 요즘 애들은 뭘 먹고 사는지 죄다 늘씬 늘씬한 몸매의 소유자들이었다. 그중 상혁이 콕 짚은 두 명의 여자애들은 확실히 그 또래답게 청초함이 물씬 풍기는 귀여운 외모를 하고 있다.

"아, 정말 예쁘다."

상혁이 제까닥 말을 받았다.

"응. 교복도 되게 예쁘고 생긴 것도 되게 예쁘다."

기분이 나빠지기 시작했다.

"너 교복 패치냐? 아니면 로리콤?"

"왜, 교복 입은 애들 예쁘잖아."

비우가 잠시 머리를 긁적였다.

"하긴 뭐 나도 교복 입은 남고생들 예뻐 죽겠으니 남자들은 더하겠지."

"뭐? 교복 입은 남고생이 예뻐?"

"응. 내 나이 되면 당연한 현상 아니야?"

"아, 야해라, 이비우."

"캭! 나의 어디가!"

발끈하는 비우를 보며 상혁이 짓궂게 웃었다.

"괜찮아. 내가 다 이해해 줄게."

상혁이 비우를 이해해 주는 시간은 얼마 걸리지 않았다. 그의 눈은 또다시 그놈의 예쁜 여고생들—혹은 여중생들—에게로 돌아가 있었다.

"아, 정말 예쁘다."

그의 입에서 연발되는 예쁘다라는 단어에 비우의 귀가 따끔거렸다. 아무래도 벌레가 들어간 모양이었다. 귀를 따라 몸속으로 파고들어 온 벌레는 심장께로 갔는지 이제는 가슴 부근도 따끔거렸다. 아파오는 가슴을 무시하느라 애꿎은 팥빙수만 열심히 퍼먹고 있는 비우에게 상혁이 불쑥 말했다.

"쟤네 교복 말이야, 혹시 어느 학교 교복인 줄 알아?"

"아니, 내가 알 리가 없잖아."

"그런가?"

"대방역 근처에 있는 학교 중 하나 아냐?"

"이 근처에서는 못 본 거 같아서. 그냥 다른 데서 놀러온 애들인가 보네."

이 망할 녀석아. 왜 자꾸 고삐리들은 넘보고 난리야. 지금 네놈 나이가 몇 살인 줄 자각 좀 해라!

"거참, 그렇게 궁금하면 가서 물어봐."

"아, 그럼 되겠구나."

정말로 상혁이 벌떡 일어나서 건너 건너 테이블로 다가갔다.

팍!

저도 모르게 비우가 땡그래진 눈을 하고는 팥빙수 그릇에 숟가락을 콱 메다꽂았다. 때문에 얼음 알갱이와 팥알들이 몇 개 얼굴에 튀었지만, 비우는 그것들을 닦아낼 생각도 못 하고 있었다. 건너 건너 테이블에서 들려오는 상혁의 목소리에 온 신경이 곤두선 탓이었다.

"저기요, 교복이 되게 예뻐서 그러는데 그 교복 어느 학교 거예요?"

상혁의 저 우유처럼 부드러운 목소리에, 새삼 비우는 그가 얼마나 젊어 보이는가를 깨달았다. 오늘도 역시 한쪽 다리통에 상혁이 하나가 거뜬히 들어갈 것 같은 통 넓은 진 밤색 카고 팬츠에 그 위로는 단정한 하얀색 셔츠를 입고, 백금 팔찌에 일견 세트로 보이는 작은 십자가 귀걸이를 한 그는 충분히 어려 보였다. 어리고, 예쁘고, 멋져 보였다. 자기가 봐도 저렇게 예쁜데 한창 감수성 예민한, 저 교복 입은 빠순이들 눈에는 오죽할 것인가.

걱정대로 상혁이 말을 걸자 교복 무리는 얼굴을 발갛게 달구며,

"지, 진성여고요."

라고 냉큼 답을 달아주었다.

이 잡것들아! 말은 왜 더듬는 거냐고!

"진성여고가 어디 있어요?"

"여기서 안 멀어요. 대림역에서 마을 버스 타고 들어가요."

"와아, 가깝구나."

더해지는 상혁의 아리따운 미소.

"여기 자주 놀러 와요?"

"아뇨. 오늘은 친구 때문에 왔어요. 친구가 근처 병원에 입원했다고 해서 문병 온 거예요."

"와, 생긴 것도 예쁜데 마음도 예쁘네."

어이, 이봐! 박상혁 군! 자네 드라마를 너무 많이 본 거 아니오!

명색이 로맨스 작가인 그녀가 들어도 닭살이 돋을 만한 멘트였다. 그러나 상혁이 말하자 저 흔하디흔한 대사가 지니는 유치함은 어디로 사라지고 없는지, 왜 이렇게 예쁘게 들리냐 이거다.

"친구는 어디가 아파서 입원했어요?"

"계단에서 넘어졌대요. 오늘 가봤더니 머리에 붕대도 감고 있고 갈비뼈도 하나 부러졌다고 하는 거 있죠."

"와, 되게 아프겠다. 친구들이 잘 챙겨줘야겠네."

"네."

"그럼 이 동네 자주 오겠다. 앞으로 종종 보겠네요."

"오빠는 이 동네 살아요?"

"네. 저기 보이는 아파트 살아요."

"와, 병원하고 진짜 가깝네요. 병원에서도 보이겠다."

"그래요? 시간 나면 놀러와요."

어떻게 저런 작업 멘트가 저렇게 자연스럽게 흘러나올 수 있는지. 별생각없이 듣는다면 작업 멘트인 줄도 모를 정도였다. 저 예쁘고 순진한—골빈 것 같은—여고생들도 그런 생각은 안 드는지 팔짝 뛸 정도로 열렬한 반응을 보였다.

"와아, 정말이요? 진짜 놀러 가도 돼요?"

"그럼요. 나 퇴근하면 이 시간 정도에는 집에 있거든요. 전화할래요?"

상혁이 손을 내밀자 머리 긴 여자애가 냉큼 자신의 핸드폰을 쥐어주었다. 상혁의 예쁜 손가락들이 핸드폰을 빠르게 두들겨 대기 시작했다. 그 모습을 마치 비우가 보는 것처럼 아주 꼼꼼히 들여다보고 있던 여자애가 배시시 웃었다.

"오빠 이름이 상혁이에요?"

"네. 촌스럽죠?"

"아니요! 절대 안 그래요!"

여자애가 입을 벙긋대며 고개를 마구 흔들었다. 슬프게도 비우는 저게 어떤 의미인지 잘 알고 있었다. 저 애들의 반응은 상혁의 앞에 서서 늘 어쩔 줄 모르는 자신과 별반 다르지 않았다. 갑자기 입 안에 가득 든 달콤한 팥들이 견딜 수 없을 정도로 떫게 느껴졌다.

이번에는 여자애가 상혁이에게 손을 내밀었다.

"오빠 것도 주세요. 저희 것도 가르쳐 드릴게요."

"저런, 고마워라."

상혁이 생글생글 웃으며 자신의 전화기를 건네주었다. 이로써 상혁이 저 예쁜 교복의 예쁜 고삐리들을 꼬시는 데는 무려 오 분도 채 걸리지 않았다는 사실이 입증되었다.

'요즘 애들이 너무 가벼운 거냐, 아니면 네놈이 수완가인 거냐.'

비우는 물론 모르고 있었지만 그녀는 지금 입을 댓발이나 내밀고 있는 중이었다. 가늘게 치켜뜬 눈 하며, 구십도 각도로 홱 휘어진 눈썹 하며, 부르르 떨고 있는 주먹 따위를 보아 그녀가 얼마나 분노하고 있는지 온몸으로 느껴질 정도였다.

"저기 저 사람이 오빠 애인이에요?"

그 분노의 오로라를 느꼈음인지 여자애들 중 하나가 비우를 가리키며 물었다.

"아뇨. 나 애인 없어요."

그리고 상혁의 저 추호의 망설임도 없는 대답.

"근데 왜 우리 째려봐요?"

그 말에 상혁이 소리 내어 웃었다.

"하하, 글쎄요. 나 좋아하나?"

"그런가 보다. 근데 오빠가 훨씬 아까워요."

"나도 여자는 좀 마르고 머리 긴 여자가 좋아요. 어울린다면 짧은 머리도 상관없지만."

뿌드득.

비우가 건너 건너 테이블에서 이를 갈았다.

오냐, 이 잘난 것들아. 벌써 그런 사이가 됐다는 거냐.

그녀가 홱 고개를 돌렸다. 더 쳐다봐서 뭐 할 것인가. 어차피 자신은 화낼 입장도 아니었고 화를 내봤자 그것을 받아줄 상혁도 아니었다.

'아, 나도 개새끼라고 한마디 해주고 싶네, 정말.'

비우가 쓰게 웃으면서 창밖을 내다보았다. 짝사랑은 맨정신으로 하기 힘든 것이라더니 그 말이 맞는 모양이었다.

"내 친구라면 그 개새끼 좋아하지 마."

희경의 말이 귓가에 맴돌았다.

'고맙다, 이 샹년아. 넌 진짜 내 친구야. 그 말을 너무 늦게 해줘서 탈이지만 말이야.'

아마도 지난 사 년 동안 상혁의 저런 모습을 알고 있었더라면 자신은 그를 좋아하지 않았을 것이다. 절대로. 저러는 상혁이 싫어서가 아니라, 그를 보며 화를 내는 자신이 못내 보기 싫어서였다.

"비우야, 우리 그만 나가자."

어느샌가 상혁이 비우의 맞은편으로 다가와 있었다. 자리에 앉는 상혁을 보며 비우가 옆 테이블을 빼꼼히 바라보았다. 반쯤 먹다 남은 팥빙수 그릇이 놓여 있는 그 자리는 벌써 빈 상태였다.

"응? 걔들 갔어?"

"응. 학원 가야 된대."

"그래도 기특하네. 학원 가느라 힘들 텐데 그 틈을 쪼개서 친구 병문안도 오고."

"그러게. 요즘 애들 같지 않게 착하네."

"으하하!"

비우가 소리 내어 웃었다.

"요즘 애들이 어떤데? 쟤들은 요즘 애들 아냐? 네가 요즘 애들이 안 착한 줄 어떻게 알아?"

"내가 만났던 애들은 저렇게 안 착했거든."

"너 여고생이랑도 데이트했니?"

"데이트? 뭐, 종종 만나서 같이 놀았지, 한때는."

상혁이 웃으면서 비우를 향해 등을 돌렸다.

"자, 업혀."

좀 전에 느꼈던 상혁의 등이, 그 노골적인 접촉이 다가왔다.

안 돼. 더 이상은 곤란해.

비우가 질끈 눈을 감고 그의 등을 외면했다.

"아니, 괜찮아. 나 그냥 걸어갈래."

상혁이 그 자세를 유지한 채 말했다.

"신발 없잖아."

"괜찮아. 어차피 더러워졌는데 뭘. 쪽팔린 거 각오하면 걸을 만해."

"그냥 업혀라. 왜 그래?"

"여기 올 때는 내리막길이었지만 집에 갈 때는 다시 올라가야 되니까 힘들잖아."

"나는 괜찮은데?"

"내가 불편해서 그래. 도저히 업혀서 못 갈 거 같아. 그러니까 나 그냥 걸어갈래."

상혁이 잠시 고집을 피우는 그녀를 바라보다가 이렇게 물었다.

"왜 화가 났어?"

"응? 내가?"

"응. 너 지금 화난 거 맞잖아."

"화 안 났어."

"거짓말. 여자애들은 보통 화났을 때 그러던데?"

"뭘 그래?"

"뭐 해준다고 해도 싫다고 하더라. 너 지금 화난 거 맞지?"

아니, 화난 게 아니라 난 그저 조금 슬픈 거 같아.

비우가 엄숙한 표정을 지으며 대꾸했다.

"물론 화야 났지, 네가 아니라 나한테."

"왜?"

"아까 너무 양심없이 굴어서. 아까 네 등짝 보니까 진짜 여리여리하더라. 그 등짝에 업혀서 왔다고 생각하니까 미안해 죽을 지경이었어."

"하나도 안 여리여리해. 아, 이거 발음 되게 어렵다. 아무튼 나 여리여리하지 않아."

"내가 볼 땐 여리여리하거든. 그러니까 그냥 걸어가자."

"정말 화난 거 아냐?"

"응! 절대로."

"화난 거 아니라면 상관없어. 그럼 걸어가자."

상혁이 미련없이 등을 돌려 일어섰다. 비우가 옆 사람들의 눈치를 조심스럽게 살피면서 잔뜩 더러워진 맨발로 일어나 상혁의 뒤를 좇았다.

그렇게 비우는 맨발로 걸어서 상혁과 아이스베리를 나왔다. 아직 어스름하게 남아 있는 저녁 햇살은 그 나름대로 따가웠고 습기로 포화 상태를 이룬 한여름의 공기는 숨이 막힐 정도로 묵직했다.

한창 달궈진 아스팔트 바닥에 닿는 맨발이 따끔거렸다. 평소 같으면 엄살을 잔뜩 부리고도 남았지만, 비우는 별말없이 묵묵히 걷기만 했다.

"너 정말 화났구나."

옆에서 상혁이 그렇게 말했다. 비우가 고개를 저었다.

"내가 왜 화를 내."

"화를 낼 이유가 없는 걸 아니까 묻는 거야. 왜 화가 났는지."

"안 났다니깐."

"안 나긴. 지금 내고 있잖아."

"안 났거든."

"그럼 왜 말 한마디도 안 해?"

"발바닥이 아파서 그런다!"

"발바닥이 아파서 화가 난 거야?"

"바보냐!"

비우가 상혁을 보았다. 그녀가 빽 소리를 지르자 어이없다는 표정을 짓고 있는 상혁의 모습이 눈에 들어왔다.

오냐, 어이가 없냐. 나도 어이가 없다.

"에이씨! 나 쪼잔한 거 알면서! 화 안 났는데 자꾸 화났냐고 물으면 진짜 화나잖아!"

비우가 상혁을 내버려 두고 발걸음을 빨리했다. 계속 같이 있다가는 정말로 화를 낼 것만 같아서였다.

비우는 지금 화가 났다. 스스로도 그것을 느끼고 있었다. 상혁이 다른 여자를 보는 게 화가 났고, 그 여자애들이 자신보다 월등히 더 예쁘다는 사실에 화가 났고, 상혁이 당연하다는 듯 자신에게 애인이 없다고 한 사실에도 화가 났고, 비우에게 화낼 이유가 없다고 하는 상혁이 너무도 얄미워 화가 났다.

"에이씨."

갑자기 눈가가 따끔해졌기에 비우가 손등으로 눈 주변을 부비적거렸다. 소금기를 잔뜩 머금은 눈물이 눈가를 아프게 자극했다.

사실 비우도 알고 있었다, 자신이 지금 억지로 화를 내고 있다는 것을. 화를 내지 않으면, 상혁의 보는 앞에서 슬퍼할 것 같아서 일부러 화를 내고 있다는 것을.

"황희경, 이 그지 같은 년."

조금만 더 열심히 말려주지. 상혁이 때문에 아파야 할 마음이 정확히 어떤 건지 좀 더 자세히 알려주지. 그랬다면 지금 이렇게까지 비참한 기분이 들지는 않았을 텐데.

열셋

그날 밤 비우는 행복 비디오의 메리야스 아저씨에게 새로 빌린 에로 비디오 세 편과 그 옆 영상 책방에서 빌린 민지출판사의 새 로맨스 소설 두 권을 모조리 독파한 다음 새벽 여섯 시가 넘어서야 잠이 들었다. 영화는 충분히 야했고, 민지출판사의 새 소설들 역시 기대 이상으로 야했다. 그래서 비우는 또 다른 좌절감에 몸을 떨어야 했다. 대체 어떻게 해야 이렇게 자연스럽게 야한 장면이 연출될 수 있는 것일까. 대체 이 장면에서 어쩜 저렇게 자연스럽게 섹스 무드로 흘러갈 수 있는 것일까.

머리 속에서 이런 생각들만 빙빙 돌던 탓인지 비우는 그날따라 꽤나 찜찜한 꿈을 꾸었다. 자신이 한 마리 흉포한 야수가 되어 애절하게 반항하는 상혁을 덮치는 꿈이었다. 나중에는 뭐가 뭔지 도저히 알 수 없는 방향으로 흘러가고 있었는데, 마지막에 자신과 화르륵 불타올라 키스를 나누던 상대는 상혁이 아니라 엉뚱하게도 박경진이었다.

"우왓! 뭐야, 뭐야!"

비우가 화들짝 놀라 잠에서 깨어났다.

"으어, 이게 대체 무슨 일이래."

손으로 이마를 쓸어보니 끈적한 땀이 뭉텅뭉텅 닦여 나왔다.

"아이씨, 짝사랑인 것도 서러운데 욕구불만까지 되면 나더러 어쩌란 말이냐."

사실 초반까지는 괜찮았다. 애처롭게 반항하는 상혁의 새하 얀 맨몸을 찍어 누르는 기분도 상당히 근사했던 것이다. 기회가 되면 기꺼이 한 번 해보고 싶을 정도로 말이다.

"문제는 왜 잘 나가다가 그 인간이 등장하느냔 말이야."

비우가 입맛을 쩝쩝 다셨다. 마지막이 그렇게 엉망진창으로 전개되지 않았더라면 요 근래 들어 꾸게 된 꿈 중 단연코 베스 트를 기록했을 텐데.

"에이, 샤워나 해야지."

비우가 중얼대며 침대에서 몸을 일으켰다. 날은 후텁지근한 데다가 짜증은 계속 나고 있었고, 야한 장면 다섯 신은 아직 감 도 안 잡히고 있었다.

"에에, 오늘은 꼭 상혁이한테 같이 자자고 말해야겠다."

시간이 없었다. 공모전 마감일은 계속 다가오고 있었고 박경진의 말대로 그 인간의 재수없는 면상과 한시라도 빨리 작별하기 위해선 이번 공모전이 가장 확실한 방법이었다. 하늘이 작가 이비우를 위해 내려주신 기회라고나 할까.

"더불어 욕구불만도 해결하고, 겸사겸사 좋은 해결책이로군."

시계를 보니 지금 시간은 오후 네 시 반. 두 시간 반만 있으면 상혁이 도착할 것이다. 그전에 비우가 할 일이 있었다.

샤워를 마친 비우가 랄라하는 가벼운 발걸음으로 지하철역 지하상가로 달려나갔다.

"저기요, 언니. 이거 정말 75A 사이즈밖에 없어요?"

"네, 죄송한데 그건 원래 그 사이즈밖에 안 나와요."

"네에……."

비우가 아쉬움을 가득 담아 근 한 시간가량 속옷가게를 뒤지며 힘겹게 찾아낸, 마음에 쏙 드는 속옷 세트를 원래 진열되어 있던 자리에 조심스럽게 내려놓았다. 손끝이 끝까지 흔들리는 것으로 보아 지금 그녀가 얼마나 극심한 갈등을 겪고 있는지, 곁에서 지켜보는 점원이 더 안타까운 표정이 되었다. 그녀가 결국 다른 속옷을 골라 비우의 눈앞에 내밀었다.

"이쪽 분홍색은 마음에 안 드세요? 이건 사이즈별로 다 있는데."

비우가 입을 내밀고 고개를 흔들었다.

"이잉, 이게 훨씬 더 예쁜데."

한눈에 보기에도 속옷 사이즈가 딱 잡힐 정도로 날씬한 점원
은 꽤나 민망한 표정이 되었다.

"아유, 이걸 어쩌나. 하필 저게 마음에 드셔서……."

아, 젠장. 미리미리 다이어트 좀 해두는 건데.

"이걸로 주세요."

비우가 눈물을 머금고 결국 조금 성에 덜 차는 다른 디자인을
골랐다. 비우의 퉁퉁한 표정을 계속 곁눈질로 훔쳐보던 점원이
입가에 미소를 달았다.

"어머, 죄송해요. 근데 제가 볼 때는 이것도 되게 예뻐요."

그래도 비우는 여전히 울 듯한 표정이었다.

"저는 아무리 봐도 저게 더 예뻐요."

"호호. 언니 되게 귀엽다. 근데 사이즈가 없는 걸 어떡해요."

"잉, 몰라요."

대충 카운터에서 비우와 속옷가게 점원이 그런 얘기를 나누
고 있을 때였다.

"안 예쁘면 사지 마, 이비우."

느닷없이 등 뒤에서 들리는 목소리.

"엄마얏!"

화들짝 놀라 뒤를 돌아보니 희경이 서 있었다.

"얼레? 너 여기 웬일이냐?"

"지나가다 너보고 따라 들어왔다, 이 둔치야. 나 들어오는 것도 몰랐냐?"

희경이 비우를 밀치고 카운터 앞으로 다가섰다.

"언니, 죄송한데 이거 다음에 사갈게요. 아무래도 마음에 드는 거 사가야죠."

점원의 얼굴에서 미소가 싹 사라졌다.

"이쪽 분이 사시는 거 아니잖아요."

"얘는 뭐 살 때마다 항상 이렇게 바보같이 굴어서 내가 잘 봐줘야 돼요. 어쨌거나 죄송하게 됐어요. 가자, 이비우."

"어어, 야. 이러는 게 어딨어."

"내가 시퍼렇게 두 눈 뜨고 있는데 네가 저런 어울리지도 않는 야시시한 속옷 사는 꼴을 그대로 두고 볼 것 같아? 당장 나가자."

"이씨! 나는 저런 거 입으면 안 돼?"

"네 몸매를 생각해. 네가 입는다고 저게 섹시해 보이기나 하겠니? 닥치고 언넝 나와라. 아니면 욕 나간다."

"이씨!"

"할 말 없잖아. 그러니까 욕하면서 질질 끌고 나가기 전에 우아하게 따라 나와."

"이씨!"

"어서!"

희경의 단호한 말투에 찍 눌린 비우가 반쯤은 벌써 우는 듯한 얼굴을 하고 그녀의 뒤를 따랐다. 비우가 완전히 속옷가게를 나오자 갑자기 희경이 표정을 바꿔 비우의 어깨에 팔을 올렸다.

"어이구, 귀여운 것. 말은 잘 듣는다니까. 네가 저거 산다고 그대로 박박 우겼으면 한 대 쥐어박았을 거야, 이년아."

"쳇, 그지 같은 년. 그런다고 그렇게 다른 사람 앞에서 면박을 주냐! 앙!"

"억울하면 살 빼라."

"너도 글쟁이 해봐! 살 뺄 여력이 되나."

"핑계야. 해리포터 작가인 그 롤링 아줌마 봐라. 그 나이에 아직도 날씬하더만."

"흥! 재수없어!"

비우가 빵빵해진 볼을 하고 희경으로부터 홱 고개를 돌렸다.

쳇, 나도 나 살 많은 거 안다. 그래서 안 예쁜 것도 알고 이딴 속옷 입어봤자 하나도 안 섹시한 것도 안다. 그런데도, 그런데도 이렇게라도 해야 되겠는 걸 어쩌란 말이야.

다시 어깨에 희경의 손이 와 닿았다.

"비우야."

평소의 희경과는 아주 다른, 낮고 조용한 목소리.

"왜."

"넌 저런 속옷 사지 마."

"왜."

"너랑 안 어울려."

"왜."

"상혁이도 너랑 안 어울려."

"왜."

"짝사랑도 너랑 안 어울려."

"왜!"

비우가 홱 고개를 돌리고 희경을 바라보았다.

"그런 게 어딨어?"

희경이 갑자기 팔을 뻗어 그런 비우를 꼭 끌어안았다.

"부탁이야. 제발 상혁이 좋아하는 거 그만둬. 상혁이 좋아하면서 너 다치는 모습 정말 보고 싶지 않아."

그 말에 비죽, 눈물이 비어져 나왔다.

늦었다, 황희경. 벌써 다쳤어. 이제는 다쳐서 아픈 것도 모를 지경이야.

"벌써 좋아하게 된 걸 어쩌라구. 말해 줄 거면 좀 더 일찍 말해 주지. 지금은 너무 늦었어."

희경은 포기하지 않았다. 오늘은 정말 작심을 하고 온 것처럼 더욱더 힘껏 비우를 끌어안으며 계속 귓가에 그 낮은 목소리를 속삭였다.

"상혁이가 나보다 더 좋아? 내가 이렇게 매달리고 애원해도 상혁이가 더 좋니? 꼭 그래야 돼?"

"이 샹년아! 그런 게 아니잖아. 너 좋아하는 거랑 상혁이 좋아하는 거랑 어떻게 비교 대상이 될 수가 있어?"

비우가 희경을 밀쳐 냈다.

"그리고 이거 놔. 숨 막혀."

아니, 너 때문이 아니라 나 때문에 숨이 막혀. 너한테 미안하고 나 자신한테 미안해서 숨이 막혀.

희경도 지지 않고 발끈했다.

"비교 대상 해! 왜냐고? 내가 그 꼴 못 보겠으니까."

"황희경!"

"나 상혁이 정말 두 번 다시 보고 싶지 않아. 두 번 다시 생각하기도 싫고, 두 번 다시 떠올리고 싶지도 않아. 그 새끼 죽은 것처럼, 아니, 아예 몰랐던 것처럼 그렇게 살고 싶어. 그런데 너 때문에 그게 안 되잖아. 너 때문에 자꾸 걔 생각이 나잖아. 이비우, 네가 친구라면 나 좀 살려줘. 네가 걔 계속 좋아할 거라면, 내가 너 못 봐. 앞으로 나 너 안 봐. 그래도 걔 좋아해야겠어? 그래도 걔랑 살아야겠어? 나 잃고서도 너 걔 좋아할 수 있어? 그래야겠니?"

절박함을 담은 희경의 목소리는 높았다. 그리고 그렇게 새되고 높은 만큼이나 슬펐다. 희경이 무슨 얘기를 하고 있는지 이제 비우도 알 수 있었다. 상혁을 좋아하는 것은 일종의 고역이었다. 그를 좋아하는 것은 마냥 행복해하는 것이 아니라 슬프고 비참하고 화내고 괴로워하는 쪽에 더 가까웠다.

어제 하루가 딱 그랬다. 슬프고 비참하고 화내고 괴로웠다.

비우가 어쩔 줄 몰라 하다 그 자리에서 울음을 터뜨렸다. 지하철역과 이어져 늘 별별 사람들이 득시글대는 지하상가였기에 비우는 지금 구경거리가 되기 딱 알맞은 상황이었다. 그래도 눈물이 마구 솟아났다.

"나더러 대체 어쩌라고!"

누가 말려서 좋아하지 않을 수 있다면, 아마 벌써 그를 사랑하는 것을 그만두었을 것이다. 지난 사 년 내내 '널 좋아하지 말걸' 이라는 생각 같은 건 벌써 골백 번도 더해봤다. 상혁의 여자친구가 바뀔 때마다, 그가 느닷없이 학교를 휴학하고 모습을 감출 때마다, 그가 날마다 더 예뻐져 갈 때마다 그런 생각은 수백 번도 더 했다. 그래도 어쩌지 못했던 사 년이다.

"어쩔 수 없단 말이야! 너무 늦었다고!"

희경이 바닥에 쭈그리고 앉아 우는 비우를 한참 바라보았다.

"샤바랄 년. 너 진짜구나."

비우가 반쯤은 끅끅대는 목소리로 대꾸를 달았다.

"진짜지 그럼 가짜냐."

"망할 년. 왜 하필 그놈이야."

"잘생겼잖아."

"그게 잘생긴 거냐, 뻔들뻔들하게 생긴 거지."

"내 눈엔 제일 예쁘구만!"

"눈이 삐었냐!"

"시끄러! 네년이 그런다고 우리 상혁이의 꽃 같은 미모에 지장이 생길 줄 아냐!"

"어휴, 미친년."

희경이 손을 내밀어 비우를 일으켰다.

"잡아. 일단 쪽팔리니까 여기부터 벗어나자."

그제야 비우가 고개를 들어 주위를 힐금 바라보았다. 벌써 그녀를 구경하던 사람들 몇몇과 눈이 마주쳤다.

"어, 쪽팔린다."

백퍼센트 공감이 가는 말이었다. 비우가 두말없이 희경이 이끄는 대로 일어섰다. 어쩐지 기운이 없어서, 정말 양심없는 짓인 줄은 알았지만 상혁이만큼이나 여리여리한 희경의 어깨를 꼭 잡고서는 매달려야 했다.

"이런 무거운 년."

"시끄러."

둘은 그렇게 어깨를 나란히 하고 자연스럽게 상혁의 아파트까지 걸어갔다. 아파트 입구에서 얼마 떨어지지 않은 슈퍼마켓을 지나며 희경이 입을 열었다.

"언제부터야, 이비우."

"뭐가."

희경은 아무래도 작정을 한 모양이었다, 비우를 바닥까지 벗겨놓기로. 그래서 저 밑바닥 가장 깊은 곳에 철썩 들러붙어 있는 상혁을 떨궈내기로.

"언제부터 박상혁 좋아했어?"

"사 년 전부터."

"그러니까 사 년 전 언제?"

"사 년 전…… 1월 17일부터."

"1월 17일?"

"응."

"날짜까지 기억하냐?"

"응."

"왜?"

사실 좀 긴 이야기였다.

얼굴에 확 불어닥치는 더운 공기를 느끼며 비우가 웅얼대듯 작은 목소리로 입을 열었다.

"그날 기숙사생들 전부 고향 내려가서 기숙사 텅 비었었거든. 아마 이틀 뒤가 구정이었나 그랬을 거야. 나도 원래 고향 내려 갔어야 하는데 늦장 부리다가 표 예매도 못했고, 새삼 내려가기도 귀찮아서 그냥 기숙사에 남아 있었어."

그들의 느린 걸음에 맞춰 후텁지근한 주위 경치가 느리게 흘러갔다.

"그거랑 박상혁이랑 무슨 상관이야?"

"상혁이도 그날 학교에 있었거든. 그때는 이름하고 학번 정도만 알고 있는 사이라 기숙사 앞에서 마주쳤는데 그냥 모른 척하고 지나가려고 했어. 그런데 상혁이가 붙잡더라."

"왜?"

"왜긴, 기숙사가 텅 비어서 심심하니까 같이 놀자는 거였지."

"그래서 둘이 뭐 하고 놀았냐?"

"기숙사 앞에서 눈사람 만들었어."

"그게 다?"

"눈싸움도 했다."

"그리고?"

"눈 만지느라 손이 빨갛게 얼었지. 그래서 상혁이가 내 손 꼭 붙잡고 호호 불어줬어."

"이런 골빈 년! 네가 무슨 중삐리냐! 그 정도 가지고 사 년씩이나 짝사랑에 빠지게!"

"그게 다가 아니야."

긴 이야기는 이제부터 시작이었다.

"그럼?"

"내 손 잡으면서 상혁이가 그러더라구, 자기 여동생이랑도 이렇게 놀았었다고. 너무 재미있어서 하루 종일 눈싸움하고 놀았는데, 그때 자기 여동생이 너무 어려서 그래선 안 되는 걸 몰랐대. 그날 그렇게 놀고 여동생이 동상에 걸렸다지 뭐야. 그래서 꽤 오래 고생했대. 지금도 겨울만 되면 손이 빨갛게 부풀어 오르고 갈라져서 보기 흉할 정도래."

희경이 입을 다물었다. 그 예쁜 얼굴을 작게 일그러뜨린 채.

"……."

"자기가 오빤데 너무 못해줬다고, 그러면서 상혁이 울더라."

"……뭐?"

"응. 상혁이 그때 막 울었어. 너무 울어서 나도 걔 따라서 막 울었어. 나중에는 콧물도 얼어서 코 밑에 허옇게 매달렸었어."

주춤. 늦춰졌던 걸음이 느리게 이어졌다.

"노, 놀고 있네. 울긴 왜 울어. 걔 분명 외아들이라고 그랬다."

비우가 희경을 쳐다보았다. 기묘한 표정이었다. 웃는 것 같기도 했고, 미안해하는 것 같기도 한 그런 표정이었다.

이어지는 비우의 목소리는 깔깔했다.

"상혁이네 집이 발안인가…… 경기도 어디에 있잖아. 거기서 부모님이랑 여동생이랑 산대."

희경이 고개를 흔들었다.

"거짓말이야. 걔 쭉 이 동네에서 살았어. 초등학교도 이 근처에서 나왔고 용산고등학교 나왔어."

"그래서 내가 그랬지, 지금이라도 잘해주면 되지 않냐고."

"여동생 없다니까."

"그랬더니 자긴 잘해줄 수가 없대. 자긴 집에 못 간대."

"……거짓말."

"그냥, 못 간대. 사정이 있다는데 나한테도 말은 안 했어. 나도 못 물었고. 그리고 상혁이 또 울었어."

"거짓말이라니까!"

이제 희경의 목소리에서는 슬슬 신경질도 묻어나왔다. 비우가 여전히 작은 목소리로 계속 말을 이었다.

"그리고 너 그거 알았어?"

"뭘?"

"상혁이 명절 때마다 학교에 남아 있던 거. 물론 학교 다닐 때는 하도 휴학을 많이 해서 별로 표시는 안 났지만, 여튼 그랬어."

"……."

"그래서 나도 상혁이 학교 있을 때는 명절 때마다 집에 안 갔다. 설날에는 둘이서 눈싸움하고 놀고, 추석 때는 둘이 영화 보러 갔었어. 명절 음식 대신 패밀리 레스토랑 가서 밥 먹고, 기숙사 열두 시에 문 닫는 거 알면서 일부러 안 들어가고 밖에서 밤새고 그랬어. 사 년 동안 계속 그랬어."

"……."

"사 년 동안 그랬는데, 사 년 동안 상혁이 계속 울었다. 처음 눈싸움하던 날처럼 펑펑 운 건 아니지만, 그래도 아주 조금씩 계속 울었어. 그거 보면서 내가 더 많이 울었어. 우리 사 년 동안 그랬어."

"……."

"상혁이 여자 많은 거 알아. 여자 많았던 것도 알고. 내가 모를 리가 없잖아. 내가 상혁이 얼마나 좋아했는데, 그런 걸 모를 리가 없잖아."

"……."

그리고, 긴 이야기의 결말.

"근데 너 그거 알아? 상혁이 그렇게 여자 많아도 명절은 꼭 나랑 보냈어."

"……."

"그래서 나, 나 정말 바보 같은 거 아는데…… 나 아니면 상혁이 명절 혼자 보낼 거 같아. 그래서 나 아직 걔 좋아하는 거 못 그만두겠어."

"……."

"미안해, 희경아."

희경이 갑자기 걸음을 뚝 멈추었다.

"희경아……."

팍!

희경이 주먹을 들어 비우를 한 대 때렸다. 고스란히 얻어맞은 비우가 뒤로 주춤 밀렸다.

"희경아……."

"그런 얘기 나한테 왜 하는데?"

희경의 자그마한 예쁜 얼굴이 온통 젖어 있었다.

"이제 와서 그런 얘기 하면 어쩌라구! 나더러 뭘 어떻게 하라구!"

"나…… 너한테 뭐 어떻게 하라고 이런 얘기 한 거 아니야……."

"당연하지! 이제 와서 나더러 뭐 어쩌라는 건데!"

희경이 주먹으로 얼굴을 슥 문질렀다.

"잘 들어둬, 이비우. 나 오늘 네 얘기 하나도 안 들었어. 나 상혁이 여동생 있는 거 몰랐다. 그리고 지금도 몰라. 상혁이 외아들이잖아. 나 그냥 그렇게 알고 있을 거야."

비우가 뭐라고 말을 해야 했을까. 뭐라고 말을 할 수 있었을까.

비우는 얌전히 고개를 끄덕였다.

"그래……."

희경은 지금 꼭 싸움이라도 하는 듯한 표정을 짓고 있었다. 아마도 마음속에서 무언가가 격렬히 부딪치고 있는 모양이었다.

"그 새끼가 나한테 자기 외아들이라고 그랬단 말이야. 발안이 어디야? 나 그런 얘기 듣지도 못했어!"

끄덕끄덕. 다시 얌전히 끄덕여지는 고개.

"알았어. 너 아무것도 몰라. 상혁이 외아들이야."

"그래! 상혁이 외아들이야. 상혁이 서울 살아. 걔 용산고등학교 나왔고 쭉 이 동네서 살았어. 내 말이 맞는 거다."

"그래, 알았어."

"그러니까 나 그냥 간다. 알았지, 이비우? 난 오늘 너한테 상혁이 좋아하지 말라는 얘기 하러 온 거고, 그 말만 하고 간 거야. 알았지?"

"그래, 알았어."

"나 간다."

"그래, 알았어."

"망할 년. 간다."

"그래, 잘 가."

"상혁이 죄 잊어버리면 연락해. 그때 술 사줄게."

"알았어."

그 말을 듣고 희경이 홱 몸을 돌려서 마구 달려갔다. 희경의 등이 점 하나처럼 작아질 때까지 비우가 그 자리에 서서 그녀를 지켜보았다.

"미안해, 희경아……."

비우가 그 뒤에 대고 중얼거렸다.

사랑하는 사람이 사랑하는 사람의 마음을 잴 수는 없는 법이다.

희경은 아마도 상혁을 사랑했을 것이다. 어쩌면 지금도 사랑하고 있는지도 몰랐다. 그녀가 어떤 마음으로 그를 좋아했는지 알 수는 없어도 희경이 상혁을 사랑한 것은 사실이었다. 다만 희경의 방법대로 사랑했을 뿐이다. 지루하도록 기다리면서 그가 필요할 때 옆에 머무는 것이 비우의 사랑이었다면, 사랑으로 얻은 상처는 피가 흐르더라도 독하게 잘라내는 것이 희경이 상혁을 사랑하는 방식이었다.

그래서 비우는 아무 말도 할 수 없었다.

"아, 제기랄. 오늘도 일하기는 틀렸겠네."

실제로 그랬다. 날은 너무 무더웠고 몸에는 늘 끈적한 땀이 배어 있었다. 자판을 두들기는 손가락에는 늘 피로가 가득 쌓여 있었다. 아마 지금도 계속 쌓이는 중일 것이다.

"아아, 어디든 놀러 가고 싶다. 할 수만 있다면."

허공에 대고 이렇게 중얼거리던 비우가 방향을 틀어 행복 비디오로 향했다. 아마도 이번 주가 지나기 전에 행복 비디오에 있는 에로물은 죄다 섭렵할 수 있을 거라는 생각이 들기까지 했다.

열넷

그러나 그런 생각은 아주 순간이었다.

행복 비디오를 나오는 순간, 그녀는 자신을 기다리고 있던 박경진과 딱 마주쳤던 것이다.

"요즘 이상하게 자주 보이네요?"

비우가 인상을 찡그리며 그에게 인사를—이것도 인사라고 할 수 있다면—건넸다.

"그래서 넌 되게도 안 반가운 얼굴을 하는군."

"뭐, 새삼 반가울 게 뭐가 있겠어요."

박경진이 그런 비우를 보며 입꼬리를 비틀어 웃었다.

"아무리 그래도 용건이 있어 온 사람이라고. 왜 그렇게 몸을 사려?"

"에?"

박경진의 말처럼 비우는 저도 모르게 슬슬 뒷걸음질치고 있었던 것이다.

"어라? 내가 왜 이럴까?"

"그건 내가 묻고 싶은 말인데?"

박경진이 성큼성큼 큰 걸음으로 다가와 비우의 팔을 붙들었다.

"엄마야! 말도 없이 건드리지 말아요!"

"시끄러."

박경진이 그대로 비우를 질질 끌고 갔다.

"어디 가요? 이거 놔요."

"너 계속 몸 사리는 꼴이 이거 놓으면 홀딱 달아날 것 같아서 그런다."

"이렇게 무섭게 구니까 그렇죠."

"누가 무섭게 굴었다고 그래."

"그렇게 말하는 사람이 계속 그러고 있거든요?"

"시끄러. 넌 작가라는 애가 왜 그렇게 시야가 좁냐."

"무슨 말만 하면 작가 자질 들먹이는 버릇 좀 없애지 그래요?"

"누구 좋으라고?"

"쌍방이 서로 좋으라고요!"

"쌍방이라면 서로가 동의해야지. 난 동의 안 했다."

"어휴, 정말······."

"정말 뭐?"

"진짜 아저씨 같다구요. 어쩜 그렇게 하나부터 열까지 다 보수적이고 권위적이야?"

"이날 이때까지 살아오면서 보수적이라는 말은 너한테 처음 듣는다."

"뭐라구요? 그럼 나한테만 보수적으로 군다는 말이에요? 왜 사람 차별하고 그래요?"

"너는 작가라는 애가 논리적 비약이 그렇게 심해서 어디다 써 먹냐?"

"또 시작!"

계속 쨍알쨍알대는 비우를 무시한 채 박경진이 그녀를 끌고 간 곳은 아파트 지하 주차장이었다.

"타."

박경진이 비우에게 말했다.

"엑! 안 타요."

"왜?"

"타기 싫으니까요. 좀 다리 아프더라도 서서 들을래요. 할 말 있어서 왔다고 했으니 그냥 여기서 말해요."

"난 더워서 싫은데?"

"에······?"

"차 안은 시원하다고."

"……."

"그럼 난 차 안에서 얘기할 테니까 넌 여기서 들을래?"

비우가 잠시 혼란스러운 표정이 되었다.

그러니까 이 인간 얘기는, 나는 이 더운 지하 주차장에서 땀 삐질삐질 흘려가며 서서 경청하고, 자기는 시원한 에어컨 바람 쐬면서 편히 앉아 얘기하시겠다? 어림도 없는 소리였다.

비우가 냉큼 차 문을 열고 안으로 들어갔다.

"아, 진짜 시원하다. 어서 말해요."

"가면서 말하지."

박경진이 기다리고 있었다는 듯, 차에 시동을 걸고 출발시켰다. 비우의 눈이 땡그래졌다.

"어디 가요? 나 일해야 돼요!"

"어차피 풀리지도 않잖아, 지금은."

"편집장님이 그걸 어떻게 알아요? 편집장님이 나예요?"

"바보냐. 지금 네가 손에 뭘 들고 있는지 보면 당연히 그 정도는 생각해 낼 수 있는 거 아냐."

비우의 손에 들린 것은 '누나의 사생활 2', '양호 교사의 하루 2'. '토요일 밤부터 일요일 새벽까지 2' 등의 현란한 제목을 소유한 C급 에로영화 후속편들이었다. 비우가 화들짝 놀라 비디오 테이프가 담긴 반투명 비닐 봉투를 뒤로 감추었다.

"벌써 다 봤어. 안 감춰도 돼."

"에, 에에…… 친절하시네요."

"천만에."

순식간에 지하 주차장을 벗어난 차는 퇴근시간 길의 지옥 같은 교통체증을 뚫고 한적한 국도로 접어들었다. 별생각없이 자신의 무릎 위에 얌전히 놓인 비디오 테잎들을 만지작대고 있던 그녀는 생각보다 드라이브가 길어짐을 깨닫고 화들짝 놀랐다.

"지금 우리 어디 가요?"

"그냥."

"그냥?"

"시원하지 않아? 가끔 글 막힐 때 이렇게 머리 식히는 것도 좋아."

비우가 박경진의 옆모습을 뚫어지게 바라보았다.

"거참, 이상하다."

머리도 긁적이기 시작했다. 그런 비우를 돌아보며 박경진이 싱긋 웃었다.

"뭐가?"

"이렇게 친절한 사람이 아니었는데 말이지……."

"네 녀석이 안 좋은 모습만 보려 했던 거겠지."

"천만에요. 난 전혀 몰랐는데 말이죠, 희경의 말이 내가 불과 석달 전만 해도 편집장님을 '내 인생의 구세주나 다름없는 잘생기고 잘 빠진 독신남'이라고 불렀대요. 그러니까 처음부터 색안경을 끼고 보지는 않았다는 거죠."

박경진의 얼굴이 살짝, 비우는 눈치채지 못할 정도로 살짝 붉어졌다.

"네가 그랬다고?"

"물론 지금은 내가 왜 그런 말을 했는지 기억도 안 나요."

"병 주고 약 주냐."

그 말에 비우가 배시시 웃었다.

"헤헤. 그런 악취미는 없는데. 근데 할 말 있다는 게 뭐예요?"

"별거 아냐. 공모전 원고 빨리 하라는 얘기였어. 8월 20일 안까지 내야 할 거야."

"엑? 뭐가 그렇게 빨라요? 결정난 것도 얼마 안 됐다면서?"

"8월에서 9월 사이 출판 시장 경기 타려고 그러는 거야. 계속 준비하고 있던 사람들만 덤벼라 이거지. 굳이 너한테 기회를 주려고 만든 공모전이 아니니까."

"쳇, 말을 해도 어쩜 그렇게 예쁘게 할까. 아무튼 무지무지 촉박하다는 얘기네요."

"그래."

"에휴."

비우가 크게 한숨을 내쉬었다. 박경진이 그 모습을 힐긋 돌아보더니 계속 말을 이었다.

"너 같은 경우는 오히려 더 쉽지 않나? 어차피 완성된 원고가 있겠다, 세부 사항만 좀 더 첨부하라는 거였잖아."

비우가 절망적인 목소리로 중얼거렸다.

"그거랑은 달라요."

"뭐가?"

"나 얼마 전에 민지출판사에서 나온 그 콘돔 작가 거 신작 또 봤거든요. 근데 뭔가 근본적으로 다른 것 같아요, 내 거랑은. 아무리 보고 또 봐도, 그 작가 글에는 전반적으로 색스러운 코드가 너무 자연스럽게 전개되는데 나는 아무리 흉내 내려고 해도 잘 안 되는 거 있죠. 단순히 장면 몇 개 더 삽입한다고 해서 내 글이 그 글처럼 색스러워지지는 않아요. 그리고 뭔가 아주 어색해요. 하얀색 면 브래지어를 입고 그 아래는 검은색 망사 가터 벨트를 한 듯한 느낌이랄까. 굉장히 안 어울리죠."

비우의 말에 박경진이 폭소를 터뜨렸다.

"푸하하!"

"뭐가 그렇게 신나요?"

"비유를 들어도 어떻게 그렇게 드나 싶어서. 그러니까 네 말은, 네 녀석 글은 하얀색 면 속옷 같다는 거야?"

"으음, 청순하다는 점에서 닮지 않았나요?"

"청순한 로맨스 소설? 푸하하."

"쳇, 말 한마디 못하게 하네. 좋아요, 무미건조하고 심심한 소설, 됐어요?"

비우가 입을 비죽 내밀었다.

아, 정말로 화가 날 것 같았다. 가난한 무명 신인 작가에게도 일단 작가라는 자각이 있는 이상 완성해 남 앞에 내놓은 글은 정말로 소중한 것이었다. 그걸 모르지 않을 텐데도 박경진은 항상 글을 가지고 태클이다. 사실 그런 점에서 비우가 박경진을 좋아할 수 없는 건지도 몰랐다.

화가 나 고개를 팩 돌려 버린 비우의 옆통수를 바라보는 박경진의 눈이 묘하게 가늘어졌다.

"꼭 그런 건 아니다."

"헹! 뭐가요?"

"네 소설 말이야, 꼭 그렇다고 하진 않았다고."

"됐어요. 내가 그렇게 알아들었으니까. 두고 봐라. 절대 안 잊어버릴 거야."

"안 잊을 거면 어쩔 건데?"

"내가 나중에 잘 팔리는 작가가 돼도 반드시 기억해 주겠어요. 그땐 와서 무릎을 꿇고 빈다 해도 절대 원고 안 줘요."

사실 작가 입에서 이런 말이 나오게 만드는 편집자가 나빴다. 지금 비우는 작가가 쓸 수 있는 최대의 무기를 쓴 것이다. 그야말로 바닥까지 내보였다는 증거.

그러고 보니 뭔가 또 억울하고 서러워졌다. 박경진도 그걸 눈치챈 모양이었다.

"너 또 우냐? 막말한 건 네놈인데 왜 네가 울어. 울면 내가 울어야지."

"그러게 왜 이런 말을 하게 만드냐구요!"

비우가 **빽** 소리를 질렀다.

박경진 이 인간은 항상 이런 식이다. 항상 사람을 불편하고 화나게 만들었다. 친한 척 마음을 놓아도 돌아서면 꼭 이렇게 아픈 구석을 찔러 자신과 그가 어떤 입장 차이에 있는지 명백하게 깨닫게 만들고야 만다.

"내려줘요! 나 집에 갈래!"

"인마, 여기서 어떻게 가려고."

"택시 타고 갈래요!"

"요금 어마어마할 텐데? 여기 서울 아니야."

"그러게 왜 허락도 없이 이렇게 멀리까지 나와요? 그래도 세워줘요!"

"시끄러. 나이도 어린 게 무슨 객기가 그렇게 많아."

"그러는 편집장님은 나이도 많은 게 무슨 심술이 그렇게 많아요!"

"이게 심술로 보이냐?"

"그럼 심술 아니면 뭐래요?"

박경진이 비우를 한참 돌아보았다.

"왜, 왜 그래요? 뭔데요?"

"내가 말을 말아야지. 네 녀석이 꼬여서 그런 건지, 왜 나는 호의랍시고 다가서는데 너는 그렇게 엉뚱하게만 받아들이냐."

"이제는 남 성격 가지고도 뭐라고 그러네. 에이씨."

비우가 눈 주변을 빨갛게 물들이던 눈물을 닦아냈다.

"어쨌거나 편집장님이 나빠요. 정말 편집장님이 나쁜 거예요."

"네가 애기처럼 구는 거잖아. 매사 이런 식이면 어떻게 같이 일을 하니."

"그러는 편집장님은 항상 어른같이 구셨어요?"

"아닐 건 또 뭐가 있지?"

비우의 얼굴이 새빨갛게 달아올랐다.

"멋대로 내 기분도 생각 안 하고 욕구불만 해소 대상으로 사용한 게 누군데요? 그것도 일 관계에 있는 어른이 하는 짓이에요?"

기가 막힌지 박경진이 비우를 끔찍한 눈빛으로 돌아보았다.

"뭐?"

"이씨, 맞잖아요! 아니면 나한테 왜 키스했어요?"

"끄응."

박경진이 신음 소리를 내뱉었다.

"너……."

"내가 뭘요?"

"너…… 이제까지 연애 한 번 안 해봤냐?"

"남이야 연애를 하든 말든!"

"연애가 뭔 줄이나 알아?"

"어유, 그 말투! 그러는 편집장님은 박사 학위 주제가 연애론이었어요? 어쩜 저렇게 권위적일까."

"대체 너는……."

박경진이 무슨 말을 하려다 돌연 한숨으로 마무리 지었다.

"에휴, 운전 중에 사고날 것 같으니까 이쯤에서 그만 하자."

"잘 생각했어요. 빨리 차 돌려서 나 집에 데려다 줘요."

"시끄러워. 사고나기 싫으면 당분간 좀 가만히 있어."

"데려다 달라구요!"

"입 좀 다물어!"

"그런……."

박경진의 목소리는 정말로 화가 난 듯 들렸다. 다시 입을 열려던 비우가 저도 화를 내며 입을 꾹 다물었다. 이대로 계속 목소리를 높이다가는, 박경진도 계속 소리를 질러댈 것 같았기 때문이다.

그렇게 둘은 침묵 사이를 운전해 갔다. 속도가 꽤 붙었는지 창밖으로 스쳐 가는 모든 풍경이 바람이 된 듯 빠르게 다가왔다 빠르게 뒤로 물러났다. 비우가 저도 모르게 눈을 감았다. 속도, 빠름, 비소음, 그리고 시원함. 지금 비우가 느끼는 것은 이런 종류의 것이었다. 순식간에 머리가 맑아지는 듯한 기분이 들었다.

인간의 뇌 속에서 일어나는 일은, 때론 신체가 인지할 수 없을 정도로 형이상학적인 구조를 띠기도 한다. 단순히 주변 풍경의 변화와 자신이 이동하는 속도를 인지하고 받아들였을 뿐인데도, 지금 비우는 좀 전과 똑같은 차 속의 공기가 마치 메아리가 살고 있는 산속의 것처럼 한결 청량하고 시원해지는 것을 느낄 수 있었다.

'쳇, 그러니까 더 미워할 수도 없잖아.'

오는 길에 생각지도 못했던 시비가 붙어서 그렇지 박경진의 느닷없는 드라이브 제의는 확실히 호의인지도 몰랐다. 이렇게 시원하고 깨끗한 기분이라니. 목욕탕에 가서 한 삼 일쯤 불렸다 때타올로 다시 삼 일쯤 벅벅 문질러 댄다고 하더라도 지금의 깨끗함은 얻을 수 없을 것이다.

"저기……."

고마워요.

비우가 이렇게 말하려던 참이다. 박경진이 갑자기 차를 휙 돌려 작은 흙길로 들어섰다. 주변에 짙은 녹음도 심심치 않게 들어서 있는 게 확실히 서울에서 한참 벗어난 듯싶었다.

"엥? 어디 가요?"

"다 왔어."

끼익.

그의 말대로 차가 멈췄다. 어리둥절한 기분으로 그를 따라 차에서 내리니 허리 높이의 야트막한 흰색 나무 울타리가 보였다.

"얼레? 여기가 어디래요?"

"내 집."

"엥?"

"우리 집이야."

박경진이 먼저 빠르게 걸음을 옮겼다. 선택의 여지가 없이 그 뒤를 따라 쪼르륵 달려가던 비우의 눈에 이곳의 숨 막히게 평화로운 경치가 눈에 들어왔다. 차로 달려와서 오는 길이 어떻게 되는지는 잘 기억나지 않지만 이곳은 평지보다는 조금 높은 듯했다. 바로 뒤로 언덕이라 부를 만한 작은 산이 보였고 그 둘레로 백 평 정도 되어 보이는 평평한 마당 주변에 하얀 나무 담이 쪼르륵 둘러 있었다. 솜사탕 같은 구름이 뭉실뭉실 흩어져 있는 파란 하늘은 깜짝 놀랄 정도로 가까웠으며 마당 한구석에는 나무로 짠 농구 골대가 놓여 있었다.

"이야, 예쁘다."

그러나 이중 가장 예쁜 것은 박경진의 집이었다. 온통 옅은 흙색 나무로 지어진 그 집은 창이 아주 많은 독특한 디자인을 하고 있었다. 그리고 창의 모양도 제각각이었다. 어떤 것은 직사각형이었고, 어떤 것은 정사각형, 마름모형, 원형. 모르는 사람이 본다면 이 재미난 모양의 건물이 보통 사람이 사는 집이라고는 생각하지 못할 것이다.

"푸하하! 어떻게 이런 집을 살 생각을 다 했어요?"

"왜, 어때서?"

"너무 예뻐서 사람이 사는 집 같지가 않잖아요."

비우가 깔깔대고 웃으며 박경진을 집을 향해 달려갔다. 엉뚱한 곳으로 제멋대로 끌고 온 것에 대한 분노는 저 멀리로 날아가 버린 지 오래였다.

"빨리, 빨리! 열쇠 줘요!"

"문 안 잠갔어."

"진짜? 도둑 안 들어요?"

"일부러 열어둔 거야."

비우가 활짝 현관문을 열었다. 한쪽 벽으로 다닥다닥 붙어 있는 수많은 창문을 통해 햇살이 듬뿍 쏟아져 들어오고 있었다. 그 어떤 조명보다도 훨씬 더 집 안 구석구석을 예뻐 보이게 만드는 빛이었다.

"우와!"

창문 옆에는 클래식한 디자인의 커다란 벽난로가 붙어 있었다. 재밌는 것은 벽난로 옆에 높다란 사다리가 놓여 있다는 것이다.

"푸하하하! 이건 뭐야? 산타클로스가 들어올 때 편하게 들어오라고 그런 거예요? 으하하, 어쩜 좋아."

그 옆으로 주욱 늘어서 있는 허브 화분도 가지각색이었다. 화분의 모양, 크기, 색깔. 뭐 하나 통일된 것이 없었다.

"으하하! 취향 진짜 난삽하다."

그러면서도 비우의 눈은 허브 화분 군단에서 떠날 줄을 몰랐다.

"근데 너무 좋아!"

집 안 전체가 그 모양이었다. 마치 이것저것, 너무 좋고 너무 예뻐서 아무것도 버리지 못하고 모조리 사들여 놓아둔 것처럼 박경진의 집은 자유로웠고 난삽했으며 그만큼 재미있었다.

박경진이 아주 약간, 비우의 눈에 보이지 않을 정도로 수줍은 웃음을 지으며 그녀에게 방금 냉장고에서 가져온 오렌지 주스를 내밀었다.

"마셔."

"넵!"

씩씩한 대답으로 받아 든 오렌지 주스 잔은 냉동실에서 방금 꺼내온 것처럼 차가웠다. 그리고 그 신선한 맛.

"앗, 뭐가 씹혀요!"

"오렌지 껍질이야."

"엥?"

"껍질까지 같이 갈았어."

"직접 만들어 먹어요?"

"이것만."

"우와, 보기랑은 진짜 다르다."

박경진이 씨익 웃었다.

"이 집 마음에 들어?"

"그럼요! 편집장님 진짜 부잔가 보다. 진짜진짜 멋져요."

그녀의 표현대로, '가난한 무명 신인 작가' 이비우는 흥분하면 문장의 연결이 매끄럽지 못한 화법을 구사한다는 단점이 있었다. '진짜 부잔가 보다, 진짜 멋지다'라는 두 문장 사이에 접속사가 어떻게 첨가되느냐에 따라 그녀의 말은 너무 노골적이어서 듣기조차 거북한 속물적 발언이 되고도 남을 것이다.

그러나 박경진은 지금 비우가 무슨 말을 하는지 굳이 설명을 덧붙이지 않아도 잘 알고 있었다. 그가 일 년간 봐온 비우는 딱 그녀의 소설 같은 사람이었으니까.

그녀의 소설 전반에 걸쳐 흐르는 독특한 감성은 보는 사람을 끝도 없이 매료시키는 놀라운 효과를 발휘한다. 그녀의 말대로, 야한 레이스 속옷 같은 맛은 없었지만 그녀의 글은 청순하고, 청초하고, 순면처럼 부드럽고 청결했다. 스물넷씩이나 먹은 누군가가 그런 글을 쓸 수 있으리라고는 생각도 못했다. 그녀의 소설 안에서는 모두가, 심지어는 악역으로 등장하는 사람들까지 모두 그러했다. 대체 세상을 어떻게 살아왔길래 이런 시각으로 사물을 바라볼 수 있는 것일까. 모두가 깨끗하고, 모두가 청순하고, 모두가 행복한 세상. 그런 글이니 잘 팔릴 리가 없다. 일반 독자들은 그녀의 글에서 심한 괴리감을 발견할 뿐이다.

그러나 박경진은, 정작 그런 글의 작가인 이비우와 알게 된다면 그녀와 그녀의 소설에는 아무런 모순점이 없다는 사실을 깨닫게 될 거라는 사실을 잘 알고 있었다. 그녀의 글은 그녀와 똑같았다. 정작 문제는 본인이 그러한 자각을 하나도 못하고 있다는 것이지만.

"이 집 빌려줄게."

"……에?"

"8월 20일까지 빌려줄게. 여기서 글 쓰도록 해. 아마 불편한 점은 없을 거야."

"……에?"

"왜, 싫어?"

"아니, 그게…… 내가 여기를 빌려쓸 이유가 없잖아요."

비우가 말똥히 눈을 뜨고 박경진을 쳐다보았다.

"제길, 그렇게 나올 줄 알았어."

박경진이 한숨을 쉬더니 비우를 끌고 이층으로 향하는 계단을 올라갔다. 이층도 꽤나 재미난 구조로 되어 있었는데, 그중 비우를 몸서리가 처질 만큼 흥분하게 한 것은 한쪽이 온통 유리로만 된 벽이었다. 벽 앞에는 밖을 내다볼 수 있는 위치로 커다란 책상이 놓여 있었고 그 위에는 앙증맞은 크기의 LCD모니터가 놓여 있었다.

마치 공중에 붕 떠 있는 듯한 착각을 불러일으키는 공간이었다. 마당에서도 그렇게 가깝게 보이던 새파란 하늘은 이제 손만 내밀면 닿을 듯한 곳에 있었다. 저 아래에는 짙푸른 산 입구를 지나 이 동네 사람들이 살고 있는 듯 보이는 색색의 낮은 지붕들이 드문드문 박혀 있었다.

비우가 저도 모르게 한 걸음 앞으로 나가서 유리벽을 손으로 밀어보았다. 그런다고 벽이 꼼짝할 리는 없겠지만 비우는 좋아 죽겠다는 표정을 지었다.

"하늘을 만지는 것 같아요."

한참 후에 비우가 한 말이었다.

"하늘 속에 둥둥 떠 있는 것 같아요."

비우의 등 뒤에서 박경진이 희미한 웃음을 지었다. 아마도 비우가 지금 그가 짓는 미소를 본다면 깜짝 놀라 한마디 했을 것이다, '누구세요?' 라고.

"마당을 지나서 산길을 따라 이십 분만 걸으면 약수터가 나와."

"진짜요?"

"그럼 거짓말하냐."

"물 맛있어요?"

"네가 마시던 주스, 그 물로 만든 거야."

"아냐. 오렌지가 맛있는 건지도 몰라."

"여기 오렌지 밭은 없거든. 대형 할인마트에서 산 보통 수입 오렌지야."

박경진이 비우를 끌어다 책상 앞 의자에 앉혔다.

"앉으니까 글 쓰고 싶어지지 않아?"

삐익.

컴퓨터가 켜지는 소리였다. 부팅 화면이 지나가고 한글 프로그램을 불러낸 박경진이 비우에게 검은색 키보드를 내밀었다.

"한번 쳐봐."

"에? 뭐를요?"

"아무거나."

비우가 키보드를 두들겼다.

『박경진 편집장님, 부러워 대지께땁!』

잠시 후 모니터에 이런 글이 떴다. 박경진이 기가 막힌지 고개를 절레절레 흔들었지만 비우는 이미 다른 일로 흥분하고 있었다.

"이거! 키보드!"

"그래."

"키보드가 왜 이래요?"

"기계식이라 그래."

딸각대는 독특한 키감이 아직도 손가락 끝에서 울리는 듯했다.

"이거 타자기 같아요."

"키감 괜찮지?"

사실 키보드만 근사한 것이 아니었다. 완전평면 LCD모니터는 비우가 지금 쓰고 있는 19인치 모니터에 비해 훨씬 넓은 시야를 가지고 있었고 CPU가 돌아가는 소리도 거의 나지 않는 초고속 사양의 컴퓨터 역시 근사한 정도를 넘어서고 있었다.

"이씨, 진짜 못됐어."

비우가 한숨처럼 중얼거렸다.

"뭐가?"

"왜 하필 나예요?"

"뭐가?"

"왜 하필 여기까지 데려와서 이것저것 자랑하는 상대가 나냔 말이지요. 집에 가기 싫어지잖아."

"안 가도 된다니까. 여기서 글 써. 빌려줄게. 같은 말 또 하게 만드네."

"엥? 진짜예요?"

비우의 별로 크지 않은 눈이 엄청난 크기로 벌어졌다.

"왜요?"

그 솔직한 눈빛. 아마도 저 눈이 문제였을 것이다. 비우가 항상 저런 눈빛을 하고 있기에 그녀 앞에서는 거짓말을 하기가 쉽지 않았다.

박경진이 어색하게 어깨를 으쓱했다.

"공모전이 얼마 남지 않았으니까. 사실 작업 환경이란 것도 굉장히 중요하거든. 글쟁이들한테는 특히 더하지."

비우가 눈을 가늘게 떴다. 한눈에 척 봐도, '내가 그 말 믿을 거 같아?'란 눈빛이었다.

"저기요, 박경진 편집장님. 이거 뭔가 수상쩍다는 생각 안 들어요?"

"뭐가?"

"물론 작업 환경이 중요한 것도 사실이고, 내가 글쟁이란 것도 사실이고, 으음, 지금 내 작업 환경이 엄청나게 열악한 것도 사실이지만 말이죠. 그래도 편집장님이 이렇게 해주실 필요 없잖아요? 아니, 이렇게 해주실 이유가 없잖아요?"

"왜 없지?"

"첫째, 공모전은 물론 중요하지만 일단 내 일이고 따라서 편집장님이 편의를 베풀 이유가 없죠. 둘째, 편집장님은 내 친구도 아니고 내 가족도 아니에요. 내가 공모전에 당선됐다고 크게한턱 쏠 거 기대하는 거면 안 하는 게 좋아요. 나 지금 무지무지가난하거든요. 그리고 셋째, 나 집에 가야 돼요. 공모전 준비 때문에 꼭 필요한 일이 하나 있는데 집에 가서 해야 되는 일이거든요."

박경진이 팔짱을 꼈다.

"할 말 다 했냐?"

"네."

"그럼 내가 말한다. 첫째, 물론 공모전이야 네 일이지만 우리출판사에서 개최하는 거라고. 완성도 높은 글이 나오면 나로서도 좋은 일이지. 둘째, 나는 네 친구도 아니고 가족도 아니지만편집장이라고. 작가한테 할 수 있는 최대한의 편의를 제공하는것은 당연하다고 보는데? 셋째, 공모전 준비로 해야 할 그 일이뭔데? 네가 나한테 준 파일들은 저 컴퓨터에 다 있어. 따로 뭐가필요하지? 말하면 내가 해결해 줄게."

비우의 눈이 한층 더 가늘어졌다. 뿐만 아니라 이번에는 입까지 튀어나왔다.

"점점 더 수상한데. 책이랑 출판사에 작가가 나밖에 없는 것도 아니고, 그리고 난 그다지 중요한 작가도 아니잖아요. 아, 혹시 다른 작가들도 더 와요? 여기 단체 합숙 장소로 제공하는 거예요?"

이쯤 되면 순진한 건지, 바보인 건지 의심이 갈 만도 하다. 박경진의 한숨 소리가 더 커졌다.

"바보냐, 그런 번거로운 짓을 하게."

"그럼 왜 나한테만 그래요?"

그 말에 박경진이 대답은 안 하고 비우가 앉아 있는 책상 옆으로 다가와 책상 위에 걸터앉았다. 그 바람에 바지가 살짝 당겨지며 허벅지 근육이 드러났다. 공연히 눈을 어디로 둬야 할지 난감한 기색이 된 비우가 고개를 들어 그의 얼굴을 들여다보았다.

"왜 나한테만 그래요?"

박경진도 비우의 얼굴을 똑바로 들여다보았다.

"사람이 나이가 들면 못돼지는 경우가 많아. 사실 대부분이지."

"그래요? 내가 아는 할머니랑 할아버지들은 대부분 다 착하시던데."

'그건 네가 착해서 그래. 네가 착한 시선으로 보니까.'

하마터면 이렇게 답을 달 뻔한 박경진이 서둘러 침을 한번 꿀꺽 삼키고는 말을 이었다.

"그래서 솔직해지는 데 어려움을 많이 겪지. 솔직해지면 그만큼 불리해지는 것을 알고 있으니까."

"솔직한 게 훨씬 더 좋잖아요. 그게 왜 불리해요? 거짓말하는 게 훨씬 더 불리하다고요. 어차피 나중에 다 들통나는걸. 나도 희경이한테 상혁이랑 같이 사는 걸 줄곧 숨겼었는데, 언젠가 그걸 내 입으로 밝혀야 했을 때가 있었어요. 그랬더니 그년이 나더러 이 미친년아, 라고 하던걸요."

비우의 대답에 박경진이 입을 벌려 소리없는 웃음을 흘렸다. 그가 손을 뻗어 비우의 머리를 쓰다듬었다.

"넌 복잡한 얘기를 일목요연하게 단순화시키는 재주가 있어."

"에? 그거 혹시 칭찬?"

"솔직히 말하자면 그래. 칭찬 맞아."

비우가 배시시 웃었다. 순간 그는 자신이 아주 훌륭한 일을 해준 것 같은 우쭐한 기분이 들었다. 아, 그러고 보니 저런 표정은 그때도 본 것 같았다. 비우에게 생일 선물이랍시고 어렵사리 팔찌 하나를 건네줬을 때도 비우는 지금과 똑같은 미소를 지어 보였다. 그리고 그는 지금처럼 우쭐한 기분을 느꼈었다.

"헤헤. 처음 듣는 칭찬 같네. 앞으로 자주 좀 해줘요. 듣기 좋은데."

"난 꽤나 자주하는데 네가 못 알아듣는 거야."

"그렇게 대충 달래면 내가 속아넘어갈 것 같죠? 어림없어. 편집장님 입에서 칭찬 비슷한 소리가 한 번이라도 나왔으면 우리가 이렇게 안 좋은 사이일 리 없잖아."

"진짜야."

"흐음, 그래도 안 속아. 어쨌거나 딴 데로 새기 전에 하던 얘기 계속해요."

박경진이 다시 팔짱을 꼈다. 사실 비우는 알 리가 없었지만 팔짱을 끼는 것은, 그가 매우 곤란한 얘기를 할 때의 버릇이었다.

"어쨌거나 그래. 나이를 먹으면 솔직해지기 힘들지."

"그거랑 내 질문이랑 무슨 상관이에요?"

"상관있어. 내가 네 글을 좋아한다는 말을 이제까지 하지 않았으니까."

그리고 그런 글을 쓰는 너도.

박경진의 말은 그런 뜻이었다. 예상했던 대로 비우는 앉은 자세에서 펄쩍 뛰었다.

"엑? 거짓말! 진짜 거짓말! 안 팔린다고 뭐라고 할 땐 언제고!"

"잘 팔리는 글이 꼭 좋은 글이라고는 할 수 없잖아. 나는 그래. 네가 꽤나 가능성있는 작가라고 봐. 물론 장르문학이라는 시장성 위주의 장르에 얽매이지 않는다면. 그래서 앞으로도 네가 계속 발전해 나갔으면 좋겠어. 이번 공모전은 네가 스스로 네 장점을 발전시킬 수 있는 좋은 기회가 될 테고 더 멋진 글을 쓰기 위한 괜찮은 경험이 될 거야. 물론 시간적, 경제적으로도 여유를 갖게 될 테고 말이야. 그래서 너한테 도움을 제공하는 거야. 너는 내가 발굴했잖아, 맞지? 네가 성장하는 것을 지켜보는 것만으로도 내 편집자적 자부심은 한층 빛나겠지."

비우가 입을 벌리고 박경진을 바라보았다.

"우와, 진짜 거짓말 같아. 믿을 수가 없어요. 편집장님이 그런 생각을 하고 있었다니. 아니, 그런 생각을 하고 있었다는 걸 나한테 말해 주다니 말이죠. 진짜 거짓말 같애."

박경진이 쓰게 웃었다.

"네 글 좋아한다니까."

그리고 그 글하고 똑같은 너도.

"진짜 꿈같다. 다른 사람도 아닌 편집장님이 그런 말을 해주다니. 나 갑자기 막 글 쓰고 싶어지는데요."

비우가 딸칵이는 키보드를 누르며 계속 배시시 웃다가 갑자기 박경진에게로 몸을 돌렸다.

"아, 맞다! 근데 나 집에 가야 돼요. 여기서 당분간 있는다고 해도 입을 옷도 없고, 상혁이한테 말도 안 했고 비디오 빌린 것도 갖다 줘야 되고…… 아, 맞다. 그리고 나 핸드폰도 배터리도 간당간당해요."

"그거야 전화하면 되고 비디오야 내가 갖다 주면 되지. 핸드폰 쓰지 말고 집 전화 써. 그럼 문제없지?"

"아니, 그리고 나 정말 중요한 일을 해야 돼요."

"뭐?"

"저기, 그게……."

갑자기 비우가 얼굴을 붉혔다.

"뭐?"

박경진이 다그치자 비우가 새빨개진 얼굴로 간신히 답을 달았다.

"새 속옷 사야 돼요."

"사이즈 말해 주면 내가 사다 줄게."

"아니, 그게! 사서 입어야 돼요."

"그럼 입으려고 사지, 뭐 하려고 사."

"아니, 내 말은 그러니까……."

비우가 어색하게 웃었다.

"저기, 그러니까…… 전에 말했던 거 오늘 하려고 했거든요."

"전에 말했던 거?"

굳이 묻지 않아도 비우가 무슨 말을 하려는지 알 수 있었다. 늘 솔직하고 무딘 비우가 저렇게까지 얼굴을 붉히는 데는 그만한 이유가 있는 것이다.

"그러니까…… 상혁이랑 같이 자는 거요."

그 순간 비우는 알았을까. 박경진의 표정이 갑자기 확 굳은 것을 말이다.

"그건 좀 더 심각히 보류해 두기로 하지 않았나?"

그 말에 비우가 얼굴을 찡그렸다.

"사정이 생겼어요."

"무슨?"

"첫째로 공모전도 앞당겨졌고, 둘째로 사실 이게 더 중요한 이유지만 상혁이한테 곧 애인이 생길 것 같거든요."

탕!

박경진이 자기도 모르게 책상을 한 방 내려쳤다.

"엄마야! 왜 성질은 내고 그래요?"

비우는 알까, 그간 그가 성질을 내지 않기 위해 얼마나 참아 왔는지. 그러나 이젠 한계였다. 더 이상 저런 바보 같은 생각은 눈 뜨고 봐줄 수가 없었다. 그가 목소리를 높였다.

"넌 자존심도 없냐? 아무리 오래 좋아한 남자라지만 너한테 관심도 없는 남자한테 한 번 섹스 해달라는 말이 나와?"

비우는 그가 왜 화를 내는지는 전혀 알아먹지 못하는 표정이 었다.

빌어먹을. 언제나 그랬지만 좀 눈치채 주면 안 되냐.

"곰곰이 생각해 봤는데 이왕 할 거, 내가 좋아하는 남자가 처음이면 좋잖아요. 그런 결론을 내렸어요."

"그 남자는 아니잖아!"

"어유, 어차피 같이 자야 할 이유가 있는 건 나잖아요? 그리고 왜 소리는 지르고 그래요? 귀 따갑네, 정말."

"네가 바보 짓 하는 거야."

"왜요?"

"그럼 네가 잘하고 있다고 생각해?"

"그럼요. 사실 상혁이만큼 좋은 조건의 남자도 없잖아요. 음, 경험이 많으니까 무지 잘할 테고 그리고 생긴 것도 잘생겼고, 으음, 그리고 또 아주 상냥할 테고. 또 오래 알았으니 이런 부탁 하기도 쉽잖아요."

박경진의 입가가 기묘한 각도로 뒤틀렸다.

"네 말처럼 필요에 의해서 하는 섹스에서 상냥한 남자란 없어. 신체 구조상 섹스를 하면 다치기 쉬운 쪽은 여자라고. 그러니까 여자 쪽에서 좀 더 많은 배려를 필요로 하지. 더구나 처음 하는 거라면 말이야. 이왕 할 거면 네가 좋아하는 남자보다는 너를 좋아하는 남자와 하는 것이 백배는 더 현명한 짓이야."

비우가 고집스럽게 고개를 흔들었다.

"편집장님이 상혁이를 몰라서 그래요. 걔가 얼마나 다정하고 상냥한데요. 물론 나 말고 다른 여자들한테도 그래서 탈이지만. 그거야 뭐 내가 상혁이 애인이 아니니 뭐라고 탓할 게 아니죠. 어쨌거나 희경이한테 들은 바로는, 상혁이는 그 분야에 있어서 선수나 다름없다고 했어요. 그리고 정말 중요한 건데 사실 걔 말고는 하자고 그럴 사람도 없다구요. 나 좋아할 사람이 언제 생길지 내가 어떻게 알아요? 그리고 자기를 좋아해 주는 사람이랑 같이 하는 게 훨씬 나을 거라는 말은 거짓말!"

"어째서?"

"이건 희경, 아니, 내 친한 친구의 경험담인데 아직도 그런 일에 예민한 남자들이 많다더라구요. 한 번은 희경이를, 아니지, 내 친구를 죽도록 쫓아다니던 어떤 남자랑 애인까지 돼서 같이 잤는데, 같이 자고 나니깐 느닷없이 과거를 캐묻더라지 뭐예요. 그거 정말 바보 같지 않아요? 사랑을 핑계로 웬 처녀심판. 어쨌거나 이건 자신을 좋아하는 남자랑 같이 자는 게 꼭 좋은 것은 아니다라는 명제에 대한 완벽한 증거 자료라구요."

다시 박경진의 입가가 뒤틀렸다.

"넌 상혁이라는 그 남자와 자기 위해서 완벽한 핑곗거리를 이미 다 만들어놓은 모양이로군."

비우가 고개를 갸우뚱하며 생각에 잠겼다.

"아? 그런가요? 아무튼 상혁이만큼 완벽한 상대는 아무리 뒤져도 안 나올 것 같아요. 그러니까 애인이 생기기 전에 어서 빨리 합의를 봐야죠."

빌어먹을. 생각을 해도 그 모양이라니.

어쨌거나 그는 비우를 말려야 하는 입장이었다. 비우의 입장이야 확고한 듯하니 이제 다른 사람을 끌어들이는 수밖에 없었다.

"그가 싫다고 하면?"

"에, 상혁이가요?"

비우가 눈을 왼쪽 방향으로 치켜 올려 한 바퀴 데구르르 굴렸다.

"거절할 거라고는 생각 안 해봤는데."

"모든 남자가 같이 자달라고 하면 언제든 오케이할 거라는 망상은 버려. 사람이라면 누구나 자존심이 있으니까."

"그게 자존심이랑 무슨 상관이에요?"

"그건 남자를 사람으로 보지 않고 수컷으로 다룬다는 얘기니까."

"⋯⋯에?"

"네 말에 그 상혁이란 작자가 어떻게 반응할지 생각 안 해봤어?"

"으음, 아니에요, 그런 거랑 정말 달라요. 난 이유가 있어서 부탁하는 거잖아요."

"그게 더 기분 나쁘지 않겠어? 솔직히 반해서, 그래서 같이 자고 싶어서 그런 말을 하는 것과 사정상 이러저러하니 네가 나랑 같이 자줘야겠다는 엄연히 다르다고. 그건 그냥 이용하려는 것밖에 안 되잖아. 네가 어떤 남자와 첫경험을 하고 싶어하던 그건 네 사정이야. 듣는 남자 입장에서는 상당히 다르다고."

"으음⋯⋯ 그치만 상혁이는 다를 거예요."

"왜?"

"걔는⋯⋯ 으음, 그러니까⋯⋯ 으음⋯⋯."

"아무하고나 섹스할 수 있는 남자라는 소리야?"

이 말에 비우가 입을 삐죽 내밀었다.

"아무나라는 말은 좀 거슬리네요. 우린 아주 친한 친구라니까요. 아무나가 아니라구요."

박경진이 딱 잘라 말했다.

"친구란 여러 가지 의미가 있지. 개중 친구라는 말을 같이 섹스하기 싫은 상대를 분류하는 말로 치부하는 남자들도 적지 않아."

"칵! 상혁인 아닐 거예요."

"어째서 확신하지? 내가 알기로 네가 그 상혁이란 작자 집에서 같이 산 지 반년이 훨씬 넘었는데 그동안 아무 일 없었다면 섹스 대상에서는 너를 완전히 예외로 두었다는 게 더 신빙성있지 않아?"

"하지만……."

"하지만 뭐?"

비우의 얼굴이 다시 확 붉어졌다.

"하지만 상혁인 나한테 키스도 자주하고…… 으음, 아무튼 여러모로 성적인 뉘앙스를 풍기기도 하는데……."

그것으로 대화는 종결이었다.

박경진이 눈매를 확 일그러뜨리며 단호한 어조로 말했다.

"더 볼 것도 없군. 그러면서 곧 다른 애인이 생길 거라는 말이지. 그런 인간은 최저야. 더 이상 말할 것도 없어. 그냥 여기서 글이나 쓰도록."

비우가 펄쩍 뛰었다.

"엑! 이봐요, 편집장님. 애인이 생길 것 같다는 건 그냥 내 생각이에요."

"시끄러. 어쨌거나 네가 그런 생각을 하고 있다는 것은 최소한 그 작자는 너한테 아무런 감정이 없다는 말 아냐? 그런데도 너한테 손을 대고 있다면 그건 볼 것도 없는 쓰레기야."

"그 말 너무 심하다고 생각 안 하세요? 편집장님이 상혁이를 본 것도 아니잖아요."

"네 말만 들어도 그래. 심한 건 너야."

"난 상혁이 욕한 적 없다구요."

"그러니까 네 녀석 바보 기질이 너무 심하다고!"

박경진이 쿵쾅거리며 계단을 밟고 일층으로 내려갔다. 너무 화가 난 나머지 계속 이런 대화를 주고받다가는 정말로 돌아버릴지도 모르겠다는 생각이 들어서였다. 그러니 독한 마음 먹고 혼자 내버려 둔 다음, 저 바보 생각이 알아서 사라지기를 기다리는 수밖에 없을 듯했다.

그의 등 뒤에 대고 비우가 서둘러 외쳤다.

"에엣? 어디 가요?"

"냉장고에 먹을 것 있고 침실은 이층에 있는 거 써. 옷장 뒤져 보면 편하게 입을 만한 옷 있을 거야. 전화도 침실에 있는 것 쓰면 되고. 내 휴대폰 번호 메모리에 입력되어 있으니 급한 일 있으면 전화해."

"아앗, 잠깐만요!"

비우가 쿵쾅대며 다급하게 박경진의 뒤를 쫓아왔지만 그녀보다 월등히 걸음이 빠른 박경진은 이미 현관을 지나 차에 오르고 있었다.

"잠깐만요오!"

비우의 애절한 부름에도 아랑곳없이, 박경진의 벤츠가 출발했다. 백미러로 힐긋 뒤를 바라보니 혼자 남겨진 비우가 발을 동동 구르는 모습이 눈에 들어왔다.

박경진이 조용히 중얼거렸다.

"당분간 거기서 얌전히 있어. 안전한 곳이니까."

자신이 한 짓이 납치, 혹은 유괴, 감금이라는 생각은 눈곱만큼도 들지 않았다. 그는 절대 비우를 보내지 않을 작정이었다. 저 바보가 자신이 생각하는 어리석음을 완전히 깨닫고 그놈의 처녀성 버리기 프로젝트를 깨끗하게 포기하는 순간까지는.

"……빌어먹을."

그러나 박경진은 알고 있었다.

뭐라고 핑계를 대든지 간에 자신이 이런 짓을 저지르는 가장 큰 이유는 비우를 위해서가 아니자 순전히 자신을 위해서라는 것을. 그는 질투를 하고 있는 것이다.

열다섯

"제기라알!"

결국 비우는 이 근사한 곳에 혼자 남겨지고 말았다. 손이 닿을 듯 가까이 있는 하늘과 코를 찌르는 야생의 아카시아 향은 숨이 막힐 듯 황홀했지만 기분만큼은 최악이었다.

"저 나쁜 인간!"

그러나 이미 휑하니 사라져 버린 경진이 이 말을 들을 수 있을 리가 없었다. 별다른 도리가 없음을 깨달은 비우가 발을 동동 구르다 결국 몸을 돌렸다.

털레털레 다시 집 안으로 들어온 비우가 제일 먼저 한 일은 상혁에게 전화를 거는 일이었다. 배터리가 간당간당하던 핸드폰은 이미 꺼졌기에 희경에게 전화를 거는 것은 무리가 있었다. 비우가 외우고 있는 번호란 부모님 댁 전화번호와 상혁의 핸드폰 번호가 달랑이었던 것이다.

삑삑삑.

수화기를 들고 다이얼을 돌리자 익숙한 컬러링이 수화기 너머로 흘러나왔다.

[너를 사랑하는 한 남자로 태어나서…… 나는 단 한 번도 후회한 적 없었다고…… 나 너를 위해 목숨까지…….]

컬러링이 맞는 걸 보니 상혁의 전화번호가 확실한 모양이었다. 그녀가 알기로 이 컬러링은 2003년 겨울에 나온 뒤로 한 번도 바뀐 적이 없었다.

[오래오래…… 그대 곁에 있을게…… 심장이 멈출 때까지…….]

컬러링이 다 끝날 때까지 상혁은 전화를 받지 않았다.

[고객님의 전화기가 꺼져 있어 소리샘으로 넘어가니…….]

이런 부재중 전화 안내멘트가 나올 때까지 비우는 멍하니 수화기를 들고 있었다. 정말 멍했다. 이렇게 길게, 오래도록 들려오는 컬러링은 처음 들어봤다. 전화를 거는 게 아니라 노래를 듣고 있는 것 같았다.

"이 노래 되게 슬픈 노래구나……."

비우의 손가락이 꾹꾹 재다이얼 버튼을 눌렀다.

[……그냥 곁에 있을게. 시간이 멈출 때까지…… 슬픈 날들에

우리는 없게…….]

"……"

[……나 너를 위해 목숨까지 다 바쳐서…… 사랑했지만…….]

"……"

[……부디 오래오래…… 다신 보지 말자고…… 다시 볼 순 없다고…….]

"……"

[……너를 잊고 살아도…… 다신 볼 수 없어도…….]

"……"

[……너를 사랑하는 한 남자로 태어나서…….]

"……"

[……나 너를 위해 지옥까지 갈 수 있는…… 나의 사랑아…….]

몇 번을 들었는지 모를 정도로 바이브의 슬픈 음색이 귓가를 맴돌았다.

[오래오래…….]

대체 무슨 일이 있었길래 이렇게 슬픈 노래가 나왔을까. 비우의 머리 속에서는 엉뚱하게도 지옥까지 쫓아갈 정도로 슬픈 사랑에 대한 구도가 그려지고 있었다.

"그래!"

갑자기 비우가 버럭 소리를 질렀다. 뭔가 영감이 스쳐 지나갔을 때 그녀의 반응이었다. 비우는 곧이어 쿵쾅거리며 이층으로 뛰어올라 갔다. 이미 머리 속에서는 상혁에게 당분간 들어가기 힘들 거라는 말을 해야 된다는 사실이 사라져 버린 지 오래였다.

타타닥, 타탁.

비우의 손가락이 자판 위를 달리기 시작했다. 곧이어 모니터를 가득 채운 한글 프로그램의 하얀 화면에는 까만 글자들이 주르륵 쏟아지듯 채워지기 시작했다.

그 상태로 시간이 미친 듯이 빠르게 흘렀다. 비우는 이미 해가 져서 집 안 전체가 어두워졌으며 밖에서는 희미한 그믐달과 함께 반짝반짝 별들도 하나둘씩 늘어나기 시작한 지 벌써 한참은 지났다는 사실을 전혀 눈치채지 못하고 있었다.

"괜찮아. 내가 같이 갈게."

"오빠……."

"내가 옆에 있을게. 어딜 가도 내가 같이 갈게. 그럼 되지?"

"오빠……."

"그러니까 괜찮아. 다 괜찮아."

"……."

정우가 흔들리던 손 끝에서 망설임을 지우고 세희의 손을 잡았다. 그녀의 손은 평소 기억하고 있던 대로 아주 작았다. 아주 작고, 너무 작아서 안쓰러울 정도였다. 그가 그 손을 그대로 꽉 움켜쥐었다. 이젠 흔들리지 말자. 그게 더 나아. 이래도 후회하고 저래도 후회한다면, 둘이서 함께 후회하는 쪽을 택하자. 각자 떨어져서 후회하고 절망하는 게 아니라······.」

그때였다.

팟!

갑자기 모니터에 집중되어 있던 시야가 확 넓어졌다.

"우왓, 이거 뭐야?"

비우가 모니터 앞에 거의 처박고 있다시피 한 고개를 들어 주변을 휘적휘적 둘러보았다. 일층로 내려가는 계단 입구에 박경진이 서 있었다. 못 볼 것을 봤다는 표정으로 비우가 눈을 끔벅였다.

"너 그러다 눈 버린다."

"에, 눈은 이미 포기했지만······ 왜 벌써 왔어요?"

"벌써는. 열두 시가 넘었다."

"캑!"

비우가 몸을 돌려 의자에서 일어나려 하다 갑자기 제자리에 풀썩 주저앉았다. 그 모습을 보고 박경진이 후다닥 달려왔다.

"인마, 왜 그래?"

"으야얏! 발에 쥐났어요!"

"원, 참."

박경진이 맥 빠진 한숨을 내쉬더니 비우의 다리를 홱 잡아끌었다.

"으아아아!"

"엄살 부리지 말고 이쪽으로 다리 좀 뻗어봐."

"발에 쥐가 난 상황에서 어떻게 다리를 움직이란 말이에요!"

"이 녀석, 엄살 되게 많네."

박경진이 그녀의 발목을 붙들고는 자기 쪽으로 홱 잡아당겼다.

"으아악! 악악!"

비우가 눈을 꼭 감고 비명을 질러댔다.

"이씨! 날 죽이려고!"

"죽이긴 누가! 발 움직여 봐!"

그 말에 비우가 조심스럽게 눈을 뜨고 발을 살짝 움직여 보았다.

"어라? 괜찮네?"

그 말에 박경진이 피식 웃었다.

"어떻게 너같이 애 같을 수가 있냐. 스물넷이라는 나이가 아깝다."

"칵! 잘 나가다가 또 시비야!"

비우가 그를 째려보며 종알종알거리더니 몸을 일으켰다. 그러자 배에서 꼬르륵 소리가 났다. 박경진이 눈썹을 치켜올렸다.

"뭐야, 너? 이제까지 아무것도 안 먹은 거야?"

"으음…… 그랬던가요?"

"내가 아냐!"

"음, 난 아까부터 계속 여기 앉아 있는 것 말고 다른 일은 한 게 없는 것 같아요."

"이 녀석, 말을 해도."

그러나 어쩔 것인가. 저 혼자 알아서 잘 챙겨 먹고 똑 부러지게 있는 비우의 모습은 그조차 잘 상상이 안 가는 것을.

박경진이 비우의 손을 붙들고 일층으로 내려갔다. 일층도 이층 못지않게 희한한 구조로 되어 있었는데 주방은 특히나 심술맞게 생겼다. 주방으로 통하는 문은 그냥 평범한 방문처럼 생겨 있어서 모르는 사람이라면 이 집에는 아예 주방이 없는 줄 알았을 것이다.

그리고 비우 역시 그랬다.

"엑, 주방을 이런 데 감춰두고 있었다니!"

"뒷마당이랑 연결이 되어 있어서 어쩔 수 없었던 것뿐이야."

달칵.

박경진이 주방의 불을 켰다. 그리고 동시에,

"와아."

비우의 입에서 감탄사가 터져 나왔다.

옹이가 고스란히 보이는 나무를 그대로 깎아서 만든 희한한 모양의 식탁과 그 식탁을 꼭 닮은 삐죽빼죽한 의자들도 멋졌지만 벽 한쪽이 완전히 트여 뒷마당을 향해 난 코치까지 쭈욱 이어져 있는 나무 바닥이 정말 압권이었다. 집 안에 달려 있는 주방이 아니라 그대로 캠프 파이어의 야외식당 같았다.

"여기 비 오거나 눈 오면 어떡해요?"

"그럴 땐 저기 문 닫으면 돼."

박경진이 한쪽 벽을 가리켰다. 자세히 보니 미닫이 식으로 투명한 유리문이 설치되어 있었다.

"여기 진짜 멋지다. 여기서 살면 살찌겠어요."

"왜?"

"주방에만 있고 싶을 거 아니에요."

"난 삼 년 정도 여기서 살았지만 살 안 쪘는데."

비우가 입을 비죽 내밀었다.

"누가 박경진 편집장님이 그렇대요? 내가 그렇다는 거지."

"흠, 마음대로. 살이 쪄도 뭐라고 안 그럴 테니 마음에 드는 장소에 있어."

"흥. 그거 진짜 나쁜 말이다. 살이 찌든 말든 남의 인생이니 신경 안 쓴다는 거죠. 진짜 나쁘다."

"너란 녀석은 항상 말을 해도 그렇게 한번 꼬아서 해야 속이 시원하냐."

"전혀. 지금 내가 시원해하는 걸로 보여요?"

"평소의 너를 두고 하는 말이야. 뭐 먹을래?"

박경진이 냉장고 문을 열면서 말했다. 거의 정육점 창고 수준으로 커다란 냉장고를 보니 먹고 싶은 메뉴를 마음대로 골라도 괜찮을 것만 같았다. 그래서 비우가 고른 것은,

"으음…… 라면."

이었다.

갑자기 맥이 탁 풀린 기분이 된 박경진이 딱딱한 목소리로 대꾸했다.

"우리 집에 라면 없어."

사실 있긴 했다. 그냥 습관처럼 사다 놓은 것이긴 했지만. 어쨌거나 하루 종일 굶었을 녀석에게 라면 같은 것을 먹이고 싶진 않았다.

"거짓말. 혼자 살면서 집에 라면이 없다는 게 말이 돼요."

"우리 집은 그래."

"흥. 그래도 마땅한 게 생각 안 나는데요?"

"그럼 해주는 거 먹어."

"네."

냉장고에서 뭔가를 주섬주섬 꺼내 드는 박경진의 등을 바라보며 비우가 식탁 앞의 의자를 빼서 앉았다.

"우와, 이 의자 생긴 건 삐딱한데 되게 무겁다."

"앉아보면 더 놀랄 거야."

"왜요?"

"앉아봐."

조심조심 의자에 앉는 비우는 정말 놀라는 표정이 되어버렸다.

"우와."

그가 기대했던 그대로의 표정이었다. 그가 알기로 저런 표정이 저렇게 잘 어울리는 여자는 이비우 말고는 없었다.

"근사하지?"

"네."

분명 딱딱한 나무 재질로 보이는 저 의자는 기가 막힐 정도로 푹신한 감촉을 지니고 있었다.

"이거 나무 맞아요?"

"그럼 나무지 뭐야."

"스폰지 아냐?"

박경진이 소리 내어 웃었다.

"하하, 아니야. 나무를 네 엉덩이에 꼭 맞게 깎아서 그래."

"엥? 난 엉덩이 대준 적 없는데요?"

"일반적인 사람 엉덩이에 맞춰서 깎았다는 말이야. 의자를 자세히 보면 이음새가 없을 거다."

비우가 제까닥 의자에서 내려와 주방 바닥에 주저앉아 식탁 의자를 유심히 살폈다. 과연 박경진의 말이 맞았다. 기묘하게 생긴 의자에는 이음새가 하나도 없었다.

"이거 어떻게 만든 건지 혹시 알아요?"

"커다란 나무 하나를 그대로 깎아서 만든 거야."

"우와."

"그래서 기계로 못 만들고 사람 손으로 만들어."

"이걸 일일이 사람이 다 깎았다고요?"

"응."

"우와, 진짜 멋지다."

만약 그 의자의 개당 가격을 알았다면 비우의 감탄사는 아예 멎어버렸을 것이다.

잠시 후 주방에는 참을 수 없을 정도로 허기를 자극하는 맛난 냄새가 가득 퍼졌다. 다시 의자에 올라앉은 비우가 식탁 밑의 발을 까닥대며 물었다.

"언제 돼요? 배고파 죽겠어요."

"조금만 기다려. 그런 녀석이 어떻게 사람이 들어온 것도 모르고 계속 모니터만 보고 있었어?"

"나도 몰라요. 정신없이 치다 보니까 벌써 해가 없어진 거 있죠. 덕분에 팔뚝 아파서 죽겠어요. 손목도 아프고 턱도 아프고 목도 아프고 등뼈도 아파요."

비우의 말에 박경진이 눈썹을 찡그렸다. 뭔가 생각할 게 있다는 표정이다.

"흠. 의자를 바꿔야 할까."

그의 말에 비우가 고개를 갸우뚱했다.

"엥?"

"자세 교정이 좀 더 잘되는 의자로 바꿔야겠다. 글 쓰는 사람이 자세가 흐트러지기 시작하면 피로가 계속 누적되거든."

"헤에. 편집장님 별거 다 안다."

"뭐, 너보다야 많이 알겠지."

"왜요?"

"너보다 나이가 많으니까."

"음, 하긴 그렇다. 열 살이나 더 많으니."

"그래서 너랑 있으면 정신없어. 자, 어서 먹어."

"넵!"

박경진이 그녀 앞에 내려놓은 것은, 그가 했다고는 도저히 생각할 수 없을 정도로 우아한 모양새를 하고 있는 오므라이스였다.

"와아, 너무 예쁘다."

비우가 약간 얼떨떨해진 목소리로 중얼거렸다.

"이런 걸 어떻게 먹으라고 줘요?"

있는 대로 솜씨를 발휘한 효과가 있는 모양이다.

"또 먹고 싶으면 얼마든지 더 해줄게. 사양 말고 먹어. 사양해도 너랑 안 어울리니까."

"진짜 또 해줄 거예요?"

"거짓말 안 해."

"굉장하다. 오늘 하루 자체가 다 거짓말 같아요. 진짜 그러면 어떡하지. 나 오늘 삘 받아서 정신없이 마구 썼거든요. 지금 생각할수록 굉장히 뿌듯한데 이게 만약에 다 거짓말이고 꿈이었어 봐, 그럼 정말 좌절할 거야."

"꿈 아니니까 어서 밥이나 먹어."

"네, 잘 먹겠습니다."

박경진이 만들어준 오므라이스는 우아한 모양새만큼이나 우아한 맛을 내고 있었다. 그래서 무식해 보일 정도로 커다란 숟가락을 정신없이 놀리며 맛나게 먹던 비우는 이렇게 묻지 않을 수 없었다.

"근데 말이죠, 편집장님은 돈도 많은 것 같고, 성격은 좀 별나지만 얼굴도 잘생겼고, 멋진 외제 차도 끄는데 왜 애인도 하나 없어요?"

박경진이 피식 웃었다.

"눈이 높아서."

그의 대답에 비우가 고개를 끄덕였다.

"진짜 그렇겠다. 그치만 나이가 좀 많잖아요. 몇 살 더 먹고 맞선 장가가기 전에 그냥 현실과 조금 타협을 하시죠?"

비우가 먹는 모습을 열심히 지켜보고 있던 박경진의 눈매가 약간 날카로워졌다. 표시나지는 않았지만 조금쯤은 상처받은 것이다.

"내가 그렇게 나이가 많은가?"

"서른넷 독신이면 많이 늦은 편 아니에요? 아, 물론 별로 나이 들어 보이지는 않으니까 그렇게 좌절하지는 마세요."

"그래? 너랑 비교하면 그럼 몇 살 정도 차이나 보여?"

"음, 아무리 편집장님이 젊어 보여도 내가 워낙 슈퍼동안이니 정확히 열 살 차이로 보여요."

"그래?"

박경진이 식탁에서 일어났다. 비우가 입에 물고 있던 숟가락을 빼며 물었다.

"에? 어디 가세요?"

"안 가. 오렌지 주스 만들어줄게."

"에헤헤헤헤. 고맙습니다."

박경진이 다시 냉장고를 열고 큼직한 오렌지 서너 개를 꺼냈다. 싱크대에 물을 받아 세제를 풀고 그 속에 오렌지를 담가 꼼꼼히 씻어내는 그의 모습은 분명 새로운 면모였다.

비우가 그 모습을 유심히 바라보고 있었다.

"결혼하면 주방에서 요리하는 남자 뒷모습이 그렇게 섹시해 보인대요. 그 말 진짜 맞는 거 같다."

"푸핫, 지금 네 눈에 내가 섹시해 보여?"

"조금요."

"어떤 면에서?"

"음, 일단 결혼하면 처자식을 잘 먹여살리는 게 남자의 주변머리잖아요. 그런 의미에서 주방에서 요리하는 남자는 그야말로 눈앞에서 남자의 본분을 실행하고 있는 거죠. 아무래도 그런 의미 아닐까요?"

드르르륵.

오렌지 갈리는 소리가 들렸다. 평소 같으면 무척 시끄럽게 들렸을 그 소리가 이렇게 분위기있는 주방에서 들으니 나름대로 리듬감을 타고 운치있게 들렸다.

"이 녀석, 너도 어쩔 수 없구나. 그런 이유로 남자가 섹시해 보인다니. 그야말로 잘 먹고 잘사면 장땡이라는 심보 아냐."

"남이야 뭐라던. 그래요, 나 속물이에요."

사실 꼭 그런 이유에서가 아니더라도 박경진의 뒷모습은 꽤나 섹시했다. 비우가 섹시라는 단어를 제대로 이해하고 있다면 말이다. 팔을 움직일 때마다 당기는 셔츠 때문에 드러나는 팔 근육과 등뼈의 움직임, 허리 곡선과 어깨의 넓이, 윤이 나는 까만 머리가 흩어지며 드러나는 목덜미. 그녀가 이렇게 눈을 빛내며 관찰한 남자는 아마도 상혁 이후로 박경진이 처음일 것이다. 그만큼 상혁과 다른 점이 쉽게 눈에 들어왔다. 170㎝가 조금 넘는 아담한 키의 상혁은 사실 어깨도 작고 팔다리도 가는 편이었다. 비우는 상혁과 자신의 덩치가 면적 면에서 별 차이가 없다는 사실을 잘 알고 있었다. 그러나 겉보기에는 꽤나 늘씬해 보이더라도 박경진은 저 골격 때문에 분명 순면적이 비우를 거뜬히 넘어설 것이다. 그 점은 비우의 마음에 꼭 들었다.

"아, 볼수록 아깝다. 편집장님, 그러지 말고 연애하세요. 아는 이모 있으면 떠넘기고 싶다, 정말."

박경진이 입을 벌려 작은 웃음소리를 흘렸다.

"그거 칭찬이지?"

"응, 그래요. 사실 우리가 트러블이 생기는 관계로 만나서 그렇지 좋아하는 여자라면 편집장님도 잘해줄 거 아니에요. 이렇게 집도 예쁘고 차도 멋지고 요리도 잘하는 남자가 독신이라니 뭔가 억울해."

"내가 애인 없는 게 왜 네 녀석이 억울해?"

"제 말이 그 말이에요. 왜 내가 억울하죠?"

왜 억울하긴. 그거야 내가 아까우니까 그렇지.

박경진이 속으로 이렇게 중얼거렸다.

비우의 저 발언은 꽤나 바람직한 현상이었다. 이제 슬슬 비우가 자신이 얼마나 괜찮고 아까운 남자를 옆에 두고 있는지 깨달아가고 있다는 증거이니까.

박경진이 완성된 오렌지 주스를 커다란 유리컵에 담아 식탁을 향해 돌아섰다.

"얼음 넣어줄까?"

"아뇨. 지금 시원해서 얼음까지 먹으면 추울 거 같아요. 그냥 주세요."

박경진이 식탁으로 걸어와 비우에게 컵을 내밀자 비우가 냉큼 두 손을 내밀어 그것을 받아 들었다. 평소에 가져보지 못했던 멋진 장난감을 선물로 받는 아이처럼, 그녀는 지금 좋아 죽겠다는 표정을 짓고 있었다. 그 표정이 얼마나 사랑스러운지 그녀는 아마 모를 것이다.

"와아, 와아. 진짜진짜, 진짜 맛있다."

꼴깍꼴깍 주스를 목 안으로 넘기며 비우가 계속 종알거렸다.

"인마, 넘어오겠다. 입 다물고 마셔."

"근데 진짜진짜 맛있는 걸 어떡해요."

잠시 후 깨끗하게 비운 유리컵을 내려놓은 비우가 만족스럽게 배를 쓰다듬었다.

"어떡해. 배 터질 거 같아요."

"배고픈 것보단 낫지 뭘."

"응, 응. 너무너무 맛있게 먹어서 배 둥둥이에요. 진짜 기분
좋다. 잘 먹었습니다."

"배 둥둥은 뭔데?"

"배가 부르니까 배 둥둥이죠."

그 말은, '전화를 받으면 여보세요 해야죠'라는 대답처럼 더
없이 경쾌하게 들렸다. 그래서 박경진은 '배 둥둥'이라는 단어
에 대한 사전적 존재 가치와 현실적 의미 해석에 대한 시도는
포기하기로 했다. 뭐, 어떻단 말인가. 비우가 그렇다면 그런 것
이다.

비우가 박경진을 바라보며 배시시 웃었다.

"헤헤. 진짜 잘 먹었어요. 다음에 또 해주세요."

이렇게 말하는 그녀의 입가에는 오렌지 주스의 작은 잔해가
남아 있었다. 그녀의 입술 전체가 오렌지 색으로 만족스럽게 물
들어 있었다. 기분 탓인지 그녀의 입술은 아예 오렌지 맛이 날
것 같았다.

'이건 반칙이야.'

확실히 이건 반칙이었다. 비우가 그 터무니없는, 처녀성 상실
프로젝트에 관해 구체적으로 그에게 말을 꺼내지만 않았어도
이렇게 급하게 그녀를 이곳으로 끌고 올 생각은 하지 못했을 것

이다. 그리고 이런 캄캄한 밤중에, 부드러운 조명이 낮게 깔린 분위기있는 식탁에서 오렌지 빛으로 물든 그녀의 입술을 이렇게 가까이서 보게 되지도 않았을 것이다.

꿀꺽.

목을 타고 마른침이 넘어갔다. 이게 무슨 의미인지 비우는 알까?

결국 박경진은 참지 못하고 이렇게 말하고야 말았다.

"입술에 뭐 묻었다."

비우가 손을 들어 입 주변을 더듬었다.

"어디요?"

박경진이 잽싸게 입가를 더듬던 비우의 손을 붙들었다.

"내가 떼어줄게."

그러나 그 오렌지의 잔해를 향해 다가간 것은 그의 손이 아니라 그것을 향해 갈증을 일으키고 있는 그의 입술이었다.

"으읍!"

비우가 그의 품 안에서 잔뜩 몸을 웅크렸다. 이 정도 반응이야 예상했던 것이다.

박경진이 한 손으로 식탁을 짚어서 몸을 의지한 채 다른 한 팔은 벽을 짚어 자신이 양팔 안에 비우를 가두었다. 꼼짝도 못하게 된 비우가 이리저리 고개를 빼려는 시도를 하는 게 느껴졌지만, 어림없었다. 박경진의 입술은 노련하게 비우의 입주변을 핥다가 그녀의 입 안으로 파고들었다.

"이이…… 으읍……."

비우의 입에서는 방금 먹었던 오렌지 주스 맛과 함께 오므라
이스의 맛이 났다. 그래서 그는 자신의 입맛에 꼭 맞게 만들어
진 요리를 먹는 듯한 기분이 들었다. 그의 품 안에서 꽤나 버둥
대던 비우는 어느샌가 잠잠해져 있었다. 덕분에 박경진은 좀 더
느긋하고 여유롭게 입맛에 꼭 맞는 비우의 입술 맛을 음미할 수
있었다.

"하아……."

작은 한숨을 뱉어내며 박경진이 비우의 입술을 놓아주었다.
그때까지 비우는 두 눈을 꼭 감은 채 양손을 말아쥐고 있었다.
잘못 건드렸다가는 한 대 맞을지도 모르겠다.

"눈 떠."

그러나 비우는 있는 힘껏 눈을 감은 채 고개를 흔들어댔다.

"싫어요."

"왜? 여기서 계속 있을래? 안 자러 가?"

"아뇨. 그건 싫지만 지금은 눈 안 뜰래요."

"왜?"

"편집장님 얼굴 보기 민망해서요."

"왜 민망해?"

미간에 주름이 잡힐 정도로 양쪽 눈을 꼭 감고 있는 그녀는
정말로 애기 같아 보였다. 그 모습에 실소가 나올 것 같아 박경
진이 한 손으로 입을 가렸다.

"키스했잖아요."

"키스하면 민망해?"

"당연하죠!"

"왜? 처음 한 것도 아니잖아."

"그러니까 문제죠."

"그러니까 그게 왜 문제가 되냐고. 새삼 민망해할 만큼."

"그건……!"

비우가 답답하다는 듯 눈을 떴다가 환해진 시야에 박경진의 얼굴이, 좀 더 정확히 말해 조금 전까지 자신과 키스를 나누던 그의 입술이 보이자 다시 화들짝 놀라 눈을 감았다.

비우의 목소리에서 흥분이 사라졌다.

"나 말이에요…… 사실 이전에 한두 번의 키스에서는 '어라? 이게 뭐지?' 정도만 느꼈었거든요. 그래서 별생각없었어요. 그런데 이번엔……."

무척 흥미로운 발언이었다.

"이번엔?"

"이번엔……."

아, 더해가는 흥미.

"이번엔?"

"이번엔 확실히 느꼈어요. '아, 지금 내가 키스란 걸 하고 있구나' 라고 말예요."

"그게 왜 눈을 못 뜰 이유가 되는 거지?"

"그러니까, 그전까지는 편집장님이 무슨 이유에서든 내게 키스를 해도 나한텐 그게 키스가 아니었으니까 난 말짱했단 거죠. 그런데 오늘은 나한테도 그게 키스였어요. 그래서 눈을 못 뜨겠어요. 눈 뜨면 편집장님이 보일 거 아니에요."

박경진이 피식 웃었다.

"바보냐. 그렇게 따지면 나도 너랑 키스했잖아. 나는 너 똑바로 보는데?"

"……응? 그러고 보니 그렇네요."

"그러니까 눈 떠."

"……."

결국 비우가 눈을 떴다. 그러나 박경진을 돌아보는 그녀의 얼굴에는 감추지 못하는 홍조가 가득했다. 비우가 따듯해진 두 뺨을 손으로 꼭 움켜쥐었다.

"아, 어쩜 좋아."

그 모습은 또다시 그녀를 두 팔 안에 가두고 키스하고 싶을 만큼 사랑스러웠다. 만약 비우가 입을 열어 이런 이야기를 하지 않았다면 참지 못하고 또 덤벼들었을지도 모른다. 혼자서 달아오른 뺨을 삭히느라 애쓰던 비우는 엉뚱하게도 이런 얘기를 꺼냈다.

"편집장님은 상혁이랑 비슷한 성격인가 봐요."

뭐? 상혁이?

저도 모르게 인상이 구겨졌다.

"뭐가?"

"으음, 스킨십으로 뭔가를 보상하려고 하는 것 말예요."

"뭐?"

"상혁이는, 음, 그러니까 내가 생각하기로는 스킨십으로 친절함을 나타내요. 예를 들어 내가 생일 선물을 해주면 '고마워'라고 하는 대신 예쁘게 웃으면서 꼭 끌어안는 식으로요."

박경진이 저도 모르게 혀를 찼다.

"전혀 닮지 않았다고 보는데. 나는 스킨십이 그렇게 이용될 수 있으리라고는 생각 못해봤어. 물론 애인 사이라면야 얘기가 달라지겠지만. 그건 그냥 그 상혁이라는 작자가 바람둥이라는 사실을 의미한다고 봐."

"엑, 상혁이가 바람둥이라고요?"

"네 입으로 얘기했잖아. 경험도 많고 여자도 많다고. 그럼 바람둥이 아니야?"

"음, 하지만 상혁이는 모두 친구라고 하는걸요. 내가 볼 땐 여자들이 상혁이를 더 좋아하는 것 같아요."

"그게 바로 진짜 선수인 거지. 꽤나 고난이도의 플레이를 능숙하게 펼치고 있는 거야, 그 친구는. 그리고 갑자기 그런 얘기가 왜 나와?"

비우가 손가락 끝으로 코를 문질렀다.

"나름대로 편집장님이 나한테 왜 키스를 했나 분석 중이에요. 보통 상식으로, 키스는 사랑하는 연인들 사이에서 하는 거잖아요. 그런데 상혁이나 편집장님처럼 애인도 아닌 사람들이 자꾸 키스를 하니까, 저도 나름대로 혼란이 온다구요. 그래서 분석 중이에요. 상혁이 같은 경우는 대충 파악했다고 생각했는데 편집장님이 자기는 아니라고 하니까 지금 또 난감해지고 있어요.”

“바보냐. 그런 걸 왜 혼자 고민해. 나한테 직접 물어보면 되잖아.”

“아, 그럼 되나? 근데 물어보면 가르쳐 주실 거예요? 더위 먹어서, 정신없어서, 그냥, 뭐 이렇게 성의없이 대답하면 화낼 거예요. 저 나름대로 되게 심각한 거라구요.”

박경진이 비우를 진지한 눈길로 바라보았다.

“나도 심각해. 내 말 믿지?”

“음. 오렌지 주스가 맛있었으니 믿어드릴게요.”

“좋아. 하여튼 나도 장난이 아니었다.”

“음. 뭐, 장난이라고 하는 말보다 훨씬 좋게 들리네요. 그럼 왜요?”

“내가 왜 했을 것 같아?”

진지한 얼굴로 장난이 아니라고 미리 못을 박아두는 진지한 이야기를 꺼내면서도, 박경진은 속으로 실소를 금치 못하고 있었다. 남자가 여자에게 키스하는 이유를 꼭 이렇게 세미나 분위기까지 이끌어내며 설명할 필요가 있는 것일까, 라는 의문에서.

그의 물음에 비우가 손사래를 쳤다.

“캭! 바보예요, 편집장님? 이제까지 그렇게 말했잖아요! 몰라서 난감하다고!"

나도 말하기 난감하다, 인마.

박경진이 한숨을 참으며 말을 이었다.

"보통 남자가 여자한테 키스하는 이유가 뭔데?"

비우가 생각에 잠겼다.

"으음…… 글쎄요."

"로맨스 작가라는 애가 그런 것도 몰라?"

"으음…… 난 이전까지는 좋아한다거나 뭐 같이 자고 싶다거나 그런 경우에 하는 건 줄 알았거든요."

"근데?"

"근데 상혁이를 보면 별로 그런 것 같지도 않아서요. 그리고 편집장님도 그래요. 편집장님이 내가 좋아서라거나 나랑 같이 자고 싶어서라거나 그래서 나한테 키스하는 건 아니잖아요. 그러니 헷갈리는 거죠."

박경진이 손을 뻗어 비우의 머리를 쓰다듬었다. 손가락에 감겨드는 머리카락의 고운 느낌이 정신을 흐릿하게 만들었다. 이제 한계다. 사실 좀 더 기회를 엿볼 생각이었지만, 비우는 너무 빨랐다. 붙들기 위해서는 그도 전력질주를 해야 했다.

박경진이 다시 입을 열었다. 그의 입에서 새어나오는 목소리는 한 톤 정도 낮아져 평소보다 훨씬 더 부드럽고 매끄럽게 들렸다.

"그 상혁이라는 작자가 널 망쳐 놨네."

"엥? 상혁이 그런 거 없는데요?"

"네 사고를 말이야. 네가 처음 생각한 게 맞아."

비우가 의심스러운 눈초리를 하며 고개를 갸웃거렸다.

"에? 그 말은……?"

"네가 좋고, 너랑 자고 싶어서 너한테 키스한 게 맞다고."

비우의 눈동자가 커다래지는 모습이 느린 화면으로 다가왔다. 그렇게 한참을, 꼼짝 않고 그를 바라보던 비우가 갑자기 벌떡 일어섰다.

"나 집에 갈래요!"

그리고는 휙 몸을 돌려 나가려는 비우를, 박경진이 가까스로 붙잡아 세웠다.

"왜?"

"내가 얼마나 위험한 상황에 처했는지 깨달아서요!"

비우가 씩씩대며 박경진을 돌아보았다.

"여기 완전히 고립되어 있잖아요! 내가 아무리 소리를 질러도 도와주러 오는 사람 하나 없을 거잖아요!"

전력질주.

좋아한다, 같이 자고 싶다, 키스하고 싶다. 그 말의 여파는 이렇게 드러났다. 박경진은 지끈대는 관자놀이를 망치로 한 방 내려치고 싶다는 생각을 했다. 그러면 이 멍해진 머리가 평소처럼 말끔한 상태로 돌아올 수 있을 것 같았다.

그가 갈라질 듯한 목소리로 말했다.

"그 말은 내가 반항하는 널 덮치기라고 할 거라는 말이야?"

"에?"

그가 비우의 몸에서 손을 뗐다. 그의 손은 얌전하게 식탁 위에 얹혀졌다.

"나 싫다는 여자 억지로 건드려 본 적 없어. 시도 때도 없이 피가 끓는 사춘기 소년도 아니고. 네 말대로 나 나이 많아. 적당히 약아서 성추행이나 성폭행이라는 지저분한 일이 고소까지 들어가면 얼마나 귀찮아지는지도 충분히 알고. 네가 싫다고 하면 그만이야. 너 소리 지를 일 만들지 않아. 그리고 너, 네 말이 얼마나 웃긴지 알고는 있어?"

뭐, 웃긴 건 그도 마찬가지였지만.

혼란함을 떨쳐 버리기 위해서인지 비우가 제까닥 응수했다.

"내 말이 어디가 웃겨요?"

"몇 시간 전만 해도 너는 경험치를 쌓기 위해 한시라도 빨리 남자랑 자봐야겠다고 말하고 있었다고. 그런데 갑자기 소리 지르고 반항하는 쪽으로 가다니, 좀 이상하지 않아?"

"아니, 그거야 나는 상혁이랑 잔다고 그런 거고…… 편집장님이랑은 경우가 다르지…… 않나요?"

"어째서 다르지?"

"그거야 나는 상혁이랑 자고 싶단 건 내가 생각하고 결정한 일이고…… 박경진 편집장님은…… 그러니까, 그런 쪽으로는 한 번도 생각해 보지 않았다는 거……."

"네 말대로, 단순히 네가 날 그런 상대로 생각해 보지 않아서인 거잖아. 안 그래?"

비우가 눈을 한 바퀴 떼구르르 굴렸다. 그리고도 여전히 제자리를 못 찾고 흔들리는 눈동자가 비우 역시 멍한 상태로 돌입했음을 말해 주었다.

"그, 그런가······?"

빈틈은 가차없이 노려야 되는 법이다. 박경진이 재빨리 다음 말을 이었다.

"네가 그 상혁이라는 작자랑 같이 자겠다고 한 것은, 그가 경험이 많고 친절하며 상냥하게 잘할 수 있을 것 같다는 믿음 때문이었지. 안 그래?"

"맞아요."

"그럼 난 경험이 없을 것 같아? 서른네 살이면 그런 쪽으로 서툴 만한 남자는 별로 없을 것 같은데. 그리고 친절하며 상냥한 것은 나름대로 자부할 수도 있어. 말했듯이 난 네가 마음에 있으니까. 나름대로 최선을 다하겠지. 그 정도면 고려해 볼 만하지 않아?"

비우의 눈이 좀 전과는 비교도 안 될 정도로 커다래졌다.

"이상해요!"

"뭐가?"

"별로 이상한 점을 발견하지 못하겠어요! 그래서 이상해요."

"바보냐."

"아니, 진짜 그렇다고요. 난 절대로 편집장님을 그런 쪽으로는 한 번도 생각해 보지 않았는데 편집장님 말을 듣고 보니까 왜 그런 생각을 한 번도 해보지 않았는지 후회가 될 정도거든요. 그러니 이상하죠. 내 머리가 어떻게 됐나 봐요. 어떻게 편집장님이랑 같이 자는 것도 괜찮겠다는 생각이 드는 거지?"

박경진의 입에서 피식, 하는 웃음소리가 새어나왔다.

미션 석세스. 그가 이겼다.

"그럼 같이 자보는 게 어때?"

그러면서 그가 한 발자국, 비우를 향해 다가갔다. 전력질주라고 했지만, 그리고 그가 생각했던 것보다 훨씬 더 속력을 내고 있다는 것도 알았지만 지금도 박경진은 뭔가 한참 느린 기분이었다. 아무리 빨리 달려도 부족할 것 같았다. 지금 비우와 그가 벌어져 있는 거리를 단숨에 줄이고 싶어 몸살이 날 지경이었다.

이비우라는 어린 작가가, 그녀라는 어린 여자가 그에게 던져준 감정은 그조차도 낯설고 혼란스러운 것이라 그 역시 명확한 결론을 내리기 위해 일 년이라는 시간이 필요했다. 그리고 결론을 내렸다. 결론을 내리고 나니 지난 일 년이라는 시간은 그야말로 낭비라는 생각밖에 들지 않았다. 애가 탈 정도로 아까웠다. 그러니 전력질주만 남은 것이다. 있는 힘껏 달릴 생각이었다.

그러나 비우는 아닌 모양이었다. 그가 움직이는 것을 지켜보던 비우가 손을 내밀며 황급히 뒤로 물러섰다. 경진에게는 일

년이라는 시간이 있었지만 비우에게는 없었던 것이다. 그녀는 아직 준비가 되어 있지 않았다.

"잠깐!"

"왜?"

"아니, 그래도 아직 이상해요. 절대 이상해! 편집장님이랑 나랑 같이 자는 관계가 될 리가 없어. 뭔가 아주아주 이상해."

"어디가 그렇게 이상한데?"

"방금 편집장님이 말했던 논리에 별 허점이 없어서요."

"그럼 하나도 안 이상한 거 아니야?"

"천만에요! 이제껏 제 상식과 사고를 완전히 뒤엎어 버리는 논리였으니 이상하고도 남죠."

"네 상식과 사고라는 것 자체가 불안정했었어."

"어째서!"

"내가 누누이 말해 왔듯이, 너는 네 생각대로만 주변을 파악하려고 든다고. 지금만 해도 그래. 네 생각에서 벗어나니 확 달라진 결론이 나오잖아. 넌 그걸 아직 인정 못하고 있을 뿐이야."

말을 마친 그가 재빨리 비우에게 다가가 그녀가 반항할 새도 없이 품에 꼭 끌어안았다. 버둥대려고 시도해 보았지만 어림없는 일이었다. 그는 오늘 꽤나 단호했다. 지금 비우가, 그가 미친게 아닌가 의심할 정도로.

"대학교 졸업한 지 일 년밖에 안 된 어린애이긴 하지만 넌 성인이고, 그러니 내가 나이가 좀 많다고 해서 널 좋아하는 게 비

논리적일 정도는 아니지. 넌 여자고, 난 남자야. 어떤 관계로 맺어지든 남녀 사이의 일은 결국 남녀사이의 일로 귀결된다고."

박경진의 품은 넓고, 아늑하고, 든든했다. 꼭 자신의 품만한 상혁에게 안겨서 불안해하던 느낌과는 또 다른 기분 좋음이었다. 비우는 혼란스러워하는 자신을 발견할 수 있었다.

나한테 지금 무슨 일이 일어나고 있는 거야?

비우의 혼란에는 아랑곳없이 박경진의 말이 계속 귓가를 자극했다.

"그러니 나랑 자는 것도 네 생각에 크게 어긋나지 않을 거라고. 원한다면 애인 관계가 되어도 좋아. 어느 모로 보나 그 바람둥이보다는 이쪽이 훨씬 안정적이고 이해적인 관계가 될 것 같은데. 최소한 나는 남자와 같이 자야겠다는 네 절박한 사정에 대해 오해할 소지가 조금도 없는 사람이잖아."

"끄응."

"그러니까 결론을 내려. 네가 이제까지 나한테 했던 말도 안 되는 이유 때문이 아니라, 어느 쪽이 더 현명한지 충분히 생각해서 결론을 내라고."

"끄응. 그게……."

비우가 괴로운 신음 소리를 흘렸다.

"왜 그렇게 괴로운 표정인데?"

"시간을 좀 주면 안 돼요?"

"기꺼이. 그런데 정확히 어떤 용도로 사용될 시간이지?"

"잠잘 시간이요. 나 아무래도 잠잘 시간을 훨씬 넘겨서 지금 사고회로가 엉망진창으로 엉켜 버린 것 같아요. 나 좀 잘래요. 생각해 보니깐 지금 무지무지 졸린 거 있죠."

사실 잘 시간이 아니라 도망갈 시간을 달라는 거였지만.

"그래."

의외로 박경진이 순순히 고개를 끄덕이며 동의해 주었다. 그러나 그는 비우를 놓아주는 대신 번쩍 안아 들었다.

화들짝 놀란 비우가 괴롭게 몸을 비틀었다.

"지금 뭐 하시는 거예요?"

"뭐 하긴, 침실까지 데려다 주려는 거야."

"나 걸어갈 수 있거든요!"

"그냥 얌전히 있어."

"나 아주아주 무거워서, 그래서 민망하단 말이지요."

"내가 안을 수 있을 정도면 됐어."

박경진은 고집 센 남자였다. 비우는 오늘 그의 색다른 모습을 한꺼번에 너무 많이 보는 듯하다고 느꼈다. 그 느낌은 그녀의 혼란을 한층 더 가중시키고 있었다. 주방을 벗어나 이층으로 올라가는 내내 그랬다. 두 사람의 무게가 한꺼번에 더해진 나무계단이 삐걱이는 소리를 냈다. 그게 순 자신의 몸무게 때문인 것 같아 비우는 달아오른 얼굴을 차마 들지 못했다.

그렇게 박경진의 품 안에 고개를 파묻고 있을 때,

"엄마얏!"

갑자기 몸이 기운다 싶자 등 뒤에 무언가 푹신한 것이 와 닿았다. 박경진이 그녀를 무사히 침대에 눕힌 것이다.

"난 일층에서 잘게. 잘 자라."

코앞에서 보이는 그의 얼굴. 왜 이렇게 심장이 덜컹이는 걸까.

"아…… 음, 고마워요. 내일 맑은 정신으로 얘기해요."

"기꺼이. 불 꺼줄까?"

"네."

탁.

잠시 후 불이 꺼지며 방 안이 어둠에 휩싸였다. 이내 비우는 이불 속으로 쏙 들어가 오지 않는 잠을 억지로 청했다.

열여섯

그러나 그 다음날 맑은 정신으로 얘기하자던 비우의 말은 순전히 거짓이었음이 눈을 뜨자마자 드러났다. 아침에 박경진이 일어나 보니 이층 침실이 깨끗하게 비어 있었던 것이다. 비우의 모습은 집 안 그 어디에도 없었다.

처음에는 당황하다가 곧이어 분노가, 그 다음에는 조소가 피어올랐다.

"그렇게 좋으니……?"

그가 떠올리고 있는 인물은 박상혁이라는 그 작자였다. 이제껏 비우에게 들은 이야기와 나름대로의 기초 조사를 통해 파악한 바로는 도무지 비우를 맡길 수 없는 거지 같은 인간인 그. 그러나 그의 비우는, 사 년이 넘게 목을 맬 것 같은 기세로 바라보고 있는 그.

얼떨결에 밀어붙이게 된 고백으로 비우가 하룻밤새 자신의 품에 안겨올 거라는 생각은 하지 않았다. 그러나 최소한 이렇게 서둘러 도망가 버릴 것이라고는 정말 생각하지 못했다. 여기가 어딘지도 모를 텐데, 후다닥 도망가야 할 만큼 비우는 자신이 싫고 무서웠던 것일까.

박경진의 입가가 묘하게 틀어졌다.

"잘된 건가."

전력질주는 실패였다. 그의 비우는 진실을 알게 되자 달아나 버렸다. 확실히 그와 비우는 다른 영역에 존재하는 사람들이었다. 작가와 편집장이라는 단 하나의 교집합을 제외한다면 그들에게는 어떠한 공통점도 없었다. 비우는 너무 어렸고, 너무 순진했고, 너무 순수했다. 비우에게 있어서 그는 나이 많은 편집장에 지나지 않았다.

그래, 그러니 이 바보 같은 짓은 이제 그만 끝낼 때가 되었다. 자신보다 열 살이나 아래인 어린애한테 간이라도 빼줄 것처럼 이렇게 절절 매는 바보 짓은 분명 그가 정상이 아니란 뜻이었다. 비우가 어젯밤 논리와 근거를 들이밀며 혼란스러워했던 것처럼, 그 역시 자신이 비우를 좋아한다는 결론을 내리기까지 비우 못지않게 방황하고 망설여야 했다. 지난 일 년이 괜히 필요했던 게 아니다. 그걸 비우가 알아주길 바랐던 것이 확실히 무리였던 것일까. 서른네 살이나 먹은 자신이 한심해서 견딜 수가 없었다.

비우가 특별한 존재라고 해도, 그녀는 역시 어린애일 뿐이다. 애초에 그들은 비우의 말처럼 연인으로 발전한 논리와 근거가 하나도 없는 사이였다. 그것을 억지로 바꿔보고자 한 그가 분명 틀린 것이다.

"제기랄."

아무도 없는 빈 집에 그의 목소리가 거칠게 울렸다.

박경진은 스스로 자신이 상처 입었음을 깨달았다. 이 바보 짓을 그만두기로 마음먹을 정도로 충분히.

"에, 얼마라구요?"

"육만칠천오백이십 원입니다, 손님."

비우가 절망적인 한숨을 내쉬었다.

"잠시만요."

비우가 후다닥 택시에서 내려 아파트 상가 한켠에 있는 은행 창구로 뛰어들어 갔다. 지갑에 지금 가지고 있는 돈으로는 저 엄청난 택시비가 모자랐던 탓이다. 역시 모범택시를 타는 게 아니었다. 무려 일주일치 식비—혹은 그 이상—가 그대로 홀라당 날아가 버린 셈이었다.

'다음부터는 아무리 급해도 절대 모범 안 탈 거야!'

비우는 속으로 이를 뿌드득 갈며 돈을 주고 택시를 보냈다.

터덜터덜 허탈한 발걸음으로 집을 향하는 그녀의 뒷모습은 충분히 애처로워 보였다.

사실 꼭 돈만이 문제는 아닐 것이다.

어제 비우는 밤새도록 잠을 이루지 못했던 것이다. 박경진의 충격 고백은, 이래저래 말을 나누는 중 구렁이 담 넘듯 유연하게 기어들어 와 그 당시로는 멀쩡한 얼굴로 서 있을 수 있었는데, 그가 일층에 내려가고 혼자 남게 되자 걷잡을 수 없을 정도의 파문이 되어 비우의 가슴팍을 시끄럽게 두들겨 댔다.

"거짓말이야!"

어찌나 혼란스러운지 비우는 그렇게 결론을 내렸다.

박경진의 말은 상식을 완전히 무시하는 말이었다. 그는 서른네 살이나 먹은 어른이었고, 그 나이임에 불구하고 잘생기고 잘빠진 데다가 직업이 의심될 만큼 돈도 많았다(잘은 몰라도 그런 것 같았다). 그런 그가 밑도 끝도 없이 자신을 좋아한다고? 도무지 현실이라고는 받아들일 수 없는 말이었다. 이유가 없었던 것이다. 그가 자신을 좋아한다는 일의 시작점이 될 이유가 존재하지 않았다.

더더구나 거짓말 같은 것은, 진짜로 거짓말 같은 것은 사 년동안 상혁이만을 바라왔고 그보다 더 사랑스러운 사람은 없을 것이라 생각했던 자신이 흔들리고 있다는 것이다. 박경진의 그말을, 갖은 이유를 다 들어서 믿고 싶어할 정도로!

생각이 거기까지 미친 비우는 더 이상 잠드는 것을 포기하고는 벌떡 일어섰다.

내일 또랑또랑한 정신으로 박경진을 볼 만한 용기가 없어서
였다. 자기 입에서 '에에…… 그럼 우리 연애할까요?' 이런 말
이 나올까 봐 겁이 나서였다. 박경진이 피식 웃으며 '농담이었
어, 인마. 뭘 그렇게 진지하게 반응하냐'라고 할까 봐 소름이 끼
쳐서였다. 그리고 갈등을 일으키던, 그렇게 거세게 흔들리던 자
신의 마음을 상혁이 알까 봐 두려워서였다. 비우에게는 아직까
지 상혁이 전부였다. 스스로 그렇게 믿고 있었고 그렇게 알고
있었다. 아직 다른 남자는 그녀에게 없었다. 그래서는 안 된다
고 생각했다.

그 길로 침대를 정리하고 살금살금 내려왔다. 혹시라도 박경
진이 눈치채고 자신을 붙들까 봐 비우는 숨도 제대로 못 쉬고
낮에 보았던 마을을 향해 달려갔다. 산골짝에 처박힌 아주 작은
마을이었지만, 고맙게도 공중전화 부스가 설치되어 있었다. 그
곳에서 비우는 콜렉트 콜을 이용, 공중전화 부스 안쪽에 덕지덕
지 붙어 있는 콜택시 회사 전화번호로 전화를 걸었다. 그게 그
녀가 무사히 서울로 올 수 있었던 간밤의 과정이었다.

"나한텐 상혁이가 있잖아."

비우가 중얼중얼거리며 집 안으로 들어섰다. 때마침 상혁의
방문이 열리며 상혁이 걸어나왔다.

"으앗!"

비우가 자지러지게 놀라자 상혁이 피식 웃었다.

"뭘 그렇게 놀라?"

"너, 너! 왜 여기 있어? 회사 가야지!"

"회사? 오늘 늦잠 자서 그냥 안 갔어. 거기 그러고 있지 말고 빨리 들어와."

"어, 엉."

비우가 신발을 벗고 현관을 올라서자 상혁의 몸이 가까이 왔다. 그리고 코끝을 스치는 기묘한 냄새. 비우가 저도 모르게 코를 킁킁거렸다.

"상혁아, 너한테서 땀냄새 나."

"아, 어제 샤워를 못하고 자서 그런가 보다."

상혁이 태연하게 대꾸했다.

"그럼 나 샤워할게."

"응? 그래, 나도 할 거니까 되도록 빨리 해줘."

"너도 안 했어?"

"응."

"왜?"

"어제 외박했거든."

그 말에 상혁이 코끝을 문질렀다.

"음, 그건 아는데…… 에에, 모르겠다. 아무튼 나 먼저 할게."

"응. 아침 먹었어? 배고프면 아침 차릴게."

"어, 부탁해."

그리고 상혁이 욕실 안으로 쏙 들어갔다.

욕실과 바로 이어져 있는 좁은 주방에서 비우가 달그락거리며 아침을 준비했다. 사실 아침이라고 해봐야 살림을 배운 적 없는 비우가 그럴싸하게 차릴 리가 없었다. 냉장고를 열어 이것 저것 살피던 비우가 재료를 한데 끌어 모으고 가위로 썰기 시작했다. 현재까지 진행된 상태는 비우가 아침으로 무엇을 준비하려는지 도저히 알 수 없을 정도였다.

"아, 뭐야?"

집 안을 진동하는 느끼한 기름 냄새에 막 욕실에서 나오던 상혁이 코를 킁킁거렸다.

"응, 볶음밥."

"헤에, 그런 것도 할 줄 알아?"

"뭐…… 반찬이 없어서."

숟가락을 미리 내려놓은 식탁 한가운데에 비우가 커다란 프라이팬을 내려놓았다.

"사양 말고 먹어."

"어, 잘 먹을게."

상혁은 곧 숟가락을 들고 군말없이 먹기 시작했지만, 비우는 입 안에서 굴러다니는 밥알들의 맛이 영 께름칙하게 느껴졌다. 어제 박경진이 해준 오므라이스는 입 안에 짝짝 들러붙던데 자기가 한 건 왜 이러는 걸까. 순간 이런 밥을 먹고 있는 상혁이 불쌍하게 느껴졌다.

"상혁아, 너무 무리해서 안 먹어도 괜찮아."

미안하다, 흑.

"아니, 의외로 먹을 만한데?"

"응? 아니, 진짜 괜찮다니까?"

"에이, 삐쳤구나. 아냐, 맛있어."

어, 그러냐. 난 진짜 맛없는데.

비우가 제대로 먹지 않고 깔짝깔짝대니 상혁이 눈살을 찌푸렸다.

"넌 안 먹어?"

"아니, 그게…… 난 영 입맛이 없네."

상혁이 갑자기 비우의 이마에 자신의 이마를 들이댔다.

"날이 더워서 그런가. 열은 없는데."

"캑! 콜록콜록!"

그리고 그 순간, 비우는 기침이 나올 정도로 놀라 버렸다.

상혁의 때와 장소를 넘나드는 기습 스킨십에는 속수무책이었다. 상혁은 너무 빨랐고, 너무 능숙했고, 너무 예측불허였다.

"놀랐잖아."

"어, 그랬어? 미안."

상혁이 비우가 내려놓은 숟가락을 집어 들고는 그 위에 밥을 가득 담았다. 그리고는 비우를 향해 내밀었다.

"입맛없다고 밥 굶고 그러면 몸 약해진다. 아 해봐."

아이고, 이 예쁜 자식!

비우의 얼굴이 발갛게 달아올랐다.

"아니야, 그냥 내가 먹을게."

"또 밥알 가지고 장난하려고 그러지. 빨리 아 해."

"아니, 그게……."

"안 하면 나도 밥 안 먹는다. 빨리 아 해봐."

오냐, 네가 그렇게까지 나오니 염치 불구하고 한 숟갈 얻어먹으마.

비우가 난처한 듯 입을 벌리고 한 숟갈 받아 먹자 상혁이 생긋 웃었다.

"아, 착하네, 이비우."

그가 손을 뻗어 슬슬 비우의 머리를 쓰다듬었다.

"자, 이것도 마저 먹어."

상혁이 다시 한 숟갈 내밀었다. 이미 정신이 혼미해지기 시작한 비우가 또다시 군말없이 상혁이 내민 숟가락을 입에 물었다.

"킥킥. 너 그러니까 강아지 같아."

그런 식으로 그들은, 비우가 만든 맛없는 볶음밥을 깨끗이 비워냈다. 숨이 턱 막힐 정도로 배가 부르게 된 비우가 저도 모르게 배를 둥둥 두드리며 있자 상혁이 물었다.

"그런데 지금 몇 시야?"

"응? 으음…… 한 아홉 시 반?"

"그래? 그럼 안 늦게 갔겠네."

"응? 누가?"

"아, 지예."

"응? 지예가 누구야?"

"왜 우리 저번에 아이스베리에서 만났던 머리 긴 여자애. 어디더라, 진성여곤가 다닌다고 했던 애 말이야. 기억 안 나?"

비우의 입가가 실룩였다.

기억이 안 나긴. 지금도 생생하게 기억하고 있다. 이가 갈릴 정도로 생생하게.

"근데 걔가 어딜 가?"

"응. 어제 여기서 잤거든. 아침에 일어나 보니 없어서. 학교에 늦지 않게 갔겠지 뭐."

쿨럭! 뭐라고?

비우가 더듬더듬 입을 열었다.

"걔, 걔가 여기서 잤어?"

"응. 원래 그냥 잠깐만 들렀다 가려고 했는데 마침 네가 없어서 그냥 자고 갔어."

저기 잠깐만, 상혁아! 걔 분명 미성년자거든!

비우가 꿀꺽 침을 삼켰다.

"그럼…… 그럼 걔랑 같이 잔 거야?"

상혁의 대꾸는 태연했다. 마치 '어젯밤 자면서 꿈꿨어?'라는 질문에 '응'이라고 대답하듯이 일상적인 얼굴이었다.

"어? 응."

"걔 아직 고등학생이잖아."

"걔가 먼저 같이 자자고 그랬는걸."

황당하단 표정에 점점 벌어지는 비우의 입가를 보며 상혁이 고개를 갸우뚱했다.

"왜, 이상해?"

이상해하면 안 되는 일이니, 상혁아?

"으음…… 으음…… 그게, 아무래도……."

"서로 좋아서 한 건데 뭘."

분위기가 묘하게 휩쓸리기 전에 상혁이 재빨리 말을 돌렸다.

"근데 넌 어제 어디서 잤어?"

상혁이 말을 돌리면 다시 그 이전의 화제로 돌아가는 것은 불가능했다. 그는 자신이 곤란한 일에 대해서는 두 번 다시 입을 열지 않는 성격이었다. 비우가 군말없이 대꾸를 달아주었다.

"응? 아항, 우리 출판사 편집장님 댁에서."

"왜?"

사실 왜 그랬는지는 비우도 잘 몰랐다. 대체 무슨 일이 그렇게 되어버렸담.

"말하자면 조금 복잡한데……."

"그래도 밥 먹고 할 일 없으니 소화하는 셈치고 해봐. 아무 말도 안 하고 있으니 심심하다."

"엉, 그래?"

잠시 얘기를 어떻게 풀어나갈지 고민하던 비우는, 자신을 재촉하는 듯한 상혁의 작살미소 한 방에 맛이 가버리고 난 다음

하지 않아도 될 말까지 술술 풀어내기 시작했다.

"……그래서 있지, 그 사람이 그러더라고."

"음…… 네가 정말 좋대?"

"뭐, 말로는 그래. 근데 정말 못 믿겠어."

"그럼 믿지 마."

상혁이 의외로 단호한 얼굴로 중얼거렸다.

"좋아한다는 말이 제일 믿지 못할 말 같아. 그만큼 쉽게 변하기도 하고. 그런 말 굳이 믿을 필요 없어."

하지만 상혁아, 나 조금은 믿고 싶었는걸.

그러나 비우는 그저 고개를 끄덕이기만 했다.

"그래서 여기까지 어떻게 왔어? 어디로 데리고 갔는지도 몰랐다며."

"콜택시 불러서 타고 왔어."

"우와, 얼마나 나왔어?"

"육만칠천오백이십 원."

"경기도였나 보네."

"응. 어휴, 돈 아까워 죽겠다."

"응, 그러게. 진짜 아깝다. 근데 어차피 그 사람도 출근 안 해? 출근하는 길에 태워다 달라고 그러지."

어림없는 소리였다. 박경진의 얼굴을 보기 전에 도망쳐야 했으니까.

"아니, 저기 그게…… 그 사람 얼굴 보기가 좀 쑥스러워서."

"나 같으면 그냥 좀 쑥스러워하고 육만칠천 원 아꼈을 거야. 그리고 쑥스러울 게 뭐가 있어. 그냥 그 사람이 너 좋다고 한 거고, 넌 싫다고 한 건데. 그런 걸로 쑥스럽게 만든다면 그 사람이 나쁜 거네."

"아니, 꼭 그런 것만은 아니고…… 저기……."

비우가 우물쭈물하면서 공모전 얘기와 그에 따르던 몇 가지 문제들—예를 들어 같이 자는 경험이 필요하다는 생각을 했다는 등—을 이야기했다. 그 말에 상혁이 눈을 크게 떴다.

"헤에, 진짜 그랬어?"

"응. 그러니까 더더더더더 이상한 분위기가 되잖아. 그래서 후다닥 나온 거야."

"흐음. 그런 게 부끄럽나?"

"아니, 부끄러운 게 아니고…… 아무튼, 뭔가 좀 그런 분위기 있잖아."

상혁이 코끝을 문지르며 생각에 잠겼다.

"어쨌거나 너네 출판사 편집장인데 네가 곤란하겠다."

"응! 곤란해 죽을 지경이라고!"

"그럴 거 왜 그 사람한테 말했어."

"아니, 말하려던 게 아니고, 그냥…… 상의하느라 어쩌다 보니 그렇게 된 건데……."

"차라리 나한테 말하지. 그럼 내가 같이 자줬을 텐데."

부릅!

이것은 스물네 살 평범한 숫처녀 이비우의 눈이 크게 떠지는 소리였다.

"그런 건 친구 사이가 더 편하지 않아?"

상혁이 짓궂게 웃으며 식탁 위에 올려져 있는 비우의 손에 깍지를 꼈다. 그의 손가락이 그녀의 손가락 사이를 살살 문질러대기 시작했다.

"말 나온 김에 지금 할까?"

쿨럭!

이, 이놈아! 너는 어젯밤 새로 사귄 여고생이랑 동침을 하고도 그 다음날 아침에 바로 다른 여자한테 같이 자자는 말이 나오냐!

그러나 이 말은 목에 콱 걸려서 쉽사리 밖으로 나오지 않았다.

"왜? 막상 하려고 하니 무서워? 처음인 애들은 꼭 그러더라."

상혁이 걱정할 것 하나도 없다는 듯이 다정하게 웃었다. 그래서 비우는 그의 다정함에 의심이 가기 시작했다. 과연 저런 것을 다정함이라고 불러도 좋은 걸까? 저게 정말 다정함일까?

"저기, 너 그 지예라는 애랑 사귀기로 한 거 아냐?"

"응? 아직 아냐. 아직 그런 말 안 했어. 지예 말로는 그냥 친오빠 하자던데. 앞으로 어떻게 될지 모르겠지만."

"친오빠?"

"응. 자기 오빠가 없다고 '집 나간 오빠' 해달래."

"그래서 친오빠 하기로 했어?"

"응. 걔가 이씨거든. 그래서 앞으로 걔랑 있을 때는 이상혁 하기로 했어."

어, 그러냐. 너 참 잘 놀아준다, 어린애랑.

왠지 허탈해졌다. 비우가 딱딱한 식탁 의자 밑으로 주르륵 미끄러지듯 내려갔다.

"어, 넘어지겠다."

상혁이 재빨리 일어나 비우에게로 다가왔다. 그의 한쪽 손은 여전히 비우의 손에 깍지가 끼워진 채였다.

"오늘 할래?"

"으, 응?"

"그래, 그럼 샤워하고 와. 꿍차."

상혁이 흐느적대는 비우를 억지로 일으켜 세웠다.

"내가 해줄까?"

"뭣을!"

"샤워. 너 샤워하기 되게 귀찮다는 표정인데."

이놈아! 이게 어떻게 귀찮은 표정이냐! 이건 황당해하는 표정이라고!

비우가 손사래를 치며 상혁을 말렸다.

"아니, 저기……! 상혁아, 지금은 아침이고, 에에…… 해도 너무 환하다고."

"그래? 처음인 여자애들은 이것저것 많이 따지더라. 그럼 해지면 할까?"

"으, 응?"

"알았어. 그럼 모처럼 자체휴간데 우리 영화나 보러 가자."

현명한 생각이었다. 이 인간이랑 집에 단둘이 있게 되면 무슨 짓을 할지 모르니 나가는 게 차라리 속 시원할 것 같았다.

비우가 열심히 고개를 끄덕였다.

"그래, 그래. 우리 뭐 볼까?"

열일곱

그 다음부터 하루가 어떻게 지났는지도 모르겠다. 비우는
평범한 연인들처럼 상혁과 손을 꼭 잡은 채로 영화를 보고 쇼핑
을 하고 점심을 먹고 한 오늘 하루가, 평소에 그렇게도 꿈꾸던
오늘 하루가 그저 얼떨떨하게만 느껴져 죽을 맛이었다.

하루 종일 상혁의 팔은 거의 비우의 허리에 감겨 있었다. 평
소에는 너무 두근거려 불편했을 그의 팔이, 오늘은 그저 순수히
불편하게만 느껴졌다. 덥고, 땀도 나고, 확실히 접촉을 즐기기
에는 너무도 짜증나는 날씨였다. 그래서 비우는 오늘 웬 종일
허리께가 불편했다.

"영화 재미없었어?"

극장을 나와 마을버스를 타고 집으로 돌아가는 길에 상혁이 비우에게 물었다.

"아니, 재미있었어. 왜?"

"하나도 재미없다는 표정이어서."

"내가?"

"응."

"아닌데."

"아니면 말고."

자신이 그닥 즐거워하질 않아서인가……. 비우는 상혁의 표정에도 슬슬 짜증이 배어나오는 것을 느낄 수 있었다. 사 년 동안 비우는 그의 이런저런 표정들에 익숙해져 있었다. 웃는 모습, 화내는 모습, 그리고 우는 모습. 그런데 맹세코 지금처럼 그녀의 마음을 불편하게 하는 표정은 처음이었다. 권태롭고, 나른하고, 짜증내기도 귀찮다는 듯한 저 표정. 상혁의 그런 표정이 비우의 마음을 콕콕 아프게 찔러댔다.

"아니야, 정말 재미있었어. 날이 너무 더워서, 그래서 나도 모르게 짜증이 나는가 봐."

"그럼 됐고."

비우의 허리를 감싸 안았던 상혁의 팔이 금방이라도 풀어질 듯 느슨해졌다.

"더운데 빨리 집에 가자."

"으, 응."

상혁아, 빨리 집에 가서…… 넌 무얼 할 생각인데?

상혁의 옆모습을 바라보는 비우의 눈은 그렇게 묻고 있었지만 비우도, 상혁도 그 눈빛이 전하는 메시지를 무시하고 있었다.

마을버스에서 내린 그들이 막 아파트 입구에 들어서는 순간이었다.

"어, 편집장님!"

비우가 놀란 눈을 땡그랗게 떴다. 아파트 지상 주차장에 자신의 벤츠를 세우고 그 옆에 비스듬히 기대서 있는 박경진의 모습을 보았던 것이다.

"왜…… 왜 오셨어요?"

너무 빨랐다. 아직은 박경진의 얼굴을 똑바로 쳐다볼 수가 없었다. 더구나 이렇게 상혁이가 혼란스럽게 느껴질 때라면 더 더욱.

박경진의 눈이 힐긋, 비우의 허리를 안고 있는 상혁을 바라보았다. 그러나 그것도 잠시, 그의 눈이 곧 무표정한 느낌으로 비우를 향했다. 무슨 생각인지, 어떤 감정인지 비우로서는 아무것도 캐물을 수 없는 그런 표정이었다.

"이거 받아."

박경진이 내민 것은 두 가지였다. 전원이 꺼진 그녀의 핸드폰과 노란색의 작은 플로피 디스크.

"핸드폰 두고 갔더라."

"앗, 맞다. 핸드폰 두고 갔구나."

비우가 멍하게 그를 따라 중얼거리며 핸드폰을 먼저 받았다. 플로피 디스크는 여전히 박경진의 손바닥에 놓여 있는 상태였다.

"이건 뭐래요?"

"나는 널 사랑한다. 때론 사랑하지 않는다."

"으…… 에?"

박경진의 집에서 정신없이 써 내려갔던 새 소설의 제목이었다.

"필요할 것 같아서. 보니까 꽤 많이 썼더라. 걱정할까 봐 하는 말인데, 파일 저장하느라 제목만 살폈지 내용은 하나도 안 봤어. 믿어."

"에, 에에……."

"이메일로 보내줄까 하다가 네가 예전에 요즘 통신사가 안 좋은지 인터넷 자꾸 끊긴다는 말을 한 것 같아서 말이야."

"아, 예. 고맙습니다."

그에 대해서 미안하고 고마운 마음이 왈칵 밀려와 비우의 얼굴이 새빨갛게 달아올랐다. 자신은 아직도 그를 똑바로 바라볼 수가 없는데, 박경진은 다시 이전처럼 그럴싸한 편집장의 얼굴을 하고 있었다. 그게 그녀를 더 부끄럽게 했다.

"고맙습니다."

박경진의 무심한 말투가 작은 생채기처럼 들려왔다.

"두 번씩이나 같은 인사 할 필요 없어. 편집자로서 당연한 거니까."

박경진이 고개를 팍 숙인 비우에게서 시선을 돌렸다.

"그럼 나 간다."

"네."

왠지 점점 더 부끄러워져서 비우가 작게 대답했지만 그것은 박경진의 귀에도, 그녀의 귀에도 잘 들리지 않았다. 박경진은 더 이상 다른 대답을 기다리지 않고 훌쩍 차에 올랐다. 잠시 후 그의 차가 꼭 그처럼 무심한 소리를 내며 출발했다.

그제야 비우가 고개를 들었다. 눈물이 글썽해진 눈으로 멀어지는 벤츠를 바라보고 있는 비우는 마치 따귀라도 한 대 맞은 것 같은 표정을 하고 있었다.

"저 사람이 그 사람이야?"

옆에서 상혁이 물었다.

"으응……."

"근데 너 좀 이상하다."

확실히 이상했다. 왜 이렇게 슬프고 괴로운 걸까.

비우가 애써 고개를 저으며 이런 기분들을 떨구어냈다.

"뭐가?"

그러나 다는 떨구지 못한 모양이었다, 상혁이 이렇게 말한 것을 보니.

"저 사람이 너 좋다고 한 게 아니라, 네가 저 사람 좋다고 한 것 같은 얼굴이라서."

"……."

"더운데 빨리 들어가자."

비우의 허리를 감싼 상혁의 팔에 힘이 들어갔다.

"빨리."

"응."

집 안의 공기는 숨이 턱턱 막힐 정도로 무거웠다. 그러나 비우는 알고 있었다. 숨이 탁 막힐 정도로 무거운 것은 굳이 집 안의 더위가 아니라 자신의 마음이라는 것을.

신발을 벗고 올라선 상혁이 비우를 꼭 끌어안고 귓가에 입술을 갖다 댔다.

"얼굴 펴. 너 진짜 그 사람 좋아하는 거야?"

응? 그런 건가?

비우가 멍청하게 고개를 들자 상혁이 비우의 머리카락을 쓰다듬었다. 아주 다정한 손길로.

"너무 신경 쓰지 마. 사람 좋아하는 거 마음대로 되는 거 아니잖아."

물론이다. 그러나 그런 얘기를 상혁에게서 들으니 뭔가 어울리지 않는 기분이었다. 아니, 어울리지 않는다는 말 가지고는 부족했다. 슬펐다. 뭔가가 가슴을 헤집는 것처럼 슬펐다.

상혁아, 나 너 좋아한다고 말했었는데. 그런데 다른 사람……

괜찮은 거야? 내가 다른 사람 좋아해도 괜찮은 거야? 내가 다른 사람을 좋아한다고 해도 너는 나랑 잘 거니? 너는 여전히 다정할 거야?

그런 게…… 정말 다정함이야?

말없이 빤히 바라보는 비우의 눈빛을 피하며 상혁이 말했다.

"먼저 샤워하고 올게."

"으, 응……."

상혁이 욕실로 들어갔다. 한참 닫힌 욕실 문을 바라보던 비우가 자신의 방으로 가서 컴퓨터를 켜고 플로피 디스크를 꽂았다. 그래도 얌전히 상혁이 나오기를 기다리긴 싫었기에 뭐든 다른 일을 하고 싶었다. 박경진이 플로피 디스크를 준 게 정말 다행이었다.

삑삑.

플로피 디스크가 읽히는 소리가 나고 잠시 후 파일이 열렸다. 제목은 박경진이 말한 대로 '나는 널 사랑한다. 때론 사랑하지 않는다'였다. 비우의 눈이 스크롤 바를 내리는 손만큼이나 빠르게 모니터상의 글자를 읽어 내려갔다. 분량은 A4 용지로 무려 70페이지가 넘어가고 있었다. 하루 반나절이라는 시간 동안 책 반 권을 썼다는 소리였다.

"내가 미쳤었나 봐."

빠르게 활자를 읽어가던 비우의 눈길이 '나는 널 사랑한다. 때론 사랑하지 않는다'의 한 부분에 닿았다. 그것은 이제껏 그

녀의 소설에서 절대적으로 부족한 점이던 문제의 섹스 신이었
다. 그 부분을 꼼꼼히 읽어 내려가던 비우가 갑자기 표정을 굳
히더니, 마우스를 들어 벽을 향해 확 집어 던졌다.

펙! 탁!

마우스가 방바닥으로 떨어졌다. 비우가 두 손으로 얼굴을 감
쌌다.

"이건 표절이잖아!"

이건 자신의 글이 아니었다. 자신이 썼지만, 정말로 자신의
글이 아니었다.

"표절이라구!"

확실히 그 부분은 표절이었다. 한 이년 전 쯤에 희경을 졸라
서 들었던, 그녀의 '가장 괜찮았던 섹스의 경험담'이 고스란히
비우의 글 속에 들어가 있었다. 비우는 자기 멋대로 희경의 경
험을 도둑질한 것이다.

"이건 안 돼."

비우가 신음처럼 중얼거렸다.

"이건 내 글이 아니야. 이건 내가 아니야."

"불 끄면 안 돼?"

"아, 부끄러운가?"

"응."

"그럼 꺼줄게. 대신 내가 좀 허둥대도 네가 참아."

H군의 편안한 말에 희경은 깔깔 웃었다.

"뭐야, 너 잘하는 거 아니었어?"

"여자들마다 조금씩 달라서 그때마다 새롭거든."

대화를 나누면서 H군은 희경의 셔츠를 벗기고 있었다.

"만세 해줘."

희경이 두말없이 두 팔을 위로 들자 셔츠가 머리 위로 쑥 벗겨져 나갔다.

"아, 착하네."

희경이 다시 깔깔 웃었다.

H군이 고개를 숙이고 그녀의 브래지어 위로 입술을 가져갔다. 그의 뜨거운 혀가 브래지어를 옆으로 비껴 맨가슴 속으로 파고들었다.

"으음……."

그는 순전히 입술만으로 그녀의 브래지어를 반쯤 흩어지게 만들었다. 가늘게 실눈을 뜨고 아래를 내려다보자 절반만 드러난 가슴 위로 흩어진 H군의 매끄러운 검은 머리카락이 보였다. 희경이 손을 뻗어 그의 머리카락 사이로 손가락을 집어넣었다.

이유는 잘 모르겠지만 자신의 유두를 가볍게 물고 있는 그의 입술보다 손가락 끝에서 느껴지는 머릿결의 감촉이 더 자극적이었다.

점차 고조되는 흥분을 느끼며 희경이 하반신을 살짝 들어 올리자 H군이 한 손으로 그녀의 엉덩이를 받치고 다른 한 손으로 브리프 위를 더듬었다.

"아!"

"아파?"

"응, 조금. 조금 살살 만져."

"너 되게 예민한가 보다."

그러자 얇은 면을 사이에 두고 마주 닿은 H군의 손가락이 좀 더 유연해졌다. 처음에는 강하게 자극하는 쪽이었던 그의 애무가 톡톡 두들기듯 가볍게 변해갔다.

"으응……."

희경은 그의 손가락이 아주 예쁜 모양을 하고 있는 것을 기억하고 있었다. 하얗고 약간 건조한 편인 H군의 피부는 상당히 묘한 감촉을 가지고 있었다. 그의 손은 보통 남자들처럼 마디가 툭 불거져 있는 편이 아니어서 저도 모르게 '예쁘다'라는 감탄사를 끌어내고는 했다.

그 손가락이 지금 그녀의 크리토리스를 만지고 있는 것이다.

"하아……."

그 생각이 한층 더 그녀를 달구었다. 그녀가 발끝을 비틀자 H군이 양손을 위로 올려 그녀의 브래지어를 벗겨냈다. 맨가슴이 고스란히 공기 중에 노출되자 살짝 소름이 일었다. 그 위를 H군의 입술이 덮었다.

꽤 오랜 시간 가슴을 애무하던 그의 입술이 점점 더 아래로 내려갔다. 배를 거쳐 배꼽으로, 다시 그 아래로…… 그의 입술은 좀 전에 그의 손이 자리했던 희경의 브리프 위에 머물게 되었다.

"아?"

"응?"

"넌 팬티 위로 해?"

"아니, 이건 그냥 서비스야."

그가 혀를 내밀어 브리프 위를 핥았다. 그의 타액이 서서히 자신의 브리프를 적시는 느낌은 말로 표현하지 못할 만큼 선정적인 감각을 불러일으켰다.

희경이 저도 모르게 허리를 들어 올렸다.

그러자 H군이 아직 멀었다는 듯 두 팔을 뻗어 들어 올려진 그녀의 상체를 다시 낮춰놓았다. 동시에 힘을 주어 한층 뻣뻣해진 그의 혀가 질 입구를 강하게 눌러왔다.

"아앗."

희경이 작게 소리를 질렀지만 이런 식의 반응에 익숙한 그는 이것이 아파서 지르는 소리가 아니라는 것쯤은 알고 있는 모양이었다. H군이 희경의 양손을 그녀의 가슴 위에 올려놓았다.

"예쁘게 만져 줘. 애들도 심심하지 않게."

희경이 피식 소리 내어 웃자 H군이 그녀의 브리프를 끌어 내렸다.

"와, 너 엄청 흥분했구나."

그의 타액과 그녀의 체액으로 범벅이 되어 흠뻑 젖은 그녀의 브리프를 방 한구석으로 던져 버리며 그가 한 말이었다.

"응."

"좋아."

H군이 무릎을 꿇고 앉았다. 그리고는 누워 있는 희경의 양다리를 들어 자신의 어깨 위에 올려놓았다.

그 다음 순간부터는 그의 혀와 그녀의 질을 방해하는 것은 아무것도 없었다. 처음에는 키스를 하듯 다정히 입술만 갖다 대던 그가 곧이어 그녀의 질 안으로 혀를 밀어 넣었다.

"웃!"

그의 입과 그녀의 질 안에서는 이상한 소리가 났다. 몸 전체가 달아올라 어쩔 줄 몰라 하던 희경도 그 순간에는 다시 깔깔대고 웃을 수밖에 없었다.

"뭐가 웃겨?"

H군이 애무 도중에 입을 떼고 물었다.

"푸하하! 이상한 소리가 나잖아!"

"무슨 소리?"

"짭짭하는 소리."

"아항, 그거."

잠시 애무를 중단한 틈을 타 땀에 젖은 머리를 쓸어 넘기며 H군이 히죽 웃었다.

"하지만 맛있는걸."

"뭐야, 그럼 정말 먹는 거야?"

"응."

"무슨 맛인데?"

"조금 시큼하고…… 먹으면 기분이 좋아지는 맛."

"엥? 뭐야, 그게. 이상하잖아."

"너도 먹어볼래?"

H군이 어깨에서 그녀의 다리를 내려놓고 그녀의 몸 위로 올라왔다.

그의 페니스가 그녀의 질 안으로 쏙 들어오는 순간, 그가 얼굴을 숙여 그녀의 입술에 자신의 입술을 갖다 댔다.

"자, 먹어봐."

그의 입에서는 자신의 질 냄새가 났다. 처음에는 역겨움이 확 풍겨왔지만 그의 혀가 가져다 주는 매끄러움에 그런 느낌은 곧 사라졌다. 확실히 그의 키스에서 이제까지와는 다른 맛이 났다. H군의 말대로 그것은 조금 시큼한 맛이었다. 하지만 희경은 '먹으면 기분이 좋아지는 맛' 따위는 아니라고 생각했다.

그녀가 두 팔을 들어 그의 목을 끌어안고 힘을 주자 H군이 허리를 움직이기 시작했다. 확실히 삽입은 그녀의 취향이 아니었다. 그저 자신의 맨살에 와 닿은 H군의 벗은 몸에 흥분이 유지되는 것이지 질 안쪽에서 별다른 뜨겁고 격렬한 화학반응이 일어나는 것은 아니었다. 하지만 이제껏 H군이 해준 서비스가 마음에 들어 그녀는 이 정도쯤은 봐줄 수 있는 생각이었다.

"넌 별로 안 좋아?"

조금 숨찬 목소리로 H군이 물었다.

"응. 나 삽입으로는 잘 못 느껴."

"그래?"

H군이 손으로 그녀의 크리토리스를 더듬었다.

"좀 나아?"

그것은 그녀를 배려한 행위라는 것을 알고는 있었지만, 확실히 체위가 조금 엉성해지는 단점이 있었다. 희경이 고개를 저었다.

"아니, 삽입할 때 자극하면 오히려 아픈 것 같아."

"에휴, 어쩔 수 없구나."

H군이 자신의 페니스를 꺼내곤 그녀의 두 다리를 접었다. 그 상태로 그가 몸을 기울이자 그녀의 양 무릎이 그의 어깨에 닿았다. 그러자 둘의 밀착이 훨씬 더 가까워졌다.

"다시 넣을게. 아프면 넌 움직이지 마."

"응."

확실히 이런 포즈라면 희경은 꼼짝도 할 수 없게 된다. H군이 눈을 감고 삽입한 자신의 페니스를 앞뒤로 밀기 시작했다.

"앗, 쌀 거 같아."

얼마인지 모를 시간이 지나자 H군이 장난스럽게 웃으며 그녀의 질 안에서 자신의 페니스를 꺼냈다.

"휴지 줄까?"

"응, 빨리."

희경이 재빨리 머리 위로 손을 뻗어 티슈 몇 장을 뽑아 그에게 건넸다. H군이 흘러내린 자신의 정액을 닦은 다음 그녀의 옆에 누웠다.

"나도 닦아줘."

희경의 말에 그가 고개를 도리도리 저었다.

"아직."

"응?"

"내가 손으로 해줄게. 넌 안 좋았다며."

H군이 그녀를 자신의 배 위에 앉혔다. 얼굴을 마주 보는 상태가 아니라 엉덩이를 자신에게로 향하게 한 채였다.

"엉덩이 약간 들어봐."

"이 정도?"

"응, 딱 좋아."

그가 그녀의 엉덩이를 양손으로 움켜잡았다. 다음 순간 그의 부드러운 혀가 그녀의 크리토리스에 느껴졌다.

이 얘기를 해주면서 희경은,

"이게 내가 기억하는 최초의 오르가즘이었던 것 같아. 그렇게 들어가고 뺄 때마다 친절히 일러주는 남자도 없고 여자들이 어떻게 반응하는지 일일이 살피는 남자도 없어. H군은 프리는 물론 애프터도 확실하잖아. 섹스만을 놓고 봤을 때 그는 내가 만났던 남자들 중에서 단연코 최고야."

라는 간평을 달아주었다.

그래서 비우는 섹스 도중에 그렇게 무수한 커뮤니케이션이 오가야 한다는 것이 정석인 줄 알았다. 지금 어제 그녀가 미친 듯이 써 내려간 '나는 널 사랑한다. 때론 사랑하지 않는다'에 삽입된 부분도 그랬다. 그것도 희경과 그 묘령의 H군이 나누는 대화에서 크게 빗나가지도 않은 상태로.

갑자기 비우는 심한 부끄러움을 느꼈다. 딱히 누군가를 향하는 것이 아니라 자신을 향한 것이었다.

"잘한다. 친구 거 도둑질이나 하고 말이지."

비우가 이렇게 중얼거렸다. 그녀의 손이 바닥에 떨어진 마우스를 들어—이 순간 비우는 몹시도 후회하고 있었다—문제의 섹시 신 전체를 드레그했다. 가볍게 지우고 새로 쓸 생각이었던 것이다.

그러나 벽으로 집어 던진 순간 뭔가 잘못됐던 것일까. 마우스가 제대로 말을 듣지 않았다. 아차, 하는 사이 그녀의 통제를 벗어난 마우스는 섹스 신 부분만이 아닌, 문서 전체를 잡아버렸고 마침 그 순간 상혁이 벌컥 문을 열고 들어오는 바람에 깜짝 놀란 비우의 손가락이 스페이스 바를 꾹 누르고야 말았다.

"뭐 해?"

"으악!"

비우의 입에서 비명이 터져 나왔다.

"왜 그래?"

"글이 전부 지워졌어!"

"어쩌다가?"

"마우스로 다 잡아놓은 상태였는데 실수로 스페이스 바를 건드렸어."

"그럼 창 종료하고 다시 켜. 저장하지 말고."

"그럼 돼?"

"응."

비우가 조심조심 종료 버튼을 클릭했다.

"이제 다시 파일 열어봐."

"응."

그러나 뭔가 이상했다. 종료 버튼을 누르는 순간 떠야 할, '나는 널 사랑한다. 때론 사랑하지 않는다 파일을 저장하겠습니까?' 라는 확인 창이 뜨지 않았던 것이다.

"이거 뭔가 이상한데……."

비우가 플로피 디스크 안에 있는 '나는 널 사랑한다. 때론 사랑하지 않는다' 파일을 클릭했다. 그러자 한글 창이 떴다. 아무것도 없는, 새하얀 백지 상태로.

"끄으으응."

신음 소리가 새어나왔다.

"상혁아, 이거 어떻게 하면 되지?"

비우가 울 듯한 표정으로 상혁을 올려다보자 그가 컴퓨터 앞으로 다가왔다. 그의 손이 꽤나 능숙하게 윈도우 탐색기를 비롯

한 각종 창을 열어놓고 이리저리 뒤지기 시작했다.

초조한 마음으로 그를 지켜본 지 십여 분. 상혁이 머리를 절레절레 흔들며 마우스에서 손을 뗐다.

"없는데. 이 정도로 찾았는데도 없는 건 못 찾는 게 아니라 아예 없는 거야."

"우엥. 어떡하지? 무려 책 반 권 분량인데."

"그 사람한테 남아 있겠지. 이 메일로 보내달라고 해."

"아니, 그게……."

칵! 너라면 그런 상태로 헤어졌는데 다시 얼굴 보면서 뭔가 부탁할 마음이 생기겠냐!

비우가 다시 한숨을 쉬었다.

"어, 그래. 그래야겠다."

상혁이 비우와 눈높이를 맞추며 빙그레 웃었다.

"걱정하지 마. 어차피 오늘은 일 못할 게 뻔하니까 이건 그만 잊자."

상혁이 비우의 대답은 듣지도 않고 컴퓨터를 종료했다.

"내 방으로 가자."

열여덟

"**어**? 경진이 네가 웬일이냐?"

흐느적대는 다크블루의 조명, 끈적하게 녹아드는 파가니니의 바이올린 소나타 음색. 등골을 차갑게 파고드는 에어컨의 냉기와 독한 술기운으로 인해 흔들리는 초점에 익숙한 얼굴이 눈에 들어왔다.

"아, 너냐."

"그래, 나다."

그는 대학 동창이었다. 경진이 모종의 이유로 인해 한국에서의 학업을 포기하고 스토니브룩 대학으로 유학을 가는 바람에 꽤 오랫동안 보지 못하고 지낸 동창이었지만, 대개 손바닥만큼 좁은 한국에서는 그들 패거리가 노는 곳이 정해져 있기 때문에 이렇게 어느 바에서 부딪친다고 해도 그리 놀랄 일은 아니었다.

박경진의 기억이 맞다면 그의 이름은 김상혁이었을 것이다. 대진그룹의 셋째 아들로 이 바닥에서 노는 인간들 무리치고는 보기 드물게 성실히 가업을 잇고 있다는 평을 듣는 인물이었다.

박경진의 입꼬리가 기묘하게 휘었다.

"어, 상혁이구나."

그놈의 빌어먹을 상혁.

김상혁이 사람 좋은 웃음을 흘리며 박경진의 옆에 다가와 앉았다. 바텐더가 가다오자 가볍게 손을 들어 경진이 잔을 가리켰다. 같은 것으로 달라는 얘기였다. 눈치 빠르게 그의 말을 알아들은 바텐더가 더 이상 방해하지 않고 그들에게서 멀어졌다.

"어쩐 일이냐? 너 죽었다는 소문 돌던데 거짓말이었구나."

경진이 입을 벌려 소리없는 웃음을 흘렸다.

"죽기는, 멀쩡히 살아 있다."

"근데 왜 그런 말이 돌아?"

"아마도 우리 집 영감이 흘렸겠지. 어디 가서 이런 자식 있다고 말하기 쪽팔렸을 테니까."

"야야, 그러지 마라. 나도 한때 우리 집 늙은이랑 매일 치고받고 싸웠는데 그렇게 완고하던 그 양반도 나이를 드시더라고. 지금은 웬만하면 얌전히 있더라. 그거 보면 잘해야겠다는 생각이 들어. 너도 조금만 지나면 그렇게 될 거다. 너무 미워하지 마라."

"그거야 너네 집 얘기고."

경진이 다시 손가락 크기만한 스트레이트 잔을 기울였다. 그 안에 들어 있던 짙은 호박색 액체가 그의 입 안으로 순식간에 사라져 버렸다. 마침 상혁의 잔을 들고 온 바텐더가 그것을 보고는 '더 드릴까요?' 라고 물었다. 경진이 고개를 끄덕였다.

"응. 병으로 갖다 줘."

"예, 알겠습니다."

바텐더가 다시 사라지자 김상혁이 빙긋 웃으며 말을 이었다.

"아, 독한 새끼. 여전히 술은 잘 마시네."

"내버려 둬."

경진의 말투가 유난히 싸늘하다고 느꼈던 탓일까. 연신 사람 좋은 웃음을 흘리고 있던 김상혁이 표정을 굳혔다.

"너 무슨 일 있냐?"

"일은 무슨."

"그럼 요즘 뭐 하고 살아?"

"출판사 차렸다."

"출판사?"

김상혁이 하하, 소리 내어 커다랗게 웃었다.

"박경진이 출판사를? 어떤 출판사야? 네가 차렸다는데 왜 난 까맣게 몰랐지?"

"작아. 그러니 못 들었지."

"얼마나 작길래?"

"아직 건물도 하나 없어. 사층 사무실 세들어 산다."

"왜?"

"왜긴. 우리 집 영감 돈은 안 쓰려고."

"회장님이 그 꼴 잘도 봐주고 계신다냐?"

"죽었다잖아. 그쪽에서 먼저 인연 끊을 생각인 모양이던데 뭘."

입에서 나오는 대로 대충 대꾸해 주면서도 경진은 새삼 익숙한 이 바에 온 것을 후회하고 있었다. 그는 그저 조용히 술을 마시고 싶었을 뿐이다. 이렇게 집안 사정을 줄줄 꿰고 있는 누군가와 마주쳐 말까지 섞게 되는 전개는 정말이지 달갑지 않았다.

"언제 차렸는데?"

"한 삼 년 전쯤."

"그래? 꽤 오래됐네? 너 죽었다는 얘기 들린 게 일 년 정도 된 것 같은데 말이야. 요즘 메이저급 출판사들도 허덕이고 있다던데 규모가 작은 것치고는 잘 버티는 모양이구나. 역시 회장님 핏줄답다."

"그 영감이랑은 상관없는 일이야."

"회장님 들으면 졸도하시겠군. 출판사 일은 잘되냐?"

"음, 잘된다고는 할 수 없지만 바빠서 재밌어. 하나부터 열까지 다 내가 해야 돼. 그게 재미있어."

김상혁이 씨익 웃으며 경진의 어깨를 두드렸다.

"희한한 녀석."

"뭐가?"

"학교 다닐 때 우리 늙은이가 회장님을 얼마나 부러워했는 줄 아냐."

"왜?"

"너 공부 잘한다고. 회장님 가문에 인물났다고 나한테 얼마나 눈치를 주던지."

"잘하긴."

"무슨 소리야. 우리 중에 너만큼 공부 잘했던 놈이 어딨냐. 너 때문에 난 우리 집 늙은이랑 사이가 더 안 좋았어. 이제야 하는 말이지만. 하긴 그때 우리 패거리들 중에서 안 그런 집구석이 없었지. 다들 '박경진이 반만큼만 해봐라' 이런 얘기 듣고 살았으니까. 지금 생각하면 진짜 암울했던 시절이다. 그런 시절을 보내게 한 장본인이 정작 자신은 손 털고 나와 코딱지만한 출판사나 하고 있다니 열 안 받겠냐."

김상혁이 씨익 웃으며 자신의 술잔을 비워냈다.

"그래서 덕분에 우리가 숨통이 트이는 건가."

경진도 별다른 대꾸 없이 술잔만 움직였다. 이제 자신이 상관할 일이 아니었다. 자신은 이미 저들과 살고 있는 세계가 다르므로. 회장님이니 S그룹이니 하는 것은 죄 옛날얘기일 뿐이었다.

"그런데 여긴 어쩐 일이야? 그것도 혼자서?"

이젠 대꾸해 주기도 귀찮았다. 박경진이 계속 술만 들이키고 있자 무안해진 김상혁이 공연히 주위로 눈을 돌렸다. 그러더니 활짝 웃는다.

"짜식, 연희 씨 만나려고 왔구나. 그럼 말을 하지."

흔히 있는 반응으로 박경진이,

"뭐, 연희?"

라며 일반적인 놀라움을 표시하기도 전에 김상혁이 다시 그의 어깨를 툭툭 두들겨 주고는 일어섰다.

"그래도 연희 씨랑은 계속 만나나 보네. 그럼 나 먼저 일어난다. 더 버텼다가는 눈치없다고 욕할 테니 알아서 사라져 줘야지. 연희 씨! 경진이 여기 있습니다."

경진이 손을 내밀어 말리기도 전에 김상혁이 저쪽 어딘가를 향해 손을 흔들어주고는 재빨리 사라져 버렸다.

이미 늦은 것이다. 김상혁이 손짓을 한 어두운 어느 한구석에서 누군가가 또각대는 구두 소리를 내며 경진에게 다가왔다. 하얗고 작은 예쁜 얼굴, 구두를 신으면 경진과 별로 차이가 없는 키의 늘씬한 몸매, 몸에 딱 맞게 피트되는 우아한 라인의 하얀 원피스. 일 년 전과 비교해 봐도 별 차이가 없는 연희였다.

"옆에 앉아도 돼?"

연희가 물었다.

그녀의 음성은 언제나 약간 쉰 듯이 들렸다. 톤은 높았지만, 희미하게 가르릉거리는 쇳소리가 묻어나오는 목소리였다. 경진은 그녀의 멋진 외모보다도 더 근사한 것은 바로 그 목소리라고 생각했다. 적당히 세파에 찌들고, 적당히 우아하며, 적당히 도

도하고 거만한 목소리. 그것은 듣는 사람으로 하여금 적당히 불편하고, 적당히 긴장되며, 적당히 경계심을 갖고 적당히 매혹되도록 만드는 목소리였다.

"마음대로."

경진이 슬쩍 몸을 옆으로 틀었다. 충분한 공간이 벌어지자 연희가 잔걸음으로 다가와 그의 옆자리에 앉았다.

"오랜만이네."

한참의 침묵이 흐른 후 그녀가 먼저 입을 열었다.

"일 년도 안 됐는데 뭘."

"그런가?"

연희가 상혁이 마시다 놓고 간 잔을 들어 테이블을 톡톡 두들겼다. 그러자 바텐더가 다가왔다.

"잔 하나 주세요."

"예, 알겠습니다."

그 말에 경진이 눈살을 찌푸렸다. 연희가 술을 마시지 못한다는 것을 그는 알고 있었던 것이다. 그러나 그런 일로 일일이 간섭하기에는 그들은 이미 너무도 소원한 사이가 되었다.

연희도 그것을 눈치챈 모양이었다.

"마시려고 시키는 것 아냐."

"그래?"

"응. 그냥 아무것도 없이 앉아 있으면 어색할 것 같아서."

"그래."

"응."

꽤나 건조한 대화가 몇 마디 오간 그들 사이에는 이제 침묵만
이 남게 되었다. 그 침묵을 완해하려는 시도를 계속하는 것은
연희 쪽이었다.

"출판사는 잘돼?"

"그저 그래. 출판사로 부자 되기는 틀린 것 같아."

"그렇구나."

연희가 고개를 들어 절대 자신을 돌아보지 않는 경진의 옆모
습을 바라보았다. 그녀는 두 눈은 틀림없이 이렇게 묻고 있을
것이다. '나 대신 선택한 출판사인데 그렇게 성의없이 대답하면
내가 슬프지 않겠어?' 라고. 그러나 경진은 끝끝내 연희를 돌아
보지 않았다. 그들은 이미 돌아봐도 소용없는 사이가 되어버렸
다. 그것은 어떻게 해도 부정할 수 없는 사실이었다.

"회장님 건강 많이 안 좋으셔."

"나이 들면 여기저기 아픈 게 당연한 거지."

"경진 씨 많이 차가워졌구나."

"원래 이랬어."

"전혀. 회장님 그렇게 차가운 게 싫다고, 그렇게 안 살겠다고
나간 사람이 더 차가워져 있으면 어떻게 해?"

경진이 입꼬리를 비틀어 웃었다.

"그만 해라. 이제 그거 그냥 남 뒷얘기하는 거야. 네가 더 잘
알잖아, 우리 그런 사이 아닌 거."

연희가 작게 한숨을 쉬었다.

"그래, 미안. 내가 오버했네."

"그래."

시간은 계속 흐르고 파가니니의 소나타도 계속 흘렀다. 이젠 들어주기 지겨울 만도 했는데 어떻게 된 바인지 음악을 바꿀 생각도 안 하고 있었다. 새삼 짜증이 솟구쳤다.

"나가야겠다."

경진이 남은 술을 잔에 부어 한입에 털어넣고 자리에서 일어섰다. 연희가 재빨리 손을 내밀어 그의 팔을 붙들었다.

"도망가는 거야?"

"내가? 무엇으로부터?"

"나로부터."

"네가 나한테 뭔데?"

"과거, 행복했던 과거."

경진이 연희를 뚫어지게 바라보았다. 그녀의 눈빛에는 흔들림이 없었다. 새삼 그것도 지겨웠다. 연희는 그가 그녀를 버렸던 일 년 전과 비교해서 하나도 나아진 것이 없었다. 여전히 연희는 회장님이, 회장님의 S그룹이, 그리고 송연희 자신이 경진에게 있어서 최상의 행복이라 믿어 의심치 않는 것이다.

"과거는 맞아. 하지만 행복하지는 않았어."

"너무 익숙해서 그게 행복인지 아닌지 몰랐을 거야."

"천만에. 행복이 상대적인 것이라고 한다면, 나는 일 년 전보다 지금이 훨씬 더 행복해."

"어째서? 행복하다는 사람이 왜 여기 와서 혼자 술을 마시고 있어?"

경진이 입가를 비틀었다.

"나 술 좋아하잖아."

"좋아서 술 마시는 사람 표정이 왜 그따윈데?"

경진이 잠시 머뭇대다가 다시 자리에 앉았다. 만약 여기서 그가 연희를 무시한 채 나가 버린다면, 연희는 자신이 그녀를 피한다고 생각할 것이다. 그럼 또다시 끈덕지게 들러붙겠지. 이왕 자리가 만들어졌으니 확실히 하는 편이 나았다.

"연희야."

"응."

"우리가 왜 헤어졌다고 생각하니."

"회장님 뜻대로 얌전히 결혼하기 싫어서. 그러니까 경진 씨의 때늦은 반항심리로."

이런 대답이 나올 줄 알았다.

경진이 실소를 흘리며 고개를 흔들었다.

"천만에. 나 다른 여자 생겨서 너랑 결혼하기 싫었어."

스트레이트. 예상대로 연희가 벌떡 일어섰다.

"뭐?"

"다른 여자가 좋아져서 너 버렸다고. 회장님 때문도, 뭣 때문도 아니야. 우리 집 영감이 네 등 나한테 떠밀었다고 해도, 네가 좋았으면 별말없이 결혼했을 거야. 근데 그건 아니더라. 다른 여자 좋아지고 나니까 우리 사이에 있던 게 아무것도 아니라는 생각이 들더라. 그래서 내가 너 버린 거야."

찰싹!

연희의 손바닥이 경진의 뺨을 갈겼다. 어찌나 세게 갈겼는지 얼굴 한쪽에 벌겋게 손자국이 났다. 뭐, 괜찮았다. 이 정도쯤이야 참아줄 수 있다.

경진이 연희를 돌아보며 얼굴 근육을 움직여 하얗게 웃었다.

"그러니까 우리 다신 보지 말자. 나도 양심 아프고 너도 자존심 아프니까. 그럼 나 간다."

그런데 경진의 생각대로 연희는 자존심이 센 여자가 아닌 모양이었다. 아니, 무엇이 진짜 자존심인지 제대로 파악 못하는 모양이었다.

연희가 다시 돌아서는 경진의 팔을 붙들었다.

"그래, 나가자. 나가서 얘기하자."

"연희야."

"나 이대로 경진 씨 못 보내. 우리 나가자."

"우리 사이는 내가 말한 게 전부야. 나 너 보고 있는 거 싫다. 그래, 내가 너 비겁하게 버렸어. 오 년 동안이나 약혼 상태로 질질 끌다가 싫증도 났고, 때마침 다른 여자도 나타났고 해서 너 버렸어. 내가 비열했지. 사과한다. 미안해 죽을 것 같으니까 나 너 안 볼 거다. 이제 이거 놔라."

"그런 게 어딨어. 그런 게 어딨어, 경진 씨."

연희의 눈가에서 조용하게 눈물이 굴러 떨어졌다. 소리없이, 정성껏 곱게 바른 마스카라 자국도 하나 남김없이 깨끗하게 굴러 떨어지는 눈물이었지만 경진에게는 그것이 히스테릭하게 보였다.

예나 지금이나 연희는 자신의 말을 잘 듣지 않았다. 자신만의 시야로 세상을 보고, 자신만의 감성으로 사람을 파악하는 연희는 금방 사람을 질리게 만들었다.

자신이 회장님을 얼마나 싫어하는지, S그룹 따위 그가 얼마나 지긋지긋하게 여기는지 연희는 보지 않았다. 듣지 않았다. 그게 지겨워서 그는 연희를 버렸다. 사실 너무 늦은 셈이다. 집을 나오던 그 삼 년 전부터 연희도 버렸어야 했다. 책이랑 출판사를 만들고, 그의 얼마 안 되는 삶 속에서 가장 분주하고 활기차게 움직이는 동안 그는 자신이 연희를 버려야 한다는 사실도 잊고 지냈다. 너무 행복해서, 사는 게 너무 즐거워서 연희라는 존재가 얼마나 거슬리는지 잊고 지냈던 것이다. 그 망각의 대가를 지금 받고 있을 뿐이었다.

"이거 놔!"

경진이 연희의 손을 거칠게 뿌리쳤다.

"너 바보야? 너 버린 남자 뭐 좋다고 계속 매달려."

"어떤 여자야? 내가 아는 여자야?"

"넌 몰라."

"지금 그 여자랑 살아?"

"아니."

"그럼 어떤 여잔데!"

연희가 점점 히스테릭하게 변했다. 그녀와 계속 함께 있다간 자신도 그렇게 변할 것만 같았다. 어느샌가 다시 자신을 붙든 연희의 손이 느껴졌다. 경진이 애써 호흡을 가다듬으며 끓어오르는 화를 억눌렀다.

"네가 모르는 여자. 아주 평범하고, 작달막하고, 어린 여자애야. 네가 신경 쓸 거 하나도 없는 여자야."

"왜 내가 신경이 안 쓰여. 어떻게 내가 신경을 안 쓸 수가 있어!"

밀려오는 짜증. 솟구치는 현기증.

경진이 조용히 팔을 들어 연희의 손을 떼어냈다. 그리고 아주 낮은 목소리로 말했다.

"안녕. 이젠 보지 말자."

그가 그대로 몸을 돌려 어두운 바를 나왔다.

그러나 연희도 그를 따라 밖으로 나오고 있었다.

"경진 씨!"

연희가 달려오는 소리가 들렸다. 일부러 걷는 속도를 높였으나 연희는 그 높은 구두를 신고도 재주 좋게 달려와 다시 경진의 팔을 붙들었다.

"경진 씨, 나한테 이러지 마. 이런 건 경진 씨가 아니야. 경진 씨가 어떻게 나한테 이럴 수가 있어?"

연희가 간절한 눈으로 그를 올려다보았다.

그 눈빛. 한때 그 눈빛에 미친 적이 있었다. 저렇게 간절히 자신만을 바라보는 연희의 저 눈을 위해서라면 뭐든지 할 수 있을 거라고 생각했던 때도 있었다. 그러나 연희는 자신만을 바라보는 것이 아니었다. 최소한 그가 생각하는 자신과 연희가 생각하는 자신과는 많은 괴리감이 있었다. 그것을 완전히 깨달은 것이 일 년 전이었다. 얼추 비우를 알게 되던 시기와 맞물려 있었다. 그 일 년 동안 경진은 연희의 저 눈이 자신에게 어떤 존재였나 하는 것을 모두 잊었다.

사랑했었다. 그게 어떻단 말인가.

자신은 더 이상 연희가 사랑하는 그 존재가 아닌 것을. 아니, 실은 아주 오래전부터 그러했던 것을. 연희가 속은 것이다. 자신을 속이고, 그를 속이고, 사랑도 속였다. 연희가 사랑한 것은 그녀만이 알고 있는 박경진이었다. 책이랑이라는 조그마한 출판사의 사장이자 편집장인 박경진은, 스물네 살의 어리고 어린 무명 신인 작가를 사랑하는 박경진은 결코 연희가 지금 애절하게 매달리는 상대가 아니었다. 그렇다고 믿게 내버려 두면 그들 모두가 계속 서로를 속이게 될 뿐이다.

경진이 차갑게 고개를 돌렸다.

"난 더 이상 너 사랑하지 않아. 그게 우리 사이에 남은 진실이야."

"이런 게 진실이라고? 그럼 그전까지는 뭐야? 우리가 함께 있었던, 내가 경진 씨 약혼녀였던 지난 오 년은 도대체 다 뭐야? 응? 경진 씨, 나 사랑했잖아. 나 없으면 안 된다고 했잖아. 그러던 사람이 어떻게 이럴 수가 있어. 마음만 바뀌면 그게 끝이야? 이제 더 이상 아무것도 없는 거야? 나한테 어떻게 그 말을 믿으란 거야. 사랑한다고 했잖아. 불과 일 년 전까지만 해도 경진 씨 나한테 사랑한다고 했었어."

"그럼 미안하게 됐군."

경진이 손을 들어 연희를 밀어냈다.

"미안, 나 그만 가봐야 될 것 같아. 일이 많아."

제발 이것으로 끝나기를.

경진이 그렇게 고개를 돌리는 순간이었다.

"……너!"

놀랍게도, 정말 놀랍게도 그의 눈앞에 비우가 서 있었다.

잔뜩 웅크린 채 서 있는 비우의 모습을 보고 경진은 지금 비가 오고 있는 게 아닌지 의심할 지경이었다. 지금 비우의 모습은 꼭 우산도 없이 폭풍우 속에 서 있는 사람같이 보였던 것이다.

"편집장님, 저기…… 나, 나……."

비우의 목소리가 잦아들었다. 잘 들리지 않을 정도로.

박경진은 그게 비우가 울었기 때문이란 것을 알았다. 그가 연희를 돌아보며 다시 한 번 말했다.

"나 가봐야 돼. 다시는 이런 식으로 만나지 말자. 나 잊어."

그 말만 남기고 박경진이 돌아서서 비우를 향해 뛰어갔다.

"제기랄."

술을 너무 많이 마셨는지 발끝이 흔들렸다. 비우를 향해 내미는 손끝도 흔들렸다.

"인마, 여긴 어떻게 왔어."

가까이서 보니 비우의 얼굴만 비를 맞은 것 같았다. 온통 젖은 얼굴을 하고 비우가 간신히 입을 열었다.

"나, 저기…… 편집장님, 저기요…… 나…… 나, 저기……."

간신히 입을 열어 말하는 게 그 모양이었다. 박경진이 피식 웃으며 비우의 머리를 끌어당겨 품에 안았다.

"괜찮아. 억지로 말할 것 없어."

그가 입을 열자 독한 향기의 술 냄새가 풍겼다. 비우가 발끝을 들어 그의 가슴팍에 매달렸다.

"나 있잖아요…… 나, 나…… 나, 저기요……."

박경진이 웃으며 비우의 머리를 쓰다듬었다.

"집에 갈래?"

비우가 그의 가슴에 얼굴을 파묻은 상태에서 마구 고개를 끄덕였다. 박경진이 비우를 안은 채 길가로 나와 택시를 잡았다.

"경기도 안성으로 갑시다."

열아홉

"**거**긴 어떻게 알고 왔어?"

한참 후에야 비우의 대답이 들렸다.

"출판사…… 경희 언니한테 물어봤어요. 편집장님 어디 계시
냐구요……."

"경희 씨도 그 바는 몰랐을 텐데."

"편집장님 차 보고 알았어요."

"그래?"

박경진이 작게 웃으며 비우를 끌어안았다.

"가끔 특이한 차 타고 다니는 게 좋을 때도 있구나."

"으음…… 음, 그래요."

비우는 아직도 폭풍우 속에 혼자 서 있는 사람처럼 보였다. 군말없이 경진이 안고 있는 대로 그의 품에 폭 파묻혀 있었지만 비우의 눈은 아직도 초점을 맞추지 못한 채 흔들리고 있었다. 박경진이 더 이상 비우를 채근하지 않고 택시 기사에게 말했다.

"좀 빨리 부탁드립니다."

"예, 빨리 가는데 초행길이고 좁은 길이 되어놔서 운전이 쉽지 않네요."

힐끗 밖을 내다보니 거의 다 온 듯싶었다. 박경진의 집에 올라가는 그 꼬불꼬불한 길을 생각하자 차라리 걷는 게 나을 것 같아 경진이 그만 차를 세워달라고 말했다.

"좀 걷자. 그래도 되겠어?"

비우가 고개를 끄덕이자 경진이 지갑에서 수표 한 장을 꺼내 택시 기사에게 내밀고는 차에서 내렸다.

탁, 부웅.

덩치 큰 차가 힘겹게 방향을 돌려 사라지는 모습을 보고 난 후에 박경진이 천천히 걸음을 옮겼다. 그나마 소음을 만들어내던 차 소리가 완전히 멀어지자 이 어둠 속에는 그와 그녀, 그리고 한여름 밤의 희미한 고요가 남았다.

쨱쨱. 찌르르르.

여기저기서 풀벌레가 우는 소리가 들렸다. 세상과 완전히 동떨어진 묘한 느낌이 들었다. 이곳, 아무도 없는 완전한 다른 세계에 오직 그와 그녀만이 있는 것 같았다.

박경진의 팔은 여전히 비우의 어깨를 꼭 감싸 안고 있었다.

"무슨 일이 있었니?"

비우가 고개를 들어 경진을 바라보았다.

"아까 그 여자 분 누구예요?"

엉뚱한 소리였지만 경진은 비우를 탓하지 않았다. 말할 수 있으면 알아서 자기가 입을 열 것이다.

"전 약혼녀."

"약혼…… 했었어요?"

"음."

"까딱했으면 유부남이었을 뻔했네."

"뭐, 연희랑 결혼했으면."

"왜 결혼 안 했어요?"

"하기 싫어서."

"왜요?"

"그때 다른 여자가 더 좋아졌었거든."

"아, 나쁜 놈이다."

박경진이 소리 내어 웃었다.

"하하. 넌 항상 그렇게 이비우 같냐. 그래, 나쁜 놈이 아니라고는 말 못하겠다."

"무슨 말이 그렇게 이상해요? 항상 이비우 같냐니. 이비우라는 말이 욕도 아니고."

"나름대로 칭찬한 거야."

"엑, 칭찬도 그렇게 심술맞게 하냐."

"성격이다, 인마."

"네."

비우가 종알종알거리며 박경진에게 바싹 붙어섰다.

"편집장님, 나요……."

"응."

"나 있잖아요……."

"말해."

"저기요……."

"응."

"나, 저기……."

그러나 무슨 말을 하려던 비우는 갑자기 말을 멈췄다. 경진은
굳이 그녀의 얼굴을 바싹 들여다보며 확인하지 않아도 비우가
다시 울기 시작했다는 것을 알 수 있었기에 별다른 말 없이 계
속 걸을 뿐이었다.

"다 왔다."

박경진이 현관 앞에 이르자 비우에게서 손을 뗐다. 그리곤 선
자리에서 펄쩍 뛰어 현관 앞에 만들어진 네 개의 나무 기둥이
받치고 있는, 삼각형 모양의 현관 지붕으로 손을 뻗쳤다. 잠시
후 그의 손에는 반짝이는 열쇠가 쥐어져 있었다.

"우와."

비우가 눈을 빛냈다.

"편집장님 머리 좋다. 도둑이 키 작은 사람이면 절대 못 들어 오겠네."

"그렇지. 점프력이 약해도 못 들어와."

"에, 뭐, 그렇다고 해두지요."

"녀석, 너 먼저 들어가. 나 문 잠그게."

"저번에는 열려 있었잖아요. 그래서 난 항상 열어두고 다닌다 고 생각했었는데."

"그건 특별 케이스였어."

"어떤? 잠그는 거 깜박했던 거 아니에요?"

"설마."

그날은 비우 널 데려오려고 했으니까. 박경진이 속으로 이렇 게 중얼거렸다. 너한테는 항상 열어둘 거란 의미였는데. 뭐, 비 우가 그 의미를 이해하려면 아직도 한참은 더 걸릴 것이다.

"깜깜해요. 불 켜주세요."

먼저 집으로 들어선 비우가 이렇게 말하자 박경진이 재빨리 거실의 불을 켜주었다. 한순간에 확 밝혀진 조명에 적응하느라 눈을 열심히 깜박이던 비우가 저도 모르게 안심하는 듯한 표정 을 지어냈다.

오늘 새벽에 이별한 집이었는데 다시 보니 새삼 반갑게 느껴 졌다. 이 집의 독특한 인테리어는 눈에 들어오는 그 순간 웃음 을 불러일으켰다.

"이 집, 예쁘지?"

에어컨을 켠 박경진이 비우를 거실에 놓인 안락의자에 앉히며 물었다. 이 집은 의자도 제멋대로였다. 안락의자도 있었고, 고풍스러운 중세풍 카우치도 있었고, 모던한 느낌의 네모 반듯한 플라스틱 재질 의자도 있었다.

"최고예요. 진짜 죽을 만큼 근사해요."

비우가 열심히 고개를 끄덕이며 답했다.

"이 집은 내가 좋아하는 것들만 사서 전부 늘어놓았어. 뭐, 그래서 보이게는 제멋대로지만 억지로 통일감을 주려는 것보다 오히려 구석구석 다 정이 가서 좋아."

"응, 그러게 말이에요. 하나하나 다 예뻐요."

박경진이 손을 들어 비우의 볼을 꼬집었다.

"너처럼 생각해 주는 사람은 사실 별로 없어."

"왜요?"

"대부분 전체를 보거든."

"으음, 그럼 난 시야가 형편없이 좁다는 말?"

"그런 말이지. 아, 근데 이건 정말 칭찬이야."

"에에. 뭐, 그렇다고 해두죠."

사실 그건 정말 칭찬이었다. 대부분의 사람들은 한쪽 벽을 가득 채운 그의 액자 컬렉션이 얼마나 엉망진창으로 늘어서 있나를 보지, 그 액자 하나하나가 얼마나 재미있고 섬세한 모양을 하고 있는지를 보지 못했다. 벽난로 옆에 늘어서 있는 허브 화분만 해도 그렇다. 저것을 모두 모으는 데 경진은 꼬박 일 년을 들였다. 비슷하다고, 적당하다고 한꺼번에 산 게 아니라 두고두고 보다가 정말로 마음에 드는 예쁜 것이 있을 때만 샀다. 그러니 저렇게 제각각의 모양새를 하고 있을 수밖에 없는 것이다.

그걸 가장 먼저 발견해 준 사람이 비우였다.

"오렌지 주스 마실래?"

"넵!"

"너무 좋아한다."

"에헤헤. 좋은 걸 어떡해요."

"잠깐만 기다려."

경진이 앉은 자리에서 일어나 주방으로 걸어갔다. 그의 뒷모습을 물끄러미 바라보던 비우가 주먹을 들어 눈가를 부비부비 문질렀다.

왜 그 순간 박경진이 생각났을까.

더 이상 상혁과 있을 수가 없어 집을 나왔다. 막상 나오니 갈 곳이 없었다. 희경에게 갈 수도 있었지만 비우는 상혁의 일로 희경을 만나지 말아야 한다는 것을 알고 있었다. 그리고 희경이보다 더 먼저 박경진이 생각났다.

그래서 미친 듯이 찾았다. 그가 다른 여자—그것도 무지무지 예쁜—와 함께 있는 것을 보고는 심장이 덜컥 내려앉는 줄 알았다. 그래서 어떻게 해야 좋을지 몰랐다. 그런데 고맙게도 박경진이 그녀를 먼저 발견하고 품에 안아주었다. 그것으로 마음이 푹 놓였다.

애절한 눈빛으로 경진을 계속 불러대는 그 여자가 신경 쓰였지만, 그래서 미안해 죽을 것 같았지만 비우는 마음을 독하게 먹고 계속 경진에게 매달렸다. 경진이 낮에 상혁의 아파트로 찾아왔을 때처럼 차가움이 뚝뚝 떨어지는 눈빛을 하고 자신을 밀어낼까 봐 겁이 나서, 그래서 필사적으로 매달렸다.

그것으로 엉망으로 찢어진 듯했던 마음이 진정되었다. 아마도 경진이 직접 갈아다 준 주스를 마시고 나면 한결 나아질 것이다.

"자, 여기."

잠시 후 박경진이 커다란 유리컵을 들고 나타났다. 둥그런 모양에 거의 주전자라고 보아도 무방한 수준의 그 컵에는 방금 간 오렌지 주스가 가득 담겨 있었다.

"와아, 고맙습니다."

비우가 컵을 받아 들고 단숨에 들이켰다.

꿀꺽 꿀꺽 꿀꺽…….

그녀의 주스 마시는 소리가 시끄럽게 들렸다. 한참 정신없이 주스를 마시던 비우가 어느 순간, 갑자기 얼굴을 붉혔다. 너무 게걸스럽게 먹고 있다는 생각이 들어서였다.

그때 박경진이 손을 내밀어 비우의 손에 들린 유리컵을 빼앗았다.

"에, 에……?"

"그만 마셔. 더 마시다가 넘어갈 새도 없이 올라오겠다."

달칵.

비우에게서 빼앗은 유리컵을 탁자에 내려놓은 박경진이 비우의 옆에 앉았다. 사실 의자도 많은데 왜 하필 옆에 들러붙어요! 라고 말해 줘도 될 만한 상황이었지만 비우는 지금 그가 멀직히 맞은편에 가서 앉지 않았다는 사실이 너무도 고맙게 느껴졌다.

비우의 몸이 저도 모르게 박경진 쪽으로 기울어졌다.

"저기요, 편집장님."

"응, 말해."

"저기요, 내가 어제 여기서 쓴 글, 보셨어요?"

"사때사?"

"엥?"

"제목이 너무 길어. 줄여서."

"줄여도 그렇게 이상하게 줄여요. 아무튼 봤어요?"

"안 봤어. 미완성이잖아."

"저기요, 여기 그 파일 남아 있어요?"

"응."

"다행이다. 나 그거 날려먹었어요."

"바보냐. 어쩌다가?"

"마우스가 고장나서요."

박경진이 비우 쪽으로 고개를 돌려 그녀의 얼굴을 세심히 살폈다.

"그 파일 달라고 나 찾아온 거니?"

비우가 고개를 저었다.

"아뇨."

"그럼?"

"꼭 말해야 해요?"

그 말에 박경진이 작게 한숨을 쉬면서 비우를 끌어당겨 품에 안았다.

"사실 네가 꼭 말해 줄 필요는 없지. 하지만 내가 기다릴 수가 없어서 그래."

"뭘 기다릴 수가 없어요?"

"나로서는 네가 나를 찾아온 이유가 정말로 중요하니까."

"왜요?"

"네가 날 좋아해서 온 것과 아니면 다른 목적이 있어서 온 것은 굉장히 다르거든. 후자일 경우 네 입으로 말해 줘야지만 알 수 있는 상황이야. 네가 입을 열지 않는다면, 나는 내가 생각하기 편한 쪽으로 전자 측을 받아들일 수도 있어."

박경진의 손가락이 비우의 작은 입술 위를 더듬었다.

"말했듯이, 난 너를 좋아하니까. 그러니까 네가 그것에 대한 최선의 배려를 해줬으면 좋겠어. 내가 오해하는 상황을 만들고 싶지 않다면, 빨리 솔직하게 날 찾아온 이유를 말해 주는 게 옳은 일이지."

비우가 그 말에 잠시 생각에 잠겼다.

"사람을 좋아하는 건 정말로 어려운 일 같아요. 그런데, 나를 좋아하는 사람을 생각하는 건 진짜 더 어려운 일 같아요."

"사랑에 관계된 일은 뭐든 다 어려워."

"그렇죠? 어려운 게 맞는 거죠? 내가 특별히 더 잘못한 건 아닌거죠?"

비우의 얼굴이 금방이라도 또 눈물을 쏟아낼 만큼 형편없이 구겨졌다.

"그럼 말해 드릴게요."

비우가 안락의자에서 일어나 박경진의 손목을 잡았다.

"따라오세요."

비우가 경진을 끌고 간 곳은 이층, 그녀가 작업하던 컴퓨터가 놓여 있는 책상 앞이었다. 거기서 비우가 재빨리 컴퓨터를 켰다. 그리고는 '나는 널 사랑한다. 때론 사랑하지 않는다'의 파일을 열었다.

"이 부분, 봐주세요."

"여기?"

"네, 여기 마우스로 잡은 부분이요."

"알았어."

박경진이 편집장답게 날카로운 눈으로 그 부분을 빠르게 읽어 내려갔다. 바로 문제의 그 부분이었다. 희경의 것인지 비우의 것인지 구분이 안 가는 그 문제의 표절 신.

"저기…… 어때요?"

비우가 망설이며 이렇게 묻자 박경진이 그녀를 돌아보았다.

"사실 글만 본다면 굉장히 매력적인데 네가 썼다는 건 믿을 수가 없어."

"왜요?"

"섹스에 대해 굉장히 자세히 알고 있는 사람이 쓸 수 있는 장면이니까. 표절이 아닌 이상 경험도 없이 이런 장면을 만들어낼 수는 없어."

그 말이 정답이었다. 비우의 눈에서 눈물이 솟아났다.

"사실 이건 희경이가 해준 얘기예요."

"뭐?"

"희경이가…… 내가 첫경험을 얘기해 달라고 조르니까 첫경험은 재미없었다면서 저 얘길 해줬거든요. 나도 가슴 두근두근하면서 정말 재미있게 들었어요. 그러니까, 저건 엄밀히 말하면 표절이에요. 내게 아니라 희경이 거니까."

박경진이 애매한 표정을 지었다.

"뭐, 꼭 그렇게 까탈스럽게 굴 건 없지. 작가가 지니는 기본적인 응용력이라고 해도 좋을 테니까."

주르륵.

비우는 대답 대신 그저 울기만 했다.

"이 녀석, 너 저것 때문에 속상해서 그런 거야?"

비우가 고개를 끄덕였다. 아니, 그러다가 잠시 후 다시 고개를 저었다.

"그럼 뭐?"

비우가 대답을 못하고 계속 고개만 젓고 있자 박경진이 비우를 끌어당겼다. 그리고 그의 품에 안고 고개를 푹 눌렀다.

"이러면 나 안 보이지?"

끄덕끄덕.

"그러니까 편하게 얘기해. 나도 얘기 듣는 중에는 네 얼굴 안 볼게."

끄덕끄덕.

"자, 이제 얘기해 봐."

끄덕끄덕.

비우가 한참 그의 품에서 고개를 끄덕이다 간신히 입을 열었다.

"오늘…… 상혁이가…… 회사를 안 갔어요."

"그래?"

"네. 집에 가보니까 상혁이가 있었어요. 그래서, 어제 어디 갔었냐고 묻길래 편집장님 얘길 했어요. 이런 일이 있었다고."

"그래서?"

"상혁이가, 그런 일이라면 자기한테 말하지 그랬냐고, 그랬어요. 그래서 저녁에 같이……."

말끝이 흐려졌다. 굳이 말하지 않아도 무슨 얘긴지 곧장 알아들을 수 있을 정도로.

"같이 자기로 했다는 거지. 내가 맞게 알아들었나?"

끄덕끄덕.

"근데 상혁이…… 상혁이는 늦잠 자서 회사에 안 갔대요. 왜 늦잠을 잤냐면, 상혁이가 며칠 전에 만난 여자애가 있는데 어제 내가 안 들어와서 둘이 같이 잤다는 거예요. 아무튼, 그랬대요."

"그런데?"

"그래서, 영화 보고 들어와서 상혁이가 먼저 샤워를 했어요. 그랬고 음, 난…… 내 방에 와서 편집장님이 가져다 주신 플로피 디스크를 열었어요. 그리고 다시 읽어봤어요."

"응."

"다시 읽었는데…… 아무래도 저 부분이 너무 거슬려서…… 아무튼 너무 거슬렸어요. 왜, 그런 거 아시죠? 뭐가 하나 거슬리면 그 장면만 계속 되풀이되고 계속 생각나잖아요. 문장 하나까지 다 생각이 나면서 정말 싫고 정말, 정말……."

"무슨 소린지 알겠어. 그런데?"

"그런데 상혁이가 내 방에 왔어요. 그래서 자기 방으로 데리고 갔어요. 상혁이가, 상혁이가…… 상혁이가……."

"……."

"상혁이가……."

"이리 와."

상혁이 비우에게 두 팔을 내밀었다. 그녀가 저항할 수 없을 정도로 예쁜 웃음을 얼굴 가득 지으면서.

비우가 망설이며 선뜻 걸음을 못 옮기고 있자 상혁이 다가와서 비우를 안았다. 곧이어 그의 다정한 입술이, 늘 따듯하고 건조한 입술이 비우의 입술에 닿았다. 입술을 맞댄 채로 상혁이 비우를 침대에 눕혔다. 비우는 어쩔 줄 몰라 두 눈을 꼭 감았다.

"아, 불 꺼줄까?"

"응? 응."

"아, 그래. 넌 수줍어할 게 뻔하니까 불 끄는 게 낫겠다."

상혁이 불을 끄고 다시 침대로 돌아왔다.

"불 껐다. 대신 내가 좀 허둥대도 네가 참아."

어디선가 들어본 듯한 말.

비우가 물었다. 반사적으로 입에서 튀어나가는 물음이었다.

"뭐야, 너 잘하는 거 아니었어?"

이어지는 상혁의 대답.

"여자들마다 조금씩 달라서 그때마다 새롭거든."

동시에 상혁의 손이 능숙하게 비우의 셔츠를 벗기고 있었다.

"만세 해줘."

"만세?"

"응. 이렇게 팔 들어 올려."

비우가 얌전히 팔을 들어 올리자 셔츠가 머리 위로 쑥 벗겨졌다.

"아, 착하네."

비우에게 갈등이 생겼다.

난 여기서 깔깔대고 웃어야 하나? 상혁아, 나 그렇게 해야 돼?

상혁이 고개를 숙이고 그녀의 브래지어 위로 입술을 가져갔다. 그의 뜨거운 혀가 브래지어를 옆으로 비껴 맨가슴 속으로 파고들었다. 순전히 입술만으로 상혁이 그녀의 브래지어를 반쯤 흘어지게 만들었다.

난 여기서 네 머리카락을 만져야 하니?

상혁이 한 손으로 그녀의 엉덩이를 받치고 다른 한 손으로 브리프 위를 더듬었다.

"아!"

비우가 저도 모르게 소리를 질렀다.

"아파?"

"응, 조금."

"그럼 살살 만질게. 너 되게 예민한가 보다."

그러자 얇은 면을 사이에 두고 마주 닿은 상혁의 손가락이 좀 더 유연해졌다. 처음에는 강하게 자극하는 쪽이었던 그의 애무가 톡톡 두들기듯 가볍게 변해갔다.

"……."

상혁의 한쪽 손이 브리프 안을 파고들었고, 동시에 다른 손이 그녀의 브래지어를 벗겨냈다. 맨가슴이 고스란히 공기 중에 노출되자 살짝 소름이 일었다. 그 위를 상혁의 입술이 덮었다. 꽤 오랜 시간 가슴을 애무하던 그의 입술이 점점 더 아래로 내려갔다. 배를 거쳐 배꼽으로, 다시 그 아래로……

그의 입술은 좀 전에 그의 손이 자리했던 비우의 브리프 위에 머물게 되었다.

비우가 입술을 깨물면서 물었다.

"넌 팬티 위로 해?"

그 말에 상혁이 씨익 웃었다.

"아니, 이건 그냥 서비스야."

"……."

쨍그랑.

비우의 몸 안쪽에서 그런 소리가 들렸다. 그것은 심장 한쪽이
깨지는 소리였다. 그리고 그걸로 끝이었다. 비우가 상혁을 밀어
내고 벌떡 일어섰다.

"미안해, 상혁아. 나 너랑 못 자겠어."

이렇게 말하는 비우는 울고 있었다. 스스로 느끼고 있지 못했
지만, 너무 울어서 눈앞이 제대로 보이지도 않을 정도였다.

"나 너 정말 좋아해. 죽을 만큼 좋았어. 그래서 너랑 못 자겠
어."

상혁이 아무 말 없이 그녀를 바라보았다. 입가는 딱딱하게 굳
은 채로.

"내가 너 좋아하니까 상관없을 거라고 생각했는데, 이건 아닌
가 봐. 뭔가 잘못 생각했나 봐. 난 네가 정말 좋은데, 정말 좋은
데…… 그래서 같이 못 자겠어."

"……."

"미안, 상혁아."

비우가 그대로 상혁의 방을 나왔다. 여전히 울면서 옷을 챙겨 입은 그녀가 무작정 밖으로 뛰쳐나왔다. 박경진이 보고 싶다고 생각한 것은 그로부터 오 분 뒤의 일이었다.

쾅!

경진의 주먹이 벽에 닿으며 날카로운 소리를 냈다.

"꺄악! 왜 그래요, 편집장님!"

비우가 소리를 지르며 그의 주먹을 확 가로챘다. 빨갛게 마디가 드러나는 주먹이 너무 아파 보여서 비우는 또 울었다.

"무서워요! 이러지 마요!"

박경진이 눈을 감고 숨을 골랐다. 나름대로 비우의 저 말을 듣고 울컥 솟아오른 화를 삭히느라 꽤나 애쓰는 중이었다.

"편집장님……?"

그가 한동안 아무런 말도 없자 비우가 조심스럽게 그의 눈치를 살폈다.

"저기, 괜찮으세요?"

그가 한참 후에야 답을 달아주었다.

"음, 괜찮아."

"저기, 화났어요?"

"음, 조금."

"저기, 왜냐고 물어봐도 돼요?"

"그냥."

"저기, 뭐가 그냥이에요?"

"너는 말해 줘도 이해 못할 이유로 화가 났어. 그러니 묻지 마."

"그래요……?"

비우가 박경진의 옆에 쭈그리고 앉았다. 양 무릎을 모으고 그 위에 팔꿈치를 괸 채 턱을 받친 그녀는 남의 집에 있는 사람 같지 않게 편안해 보였다.

"그러니까, 나 아주 심한 착각을 하고 있었던 거예요."

"음."

"상혁이는 그냥 메뉴얼인데 말이죠."

"메뉴얼이라……."

"걔의 다정함은 메뉴얼이에요. 예를 들면, 이런 경우는 이렇게 하고 저런 경우는 저렇게 할 것. 자신의 행동에 따라 여자들이 어떻게 반응할지 알고 있는 거죠."

"그거 굉장한 깨달음인데. 넌 사 년 동안이나 그 작자를 봐오고서도 그걸 왜 몰랐던 거지?"

"내가 상혁이한테 특별할지도 모른다고 생각했어요. 내가 살 곳이 없어 곤란해했을 때 먼저 같이 살자고 말해 준 것도 상혁이었고, 휴학했을 때도 상혁인 명절 때마다 꼭 학교로 날 찾아왔어요. 다른 사람들은 아무도 모르는 상혁이의 모습을 알고 있었다는 사실이 나한테는 굉장히…… 으음, 말로 설명하자니 좀 복잡한데, 하여튼 상혁이한테 책임감이 느껴졌어요. 난 항상 상혁이 곁에 있어줘야 할 것 같았거든요."

"사람들은 가끔 동정심과 사랑을 헷갈려 하지."

"동정? 그런 거랑은 좀 달라요. 난 상혁이를 동정한 게 아니라 상혁이에게 특별할지도 모르는 내 자신을 으쓱해했던 거예요. 아주 못됐죠. 상혁이의 예쁜 여자 친구들이 부러워 미칠 것 같았는데, 그래도 난 상혁이가 그들 중 누구도 제대로 사랑하지 않는다는 걸 알고 있었어요. 다들 채 한 달이 못 가서 상혁이랑 헤어졌어요. 그걸 보면서…… 속으로 난 기뻐하고 있었던 거예요. 그렇게 상혁이는 사 년 내내 내 것이었어요. 물론 나한테만. 그게 순전히 내 착각일 뿐이었다는 걸 난 오늘 알아버렸어요."

비우가 미나리를 한 다발 씹는 것과 같은 쓴 웃음을 지었다.

"계속 옆에서 기다리면…… 언젠가 상혁이가 나한테 올 거라고 생각했어요. 근데 아니었어. 상혁이한테 나는 곁에 있는 수많은 여자들 중 하나랑 똑같은 존재인걸요."

눈 주위가 따끔거렸지만 눈물은 나오지 않았다. 이제 울 만큼 울어버린 모양이었다.

"바보같이 왜 그걸 깨닫는 데 사 년 씩이나 걸린 걸까."

비우가 무릎 사이에 얼굴을 파묻었다.

"정말 바보 같다……."

박경진이 손을 들어 비우의 등을 토닥였다.

"직접 부딪치지 않고서는 깨닫지 못하는 일도 있어. 사랑도 그런 것 중 하나야. 넌 사실 바보 같은 구석이 있긴 하지만 이번 일에 있어서 유난히 바보 같은 건 아니라고 봐."

비우가 기운없는 표정으로 억지 웃음을 지었다.

"으음…… 정말이지 하나도 상냥하지 않은 친절이네요. 그런 면에서는 희경이랑 똑같아요."

"희경이?"

"응, 내 친구요. 이번 일로 진짜 속 많이 상했을 거야."

"네 친구 희경이와 박상혁 간의 일은 아주 옛날애기 아니었어?"

"그게 말예요, 그냥 내 생각인데 희경이는 아직도 상혁이를 좋아하는 것 같아요. 그런데 내가 그걸 모른 척해 버린 거죠. 나도 상혁이가 갖고 싶어서. 정말 못할 짓을 했어요."

비우의 입에서 신음 소리가 새어나왔다.

"끄응. 희경이가 나 안 본다고 그럼 어떡하죠……. 희경이가, 나한테 친구 못해줄 것 같다고 그랬는데. 그때는, 상혁이가 날 특별하게 생각할지도 모른다는 생각을 할 때는 그래도 상관없다고 생각했었는데 지금은 아니에요. 희경이가 나 다시는 안 본다고 할까 봐 무서워 죽겠어요."

토닥토닥.

비우의 등을 두드리는 박경진의 손이 한층 더 부드러워졌다.

"괜찮을 거야. 희경이도 그럴지 모르지 않아? 너와 희경이가 계속 좋은 사이였다면 희경이 역시 너를 잃는 게 무섭겠지."

"내가 너무 못된 짓을 해버렸잖아요……."

"착하게만 사는 사람은 없어."

"적어도 제일 친한 친구한테는 착해야죠. 희경이는 나한테 항상 착했는데 나는 희경이한테 너무 잘못했어요."

"뭐, 희경이가 널 좋아한다면 용서해 주겠지."

"진짜?"

"희경이를 믿는 수밖에 없지 않아?"

"그렇네요……."

"내일 전화해 봐."

"네에……."

그제야 비우가 무릎 사이에 파묻었던 고개를 들었다.

"그래도 편집장님이 있어서 정말 다행이에요. 얘기 들어주셔서 감사합니다."

박경진이 피식, 소리나게 웃었다.

"너 그거 위험한 발언이다."

"뭐가요?"

"너 좋다는 사람한테 그렇게 애매모호한 말 같은 거 하면 안돼. 쓸데없는 기대감이 생기니까. 그런 건 그 박상혁이라는 친구 주종목 같은데."

비우의 얼굴이 확 붉어졌다.

"저기, 편집장님."

"응."

"그런 말 하면, 나도 상혁이랑 똑같은 거예요? 그러니까, 좋아한다고 한 사람한테 '듣기에 애매모호한 말' 같은 거 하는 게 요."

"그렇게까지 질이 나쁘진 않겠지만, 넓게 봐서는 똑같아. 그 친구는 알면서도 태연하게 그런 말을 한다는 게 문제인 것 같지만."

박경진의 말에 비우가 입술을 잔뜩 오므렸다. 뭔가 생각은 많고, 말은 안 나오고 있다는 표정이었다. 그 표정이 너무도 비우다워 그가 다시 손을 내밀어 그녀의 머리카락을 헝클어놓았다.

"인마, 고민하지 말고 할 말 있으면 그냥 해. 마음도 무거울 애가 머리도 무겁게 하지 말고."

그의 손바닥 아래서 비우가 빼꼼히 고개를 치켜들었다.

"말해요? 다 들어줄 거예요?"

"지금까지 계속 듣고 있었잖아."

"안 웃을 거죠?"

"네가 일부러 웃기지만 않으면."

"그런 게 어딨어! 웃겨도 웃지 마요. 안 그럼 말 안 해."

"고집은."

"웃을 거야?"

"……안 웃을게."

그는 비우가 예의 그 배시시 웃음을 흘릴 줄 알았다. 그러나 비우는 원하는 대로 '웃겨도 절대 웃지 않겠다'는 그의 약속을 받아내고도 여전히 심각하고 고민 많은 표정이었다. 비우가 입을 뗀 것은 두 박자 정도 쉬고 난 다음이었다.

"그 말 진짜예요?"

그리고 느닷없는 질문.

"뭐가?"

"저기, 으음…… 나 좋다는 말이요."

"그럼. 그런 말 거짓말로 하는 사람도 봤냐."

"아니, 저기…… 일단 상혁이도 말은 늘 좋아한다고 하니까."

"흠. 좋아한다는 말의 기준이 다른 모양이네."

"으음…… 저기, 그래서 도저히 이해가 안 가서 묻는데요, 내 어디가 좋아요? 난 예쁘지도 않고, 가진 것도 없고, 에에…… 성격은 이렇게 바보 같은데요."

박경진의 입에서 커다란 웃음소리가 새어나왔다.

"바보냐, 너. 내 나이가 몇인데. 예뻐서 사람 좋아하고 돈 많아서 사람 좋아할 나이는 벌써 지났어."

"음, 그럼요?"

"네 글 보고."

"엥?"

"네 글, 솔직히 말해서 잘 팔릴 글은 아냐. 그건 너도 알지?"

이 상황에서도 비우는 입을 비죽 내미는 것을 잊지 않았다.

"꼭 그렇게 아픈 데 찔러야 되나? 흥!"

그러나 박경진은 의외로 정색을 했다.

"잘 팔리는 글이 꼭 좋은 글이라고는 할 수 없으니까. 이 말은 얼마 전에도 한 것 같지만."

"응, 했어요."

"그럼 좀 믿어봐. 네 글이 왜 동화 같은 줄 알아?"

"음…… 야한 장면이 없어서."

"꼭 그런 건 아냐. 전개 방식이나 세계관 같은 것이 다 동화 같다는 거야."

그 말에 비우가 울상을 지었다.

"그럼 문제가 너무 심각하잖아요!"

박경진이 또 하하, 하며 웃었다.

"심각할 것도 많다. 나쁜 얘기가 아니야. 네 글은 그래서 글 쓴 사람이 어떤 사람일까 하는 상상을 불러일으켰어. 이렇게 세상이 온통 깨끗하고 맑을 수 있으려면, 그 사람은 대체 어떻게 살아왔으며 어떻게 생겨먹은 사람일까…… 이런 생각들."

그 말에 비우가 배시시 웃었다.

"헤헤. 보고 나서 엄청 실망했겠다."

그 모습을 바라보는 박경진의 심장 한구석에 뜨거운 기운이 번져 나갔다. 스물네 살의 아직 어린 비우는 자신이 얼마나 예쁘고 사랑스러운 존재인지 하나도 모르고 있었다. 박경진은 살면서 눈동자가 저렇게 깨끗한 여자를 본 적이 없었다. 저렇게 깨끗한 눈으로 존재하는 그대로의 타인을 바라보는 여자를 겪어본 적이 없었다.

비우는 박경진에게 있어서 그런 존재였다. 그 자신이 갖지 못할 마음을, 날 때부터 계속 가지고 살아온 존재였다. 그래서 사랑스러워 미칠 것만 같은 존재였다.

그가 손을 뻗어 비우의 머리카락을 만졌다.

"글쎄, 내가 실망했을 것 같아?"

"으음, 실망하지 않았을 리도 없지 않아요?"

"너 문장이 좀 이상하다. 아무튼, 결론을 말하자면 실망하지 않았어."

"에, 진짜?"

"응."

"거짓말이라고 하면 화낼 거죠."

"이제 나를 좀 파악하기 시작한 모양이구나. 난 거짓말 안 한다니까."

"음……."

"왜?"

"으음, 너무 근사한 얘기라서 그대로 홀랑 믿어버리면 벌받을 것 같아요."

"그런 말이 어딨냐."

"근데, 근데 정말 너무 멋지잖아요. 난 정말 못되고, 철없고, 이기적인 앤데 날 그렇게 봐주는 사람이 있다니 정말 너무…… 멋지잖아요."

비우가 또 울기 시작했다.

"넌 무슨 말만 하면 우냐."

"그렇지만 너무 감동적인 걸 어떡해요."

박경진이 비우를 안아 자신의 품에 폭 파묻었다.

"그렇게 대단한 거 아냐. 누구든 자신이 좋아하는 사람 앞에서는 그런 마음을 갖는 거야. 그렇게 따지면 너도 박상혁이라는 그 친구한테는 꽤나 감동적인 마음을 가졌던 거지. 평생 곁에서 지켜봐 줘야겠다니, 누가 나한테 그런 말 했으면 절이라도 했겠다."

비우가 고개를 흔들었다.

"아니, 절대 아니에요. 생각만 그랬던 거잖아요. 상혁이가 날 안 좋아한다는 걸 알고는 바로 그 마음 버렸는데요 뭘."

"그러니 대단한 게 아니란 거지. 지금은 나도 널 네가 말하는 그 '감동적인 시선'으로 보고 있지만, 네가 계속 날 안 좋아하면 아마도 그 마음 접을 거야. 사람 마음이란 게 다 그렇지 뭐."

비우가 박경진의 팔 사이로 억지로 고개를 들이밀어 그의 눈을 바라보았다.

"왜 그렇게 쳐다봐?"

"진짜 그럴 거예요?"

"아마도. 그럼 넌 내가 좋아하지도 않는데 평생 네 주변을 맴돌면서 스토커처럼 살면 좋겠냐."

"물론 그건 아니지만! 그래도, 그래도……."

"그래도 뭐?"

"그래도…… 아깝잖아요."

"뭐가 아까워? 너는 마음 없는데 상대방이 일방적으로 널 좋아해도 그건 꽤 피곤한 일이야. 나중에는 지겨워질걸."

"절대! 절대 그럴 리가 없어요! 이렇게 감동적인데 그게 어떻게 지겨워진단 말이에요."

비우가 안타깝다는 듯 고개를 이리저리 흔들었다.

"살면서 그런 말을 들을 수 있는 사람이 얼마나 되겠어요. 난 정말 너무 큰 선물을 받은 기분인데 어떻게 이게 지겨워져요. 절대 그럴 리가 없어요."

"너처럼 그렇게 거창하게 받아들이는 여자도 처음 봤다."

"하지만 거창한걸요!"

"너만 그래."

"아니에요! 진짜진짜 너무 근사하고 거창해요."

박경진이 다시 피식하고 웃었다. 비우와 함께 있으면 너무 웃어서 탈이다. 그녀는 보고 있는 것만으로도 결코 심심하지 않은 존재였다.

"그래서 사랑이 쌍방통행이 되어야 하는 거야."

"에……?"

"사실 네 말대로 정말 거창하고 근사한 일일 거야. 누군가 타인의 존재를 자신의 이상 가는 존재로 인식할 수 있다는 것 말이지. 이게 옳은 표현인지는 잘 모르겠다만, 하여간 쉽게 말한다면 말이야. 그런데 내가 말했듯이, 이 감정은 혼자서는 오래가지 못해. 너도 그렇잖아. 사 년 내내 한결같이 갈았던 칼이지만 그 작자의 본심에 따라 순식간에 무뎌지잖아. 그렇지? 그래 서 쌍방통행이 필요한 거지. 네가 평생 누군가 옆에서 지켜보고 싶다는 마음을 먹었을 때, 상대방도 기꺼이 그렇게 생각해 준다 면 그게 사랑이 되는 거지. 만약 박상혁 그 친구가 너를 특별하 게 생각하고 있을 거라는 네 착각이 사실이었다면 넌 아직도 평 생 그의 옆에 있을 생각을 했을 거 아냐."

비우가 곰곰이 생각에 잠겼다.

"음…… 그런 건가요?"

"응. 사실 그렇게 보면 사랑은 굉장히 쉬워. 정말 비정형적인 것 같지만 의외로 굉장히 유기적이고 효율적인 등가교환의 법 칙이 이루어지는 분야이기도 하지."

"으음…… 편집장님 그렇게 말하니까 교수님 같다."

"배운 표시 내는 거야."

"에……?"

"나 공부 잘했거든."

"응, 그렇구나. 근데 왠지 편집장님이 자기 자랑하니까 웃겨 요."

"시끄러, 인마. 좋아하는 여자 앞에서 잘 보이려고 그러는 거 야."

"헤헤. 그런 거예요?"

비우가 검지 손가락을 뻗어서 박경진의 손등을 조심스럽게 만졌다.

"있잖아요, 편집장님."

"음."

"난 이제 상혁이 안 좋아할 거거든요."

"그게 정답이지."

"맞아요. 근데 말이지요, 그럼 편집장님도 날 그렇게 보는 거 관두실 거예요?"

"아마도, 시간이 지난다면."

"근데요, 나 사실 그거 되게 아깝거든요."

"……?"

박경진이 비우와 시선을 마주치려고 하자 비우가 황급히 고개를 숙였다.

"부끄러우니까 나중에 봐요. 아무튼, 그래요. 내가 상혁이 그렇게 생각하는 마음은 그만둔다고 해도 아까운 걸 모르겠는데 편집장님이 나 그렇게 좋게 봐주는 거, 그거 없어진다고 생각하니까 너무너무 아까워요."

"……."

"그래서 하는 말인데…… 나 사실 오늘 받은 감동 평생 갖고 싶어요. 그래도 돼요?"

"그거…… 그런 거냐?"

비우가 푹 파묻은 고개를 끄덕였다.

"너무 이기적이라서 싫어요? 아니, 나 근데 사실은 지금 편집장님 되게 멋진 사람 같아요. 그러니까, 음, 생긴 거나 뭐 그런 거 빼고서…… 어, 음, 그러니까 되게 대단한 사람 같아요. 내가 보지 못하는 걸 본다는 점도 그렇고, 나같이 어리고 하나도 볼 거 없는 여자애를 그렇게 근사한 존재로 봐주는 것도 그렇고요. 편집장님 진짜 멋진 사람이에요. 이거…… 편집장님 마음이랑 많이 달라요?"

박경진이 손을 뻗어 비우의 턱을 들어 올렸다. 그와 눈을 마주칠 용기가 없었는지 비우가 눈을 꼭 감았다.

"반칙이야."

"이렇게 턱 잡고 보는 게 더 반칙이죠!"

"네 녀석이 반칙이야."

"왜요?"

"이렇게 예쁘면 나더러 어떻게 참으라는 거야."

그 뒤로 이어진 박경진의 키스는 꽤나 열정적이었다. 그 속에는 말로는 다 하지 못한 무수한 감정들이 고스란히 녹아 있었다. 그의 키스에서 전해지는 홍수 같은 감정의 전이에 비우는 눈을 꼭 감고 그의 목에 매달렸다.

말로 하는 것만이 다정함이 아니다. 박경진의 키스는 그런 것을 말해 주고 있었다. 겉으로만 드러내는 상냥함이 다가 아니라는 것을, 그는 지금 온 마음으로 비우에게 전달하고 있었다.

시간이 얼마나 지났을까. 갑자기 박경진이 그에게 꼭 매달려 있는 비우를 슬쩍 떼어냈다.

"아, 이러다가 사고치겠군. 우리 그만 하자."

그제야 비우가 눈을 떴다.

"에…… 에?"

박경진이 눈을 찡긋하며 웃었다.

"이 집에 콘돔 없거든."

"에, 콘돔 없으면 못해요?"

"어라, 이 녀석? 세게 나오는데."

"아니, 나 정말 궁금해서요. 애 낳지 않으려면 꼭 콘돔 써야
돼요? 다른 방법도 많지 않아요?"

"물론 많지."

"음, 그럼 편집장님은 콘돔파인 거예요?"

"아니, 성실파야."

"그건 무슨 소리래요?"

"이렇게 허겁지겁 안고 싶지 않아서."

"뭔가 굉장히 보수적으로 들리는데."

"사실 그럴지도 몰라. 근데 이런 상태에서 같이 자는 건 내가
치사하게 너 이용하는 것 같단 생각이 들어."

"응? 내가 이용하는 게 아니고요?"

"어떻게 얘기가 그렇게 되냐. 어쨌거나 넌 오늘 실연당한 날
이잖아. 구분할 건 구분해야지."

"으음, 잘 이해 안 가는데."

"이해할 필요는 없어. 내 말은 그저 좀 더 즐기자는 거지."

"뭘요?"

"네 녀석과 나 사이에서 방금 싹튼 감정의 여운을."

박경진이 싱긋 웃으며 비우를 잡아 일으켰다.

"일층으로 내려가자. 아직 이 집 다 못 봤지? 집 구경시켜 줄게."

비우가 웃으면서 그의 손을 잡았다.

"같이 자는 것보다 집구경이 우선 순위라니, 뭔가 굉장히 멋진 것 같아요."

"내가 생각해도 그래."

스물

쨱, 쨱쨱쨱.

새벽 이슬과 뒤섞여 맑기만 한 아침 햇살이 창문을 비집고 침대 머리 맡으로 들어왔다.

"으음……."

비우가 몸을 뒤척이며 폭신한 베개에 머리를 부비적거리다가 손끝에 걸리는 무언가를 느끼고 화들짝 놀라 눈을 떴다. 매끄럽게 손가락에 감기는 그것은 박경진의 머리카락이었다.

"엄마야……."

비우가 작게 중얼거렸다. 박경진은 아직도 깰 생각을 안 하고 침대에 엎어져 있었다. 비우의 손이 조심조심 그에게 뻗었다.

"와, 되게 잘생겼다……."

너무 늦은 감이 있었지만 박경진은 사실 꽤나 잘생긴 남자였다. 특히 콧날을 중심으로 좌우 완벽한 45도 각도로 뻗은 턱 선이 가장 인상적이었다. 일반적인 그 나이 또래의 아저씨들이 갖는 강직함과는 무척 다른 느낌.

"되게 예쁘다……."

부드럽게 감긴 속눈썹이 풍성하고 길었다. 해가 좀 더 길게 늘어졌더라면 충분히 얼굴 한켠에 작은 그늘을 만들어낼 수도 있을 정도였다. 하얗지도, 그렇다고 검지도 않은 적당한 색의 피부, 단아한 이마, 반듯한 코. 비우의 시선은 그곳에서 딱 멈춰버렸다. 더 이상 내려가면 그곳에는 박경진의 입술이 있기 때문이었다. 비우는 그의 입술이 얼마나 다양한 종류의 성적 환상을 불러일으킬 수 있는지 미리 알고 있었던 것이다.

다시 비우의 조심스러운 손길이 박경진의 머리카락을 만졌다. 마치 살아 있는 것처럼 매끈하게 감겨오는 머리카락의 느낌이 죽을 만큼 좋았다.

"으음……."

비우의 입에서 낮은 신음 소리가 흘러나왔다.

"이건 너무해."

그래, 해도 너무했다. 박경진은 꼭 이 집과 같은 사람이었다. 어느 구석으로 눈을 돌려도 예쁘고 멋진 것만 보였다. 길게 뻗은 우아한 생김새의 손가락도 예뻤지만, 손톱도 그만큼 예쁜 생김새를 갖추고 있었다. 머리카락이 매끄럽다 싶으면 목선도 예술이라는 점을 발견하게 된다. 팔뚝이 예쁘다고 생각하는 순간, 쓸데없는 근육이 전혀 붙어 있지 않은 손목 뼈에 눈이 가게 된다. 박경진과 이 집이 다른 점은, 그는 전체로 보아도 난삽해 보이지 않는다는 것이었다.

"꿈 아냐? 그동안 왜 몰랐지?"

그것은 사랑이라는 것의 마법이었다. 그간 심술맞고 나이 많은 편집장이었던 박경진과 어젯밤 사랑하는 사이가 된 박경진이 똑같이 보일 리 없는 것이다.

그의 머리카락을 만지던 비우의 손이 다시 조심조심 내려와 그의 입술을 만져 보았다. 따듯하고 부드러운 느낌. 이것 역시 죽을 만큼이나 좋았다.

그리고 그 순간,

"엄마얏!"

여전히 눈을 감고 있는 박경진이 갑자기 손을 뻗어 비우의 손목을 확 낚아챘기에 비우가 자지러지게 비명을 질렀다.

"놀랐잖아요!"

"인마, 네가 잘못한 거야."

"뭘를요?"

박경진이 실눈을 뜨고는 비우의 손목을 입술로 가져갔다. 손목 안쪽의 정맥에 그의 입술 감촉이 느껴졌다. 그 순간 심장이 팔딱팔딱 뛰는 느낌이 들었다.

"그러게 왜 아침부터 자극해."

박경진이 홱 몸을 뒤집자 비우가 그 밑에 깔리는 모양새가 만들어졌다.

"어라, 편집장님. 이거 포즈가 너무 야한데요."

"알고 있어."

"문제있는 거 아니에요?"

"천만에. 앞으로 더 야해질 건데."

그의 입술이 목덜미에 와 닿았다.

"잠깐만! 내 기억이 맞다면 분명 구분할 건 구분하자며 다른 날 잡자던 건 편집장님이었는데요. 성급하게 같이 자고 싶지 않다면서요!"

그가 비우의 목에 입술을 댄 채 히죽 웃었다.

"하룻밤 참았으면 됐지 뭘 더 바라."

"잠깐!"

"잠깐은 무슨."

"너무 환하다구요! 지금 아침이에요!"

"시끄러, 인마."

"출근해야지요!"

"늦어도 괜찮아."

"아니, 그게…… 읍!"

박경진의 입이 시끄럽게 떠드는 비우의 입을 막아버렸다. 그 뒤로 그가 막아야 할 것은 계속 버둥버둥 그를 방해하는 비우의 손과 발이었다.

"한 가지만 묻자. 싫어?"

"에…… 에에?"

"싫으냐고."

"아니, 그게…… 꼭 그런 게 아니라, 그러니까…… 저기, 너무
환해서…… 그게, 저기 부끄럽기도 하고……."

"알았어."

박경진이 벌떡 일어나 창문을 닫고 블라인드를 내렸다. 방문
도 꼭 닫고 대신 에어컨의 온도를 한껏 낮췄다. 그런 후에 그가
다시 침대로 돌아왔다. 양팔을 가득 벌려 시트를 움켜쥔 그가
그 시트로 비우를 팍 덮었다.

"이제 됐지?"

비우가 최후의 무기를 꺼냈다.

"한 가지 더! 콘돔도 없다면서!"

그가 다시 비우의 목덜미에 입술을 파묻으며 히죽 웃었다.

"나 원래 콘돔 안 써."

그제야 알게 된 것이었지만, 그는 상당히 집요하고 빈틈없는
남자였다. 이런 사람에게 덤빌 때는 많은 준비가 필요하다는 것
을 새삼 깨닫게 되는 순간이었다.

그로부터 정신없는 일주일이 흘렀다.

비우는 그대로 박경진의 집에 늘러붙었다. 일주일 내내 그들

은 함께 자고 함께 밥 먹고 함께 사랑을 나누고…… 무척 바쁠 것 같았지만 유감스럽게도 바쁜 것은 비우 혼자였다.

"이씨! 같이 좀 놀자!"

"시끄러워요! 공모전 마감이 얼마나 남았다고!"

"쳇, 비싸게 굴기는."

"어휴, 편집장님이야말로 남 일하는데 방해하지 말고 출근이나 해요."

"쳇, 비싼 척은."

"시끄러!"

"쳇!"

이런 신경전이 근 일주일은 갔다. 그나마 박경진이 출근하는 낮에는 괜찮았다. 문제는 해가 지고 난 후, 다시 말해 인간이 행하는 대다수의 섹스 활동이 이루어지는 밤이었다.

"안 돼욧!"

밤 공기를 찢으며 울려 퍼지는 비우의 목소리였다.

"이봐."

그 뒤를 바로 이어 어쩐지 사람이 달라진 듯, 애처롭게 수그러드는 박경진의 음성.

"절대절대, 절대 안 돼요."

"그런다고 평생 안 하고 살 것도 아니잖아."

"절대, 절대, 절대, 절대 안 돼!"

"이봐."

"일하는 데 방해돼요!"

"그렇게 하루 종일 어떻게 일만 하냐고."

"일 안 해도 안 돼요."

"저기, 그게…… 처음은 다 그렇대."

"시끄러워요!"

"아니, 그게……."

"시끄럽다구요!"

비우가 책상을 꽝 내려쳤다.

"정말이지 이런 게 어딨냐구요. 남은 아파 죽겠는데 혼자서만 즐기고."

"즐기긴! 너야말로 이러지도 저러지도 못하는 순간 밀어낸 적이 한두 번이 아니잖아."

"그럼 아픈 걸 어쩌냐고요."

"그게 당연하다니까! 계속하면 안 아파질…… 윽!"

퍽!

비우가 박경진을 발로 한 대 쳤다.

"시끄러!"

화가 났는지 그가 쿵쾅대며 일층에 있는 자신의 침실로 내려갔다. 그곳에서 그가 무엇을 하든 비우가 알 바가 아니었지만 일단 신경이 쓰이는 건 사실이었다.

"그렇지만 더럽게도 끔찍했다구."

며칠 전 박경진이 선물해 준 어마어마하게 비싼 듀오백 의자에 몸을 푹 파묻으며 비우가 딸깍딸깍 키보드를 매만졌다.

"제정신으로 그렇게 아픈 걸 왜 하는지 몰라."

희경이가 왜 첫경험에 대해 이야기하길 꺼려하는지 이제야 알 것 같았다. 일단 하나의 사건이 이야기로 완성되어 표출되려면, 최소한의 기승전결 구조를 지녀야 하는데 비우의 첫경험에 있어서는 그 기승전결이 아주 엉망이었다. 심지어 그녀는, 너무 아픈 나머지 계속하자고 보채는 박경진의 머리를 주먹으로 빽 소리가 나게 내려치기까지 했다.

아무래도 그녀의 로맨스 소설에 다른 매개체의 도움을 빌리지 않는 훌륭한 창작 섹스 신이 쓰여지기에는 까마득히 먼 것만 같았다.

"하아……."

비우가 한숨을 쉬며 키보드에서 손을 뗐다.

"이걸 어쩌란 말이냐……."

비우가 손을 들어 머리를 벅벅 긁었다.

"경험을 해도 발전이 없잖아. 이러면 굳이 경험한 게 억울하다구."

아닌 게 아니라 정말 아팠으니까 말이다. 비우의 한숨이 한층 더 커졌다.

"아으윽!"

그렇게 일주일이 지났고, 이제 공모전 마감일은 일주일 앞으로 성큼 다가와 있었다. 그리고 그녀의 글은 전혀 진전이 없는 중이었다.

"쳇!"

그렇게 경진이 인사 대신 원망의 눈초리를 남기며 출근길에
나선 어느 날, 비우는 습관처럼 이층으로 올라가 컴퓨터 앞에
앉았다.

공모전은 성큼 다가와 있었고 그간 일에만 매달렸던 그녀는
이제 마지막 삼십여 페이지를 남겨놓고 있었다. 그러나 늘 마지
막이 어렵듯, 지금까지 비우가 풀어놓았던 이야기와 그 속에 녹
아든 감정들을 원활히 그러모으는 적당한 마무리가 만들어지지
않고 있는 상황이었다.

"아, 이거 미치겠네……."

시간이 얼마 남지 않았다는 초조함과 더불어 작업은 한층 더
난감해지고 있었다.

"에엣, 모르겠다."

비우가 벌떡 일어섰다.

일층의 냉장고 안에는 아침에 그녀의 애인이 만들어둔 오렌
지 주스가 항아리만한 유리컵에 가득 담겨 있을 것이다. 아마도
그것을 한 컵 마시고 나면 기운이 펄펄 날 것이라는 가정 하에
비우가 일층으로 내려갔다.

그리고,

끼이익.

일층으로 내려가던 비우가 갑자기 중간에 우뚝 멈춰 섰다. 현관문이 열리며 들어오는 누군가가 있었기 때문이다.

"누구…… 세요?"

사실 비우는 그가 누군지 알고 있었다. 시원해 보이는 여성적인 하얀 슬리브리스 원피스를 입고 있는, 커다란 눈매가 차분한 여자. 그렇게 무지무지 예쁜 여자. 그는 연희였다.

"그러는 당신은요? 난 여기가 경진 씨 집이라고 알고 있는데."

그녀는 비우를 봐도 전혀 당황스럽지 않은 눈치였다. 그녀가 자박자박, 작은 걸음걸이로 다가와 벽난로 옆에 늘어서 있는 허브 화분들을 응시했다.

"경진 씨…… 많이 변했네."

그녀는 비우를 없는 사람 취급하고 있었다.

"왜 이렇게 난삽해졌어."

비우가 계단에 선 채로 갈피를 못 잡고 머리를 긁었다. 눈동자가 데굴데굴 구르는 것으로 보아 이 상황이 꽤나 난감한 모양이었다.

연희가 사뿐한 걸음으로 벽난로 옆에서 몸을 돌렸다. 그녀의 걸음이 향하는 곳은 일층에 있는 경진의 침실.

비우가 화들짝 놀랐다.

"저기! 거긴……."

연희가 잠시 걸음을 멈추고 비우를 올려다보았다. 남을 올려다보는 눈길이 어쩜 저렇게 당당할 수 있을까. 비우는 공연히 자신이 그녀를 내려다보면 안 될 것 같은 느낌이 들었다.

연희가 그 눈길과 똑같은 목소리로 물었다.

"거긴, 뭐요?"

"저기…… 거긴 침실인데요."

"알아요."

연희가 비우의 말을 딱 자르고는 다시 다리를 움직였다.

"저기요!"

"자꾸 뭐죠?"

비우가 억지로 웃음을 흘렸다. 얼굴 근육이 어찌나 긴장했는지 이 어설픈 웃음을 만들어내는 데도 얼굴 전체가 아팠다.

"저기, 어제 그 방에서 자고 안 치웠거든요. 지저분할 텐데."

비우가 의미하는 바는 뻔했다. 그래서 스스로도 민망해 죽을 지경이었다. 비우가 속으로, '이비우 너 진짜 비열하다'라고 중얼중얼거렸다.

연희가 눈꼬리를 올려 비우를 한 번 쳐다보았다. 그리고는 아무런 말 없이 경진의 침실로 들어갔다. 비우가 서둘러 쿵쾅대며 계단을 내려와 연희의 뒤를 따라 들어갔다.

침대 위의 구겨진 시트가 제일 먼저 눈에 들어왔다. 커다란 베개에는 아직도 비우와 경진의 얼굴 자국이 눌려 있었으며 에어컨을 끈 방 안의 후텁지근한 공기 속에는 두 사람의 체취가 고스란히 남아 있었다.

아마도 비우는, 이것이 자신의 흔적이 아니었다면 확 얼굴을 붉혔을 것이다.

"저기, 오렌지 주스 마실래요?"

비우가 이렇게 물었다. 그러나 연희에게서는 별다른 답이 없었다. 그녀는 그저 그 자박걸음으로 침대에 다가가 구겨진 시트를 바로 폈을 뿐이다.

"저기, 그냥 놔두세요. 나중에 제가 할게요."

연희가 고개를 들어 비우를 바라보았다. 그리고 놀랍게도, 비우를 바라보며 다정하게 웃기까지 했다.

"괜찮아요. 경진 씨 침대에 다른 여자가 손대게 놔둘 수 없어서 그래요."

순간 전신에 소름이 쫙 돋았다.

"……."

비우에게서 확 고개를 돌린 연희는 꼼꼼히, 아주 꼼꼼히 침대 시트를 매만졌다. 완벽한 사각형이 되도록 베개의 모양을 바로 잡고 창문을 활짝 열어 공기를 갈았다. 그리고는 들고 있던 핸드백에서 향수를 꺼내 방 안 가득 듬뿍 뿌렸다.

"콜록, 콜록!"

비우의 입에서 기침이 터져 나왔다.

"어머, 향수가 싫은가 보네요."

연희가 비우를 보며 다시 방긋 웃었다.

"어쩌나."

칙, 칙!

그러면서 연희는 향수를 뿌리는 손을 멈추지 않았다. 아마도 저 듬직한 병에 든 향수를 모조리 쏟아부을 태세였다. 비우가 기침을 터뜨리느라 눈물이 맺힌 눈으로 애써 웃었다.

"괜찮아요."

어디 뿌리고 싶은 만큼 뿌려보시지.

"그럼, 그쪽은 생각없다 그러니까 나 혼자 마실게요."

비우가 몸을 돌려 주방으로 향했다.

냉장고를 열어보니 역시 항아리 유리컵—소호의 구겐하임 박물관 혹은 그린 스트리트의 조나 출신인 이 녀석—에 오렌지 주스가 가득 담겨 있었다. 비우가 다른 컵을 꺼내 그 안에 든 주스를 조금 따라 부었다.

"아, 시원해. 맛있어라."

비우가 눈을 질끈 감고 오렌지 주스를 한입에 들이켰다. 그제야 뱃속이 좀 시원해지는 기분이었다. 뿐만 아니라 정신도 번쩍 들었다.

대체 저 여자가 여길 왜 온 거지?

아니, 뭐 전 약혼녀라고 하니까 미련을 못 버리고 다시 올 수도 있다. 문제는, 비우가 이 사태를 어떻게 해결해야 하느냐는 것이었다.

"이름이 뭐예요?"

그때 귓등으로 연희의 독특한 음성이 들려왔다. 비우가 주스

컵을 입에 문 상태로 몸을 돌렸다.

"아, 이비우라고 해요. 그쪽은요?"

"송연희. 경진 씨 약혼녀예요."

비우가 콧등에 주름을 그려 넣었다.

"헤어졌다고 들었는데."

연희가 다시 다정하게 웃었다.

"경진 씨 생각이죠."

"경진 씨랑 약혼했던 건데 당연히 경진 씨 생각이 제일 중요한 것 아닌가요?"

연희가 자박자박 걸어와 식탁의 의자를 하나 빼서 앉았다. 그녀 역시 의자가 마음에 드는 모양이었다.

쳇, 그 의잔 내 거라구.

비우가 속으로 중얼중얼거리며 식탁 위에 내려놓았던 오렌지 주스 잔을 치웠다. 경진이 아침 일찍 일어나 믹서를 돌리며 만들어준 주스를 나눠 먹어야 될지도 모른다고 생각하니 왠지 아까웠다.

자자, 저 여자가 건드리기 전에 어서 치워야지.

"그 컵, 내 거예요."

비우의 손에 들려가는 컵에 연희의 시선이 꽂혔다. 비우의 입이 황당하게 벌어졌다.

"예?"

"지금 비우 씨가 들고 있는 그 컵 말이에요. 제작년에 뉴욕에

갔을 때 내가 마음에 들어서 경진 씨가 사준 거예요."

비우가 저도 모르게 인상을 썼다.

저 여자가 지금 뭐라는 거야?

"그럼 집에 가지고 갔어야지 왜 여기 두었어요?"

"경진 씨 집이 내 집이니까."

"헤어졌으니까 아니죠."

"경진 씨 건 다 내 거예요."

연희가 웃었다. 이제는 그 웃음이 무엇을 의미하는지 도무지 모를 지경이 되었다.

비우가 떨떠름한 표정으로 중얼거렸다.

"이젠 아닌데요."

"왜요?"

"편집장님은 지금 내 애인인데요."

그 말에 연희가 가르릉거리는 작은 웃음소리를 내었다. 그녀가 그 우아한 모양새의 손을 들어 턱을 괴었다.

"애인하고 약혼녀하고는 다르잖아요."

"음…… 뭐, 다르긴 하네요."

제기랄, 억울하지만 저 말은 맞네.

"경진 씨한테 있어서는 특히 달라요."

"왜요?"

비우의 질문에 연희는 다른 질문으로 답했다.

"경진 씨가 어떤 사람인 줄 알아요?"

어떤 사람이냐니. 그야 물론 서른네 살의 잘 빠지고 잘생긴 독신남에다가 현재는 이비우의 근사한 애인이지. 그런데 연희의 질문에는 왠지 그렇게 간단한 답을 달 수 없을 것 같아 비우는 그저 입만 뻐끔거렸다.

"경진 씨 아무나하고 결혼 못하는 사람이에요. 주위 사람들도 그렇고, 회장님도 그렇고. 무엇보다 스스로가 용납 못할 사람이죠. 그 사람, 자신에게 맞지 않는 것을 참는 법을 모르는 사람이니까요."

"……?"

비우가 고개를 갸우뚱거렸다.

"회장님이요?"

연희가 비우를 똑바로 바라보았다.

"몰랐어요?"

"뭘요?"

"경진 씨가 누구인지."

"우리 출판사 편집장님 아니에요?"

"저런, 아무 말도 안 했나 보네."

연희가 다시 가르릉, 웃었다. 정말 특이한 음색이다.

"어떻게 얘기해야 할까, 경진 씨 S그룹 후계자예요."

"에……?"

거짓말. 그야 물론 돈이 좀 많은 것 같긴 하지만 모 그룹 후계자라니, 그런 뻥 같은 얘기가 대체 무슨 말이냐고. 그 S그룹이,

대한민국 굴지의 그 S그룹이 맞다면 박경진 그 인간이 이른 아침 일어나 여자 친구를 위해 믹서기나 돌리면서 살 리가 없잖겠어?

저 송연희란 여자가 착각하고 있는 것 아냐? 뭐, 동명이인 그런 걸 수도 있는데 괜히 오버하는 거 아니냐고.

비우가 신중하게 고개를 끄덕였다.

"뭐, S그룹도 꽤 다양하지 않을까요? 나는 잘 모르겠지만."

"그게 무슨 의미예요?"

"그러니까, 그 '대한민국 굴지의 S그룹'이 아니라, 이니셜만 S인 그룹도 상당히 많을 거라구요. 그야 편집장님이 좀 돈이 많은 것 같긴 하지만, 에에, 그래도 그게……."

연희가 싱긋 웃었다. 그 웃음은 승자의 여유가 가득 담긴 오만한 미소처럼 보였다.

"아무것도 얘기 안 한 모양이네. 그냥 비밀로 하고 당분간만 즐길 생각이었나 봐요, 비우 씨랑은."

"……?"

"진지하게 생각하고 있다면 자신이 누군지 정도는 말해 주는 게 당연한 거겠죠. 누군지도 모르는 사람하고 미래를 함께할 수는 없는 거니까."

"……."

"경진 씨는 지금 집을 나온 상태지만, 회장님은 경진 씨를 포기할 생각이 없으세요. 무엇보다 S그룹처럼 대규모의 사업체를 남에게 맡길 수는 없으니까요."

"회장님이 편집장님 아버님이세요?"

"아뇨. 외조부님이세요."

"으음, 꽤 소원한 사이 같은데. 다른 손자 분들은 없으세요?"

연희의 표정이 조금 변했다.

나이스, 정곡을 찔렀나 보군.

그러나 말은 청산유수로 이어졌다.

"회장님은 아주 예전부터 당신의 후계자가 될 사람은 경진 씨 밖에 없다고 생각하고 계세요. 다른 친척들은 아예 생각도 안 하고 계시죠. 물론 그들도 그 사실을 잘 알고 있구요."

"으음, 그렇게 다른 손자 분들도 많다면 굳이 편집장님이 그 뒤를 이어야 할 필요는 없는 거잖아요."

연희가 다시 가르릉거리며 웃었다.

"정말 아무것도 모르네요. 비우 씨는 경진 씨 학위가 모두 몇 개인 줄 아세요?"

"에…… 에?"

갑자기 웬 학위람.

"사실 회장님 손자 분들 모두 아주 어렸을 때부터 영재교육 받으면서 자라오신 분들이세요. 물론 우리 집안 사람들도 그렇 고요. 그런데 경진 씨는, 경진 씨 어머니께서 회장님과 트러블 이 좀 있어서 어렸을 때부터 한집안에서 살지 않았어요. 자연히 그 당시 경진 씨는 소외되었죠. 경진 씨 부모님이 사고로 돌아

가시고 나서야 경진 씨 존재가 회장님께 알려졌어요. 그래서 회
장님이 경진 씨를 불러들였고, 경진 씨가 천재라는 사실이 알려
졌죠. 경진 씨 사법고시 패스한 것, 알아요?"

뭐? 뭔 고시? 운전 면허 고시가 아니라?

"대학교 2학년 때 사법고시 패스하고, 곧장 유학 갔어요. 한
국에서 더 이상 썩힐 이유가 없다는 회장님의 빠른 결단이 내려
졌던 거죠. 경진 씨 뉴욕 주립대에서 석사 마친 다음에 프린스
턴 대학원 경영학 코스로 진학해 그쪽도 빠르게 마쳤어요. 그리
고 내가 알기로 경영학 쪽 학위 말고도 꽤 많은 학위를 받은 걸
로 알고 있어요. 이 집, 재밌죠? 이것도 경진 씨가 지은 거예요.
뉴욕에 있을 때 디자인을 좀 배웠다더군요. 물론 전공 공부하는
도중에 재미 삼아서."

머리 속이 어질어질해졌다.

저게 대체 누구 얘기냐. 내가 아는 박경진은 '처음 삽입할 때
아픈 건 많이 하다 보면 자연히 괜찮아진다' 라는 무식한 민간요
법을 여자 친구에게 강요하는 몰상식적이고 파렴치한 인간이라
고. 절대 그런 교양있고 우아한 천재 후계자가 아니야.

"회장님은 벌써 경진 씨를 위해 이것저것 준비를 끝마친 상황
이세요. 연세가 연세인만큼 건강도 몹시 위험한 상태구요. 경진
씨 더 이상 지금처럼 방치해 두시지 않아요. 내 말, 이해하죠?"

연희가 소리없이 방긋 웃었다.

"나도 경진 씨 뜻 최대한 존중하려고 그간 별 얘기 안 했어요.

어차피 돌아와야 할 사람이니까. 앞으로 남은 인생을 생각해 볼 때 고작 몇 년간의 외도는 내가 이해해 줘야 한다고 생각했어요. 그런데 이제 그것도 끝낼 때가 됐네요. 회장님께서 경진 씨를 몹시 그리워하세요. 그만하면 경진 씨도 충분히 외부생활 즐겼고요. 더 이상은 허용받지 못할 방종이에요. 경진 씨 누구보다도 똑똑한 사람이니까 그 점 잘 알 거예요."

연희가 앉아 있던 의자에서 우아하게 몸을 일으켰다.

"그럼 난 할 얘기 다 했으니까 이만 가볼게요."

자박자박. 그녀의 우아하고 여성스러운 발걸음 소리.

"아참, 그리고 이 집 말인데, 좀 조심해서 다루도록 해요. 원래 이 집은 경진 씨랑 나랑 신혼살림 계획하고 만든 집이니까. 물론 사정이 이렇게 돼서 그 계획대로 밀고 나갈 생각은 없지만, 그래도 내 걸 남이 더럽힌다고 생각하니 기분 나쁘군요."

저렇듯 당당하게 지껄이는데 대체 뭐라고 할 것인가.

"여기 있는 물건 하나하나, 경진 씨랑 나랑 둘이 같이 모은 거예요. 비우 씨에게는 그냥 아무렇지도 않은 물건일 뿐이겠지만 경진 씨랑 나한테는 둘도 없이 소중한 것들이죠. 함부로 다루지 말아요."

빙긋. 연희가 비우를 돌아보며 다정하게, 아주 다정하게 웃었다.

마치 세상에서 제일 불쌍한 무언가를 보는 듯한 표정으로 더없이 다정하게.

"그러면 내가 가만두지 않을 테니까."

그리고 연희는 정말로 몸을 돌려 사라졌다. 비우의 휴대폰이 울린 것은 바로 그 순간이었다.

스물하나

"**여**보세요."

비우는 스스로가 생각하기에도 자신의 목소리가 무척 이상하게 들린다는 사실을 알고 있었다. 갈라지고 찢기고 탁해진 목소리. 지금 그녀의 마음과 꼭 마찬가지의 목소리였다. 벨이 울리니 반사적으로 대꾸를 했지만 지금 비우는 정확히 자신이 무얼하는지 뚜렷한 자각이 없는 상태였다.

뭐냐, 이게 대체 다 뭐냐.

[왜, 내가 전화해서 싫어?]

수화기 저편의 목소리는 상혁이었다. 지난 일주일 동안 까마득히 잊고 살았던. 전혀 기대하지 않았던 목소리에 순간 제정신이 돌아오는 듯했다.

"세상에, 상혁이야?"

갈라지고 찢기고 탁해진 목소리가 이제는 호들갑스러워졌다. 지금 받은 혼란과 상처를 감추기라도 하듯이. 상혁의 목소리는 피곤에 절어 있었다. 낮고 중간중간 끊기는 듯한 어눌한 대꾸가 그렇게 들렸다.

[응.]

"웬일이야?"

[웬일이냐니. 너 계속 집에 안 들어왔잖아.]

"어, 어…… 그랬다."

그래, 룸메이트였는데. 일주일이나 모습을 보이지 않았다면 상혁이가 걱정까진 아니더라도 궁금하긴 했겠지.

[어디야?]

"음, 여기? 여기 말이지…… 안성. 아마 그럴 거야."

[안성? 경기도 안성?]

"응."

[그 편집장인가 하는 사람 집에 있는 거야?]

"펴, 편집장?"

과연 박경진을 편집장이라고 불러야 하나? S제국의 황태자님, 뭐 이렇게 불러드려야 하는 것 아닌가? 비우가 심각하게 콧등에 주름을 그려 넣다가 답을 달았다.

"응."

상혁의 목소리가 낮게 귓가를 두드렸다.

[너 이제 안 올 거야?]

"응? 아니, 뭐…… 당분간은 있어야 하는데……."

[너 이제 나 안 볼 거야?]

"응? 아니, 뭐 그게 그런 게……."

[…….]

상혁의 목소리가 끊겼다. 그리고 낮게 숨을 죽이는 소리가 들렸다. 비우의 눈동자가 황당함으로 벌어졌다.

"상혁아! 박상혁!"

[…….]

"너 우냐? 응?"

질문에 대한 대꾸없이 상혁이 고집스럽게 제 할 말만 해댔다.

[……이제 너 안 올 거야?]

비우에게는 그 목소리가 자신처럼 갈라지고 탁해진 것처럼 들렸다. 마음이 아팠다. 연희 때문인지, 아니면 상혁 때문인지는 잘 몰라도.

"아니야, 아니야! 공모전 때문에 바빠서 그런 거야."

금방이라도 끊어질 듯한 상혁의 목소리가 이어졌다.

[비우야…… 나 회사 안 갔어.]

"왜?"

[가기 싫어서.]

"회사를 왜 안 가! 너 병특이잖아. 안 가면 어쩌려구!"

[그냥…… 너 때문에.]

아아, 이 혼란스러움이란. 아침부터 다들 왜 이런다지.

비우가 발을 동동 굴렀다.

"내가 뭘 어쨌다고 회사를 안 가? 안 가면 어떻게 해?"

[…….]

잠시 목소리가 끊겼다.

[비우야…….]

"응, 말해."

[지금 많이 바빠?]

"어, 어?"

[나는 너 보고 싶은데……. 지금 오면 안 될까?]

"지, 지금?"

[응.]

"…….""

[왜, 안 돼?]

"아니, 그게…… 여기는 차편도 없고…….""

[택시 타고 와. 내가 택시비 줄게.]

"상혁아…….""

[너 올 때까지 회사 안 가고 기다릴 거다. 빨리 와.]

"상혁……!"

[뚝! 뚜뚜뚜뚜.]

전화가 끊겼다. 비우가 한참 동안을 멍하니 서서 자신의 휴대폰을 바라보았다. 도무지 믿을 수 없는 눈초리였다.

"무슨 일이 있나?"

상혁이 먼저 자신을 찾을 때는 명절 때, 상혁이 일 년 중 가장 외로워하는 그때였다. 아마 지금도 상혁은 못 견디게 외로워하고 있을 것이다. 그러니 그녀에게 전화를 했을 것이다.

비우가 고개를 흔들면서 통화가 끊어질 때 습관적으로 닫았던 휴대폰의 폴더를 열었다. 아무래도 상혁에게 전화해서 지금은 갈 수 없다고 말하는 게 나을 것 같았다. 상혁이 필요할 때마다 언제든 곁에 있어줄 거라고, 주고 싶다고 생각했던 비우는 이제 없으니까. 지금 그녀가 사랑하는 사람은 상혁이 아니라 경진이었다.

그런데 순간 비우의 눈에 아직 냉장고에 넣지 않은 오렌지 주스 컵이 눈에 들어왔다. 경진이 연희를 위해 샀다는, 뉴욕 출신의 그 괴상한 항아리 유리컵이.

"아……."

갑자기 발밑이 꺼지는 기분이 들었다.

"그냥 비밀로 하고 당분간만 즐길 생각이었나 봐요, 비우 씨랑은."

연희의 말이 귓가에 맴돌았다.

"그는 S제국의 황태자예요. 비우 씨 같은 평민의 애인이 아니라."

비우가 고개를 한껏 흔들고는 휴대폰의 폴더를 열었다. 그리고는 센드 버튼을 꾹 눌렀다.

[……너를 사랑하는 한 남자로 태어나서…… 나는 단 한 번도…….]

익숙한 상혁의 컬러링.

[응. 왜?]

그리고 다음 순간 익숙한 상혁의 목소리가 들렸다. 비우가 저도 모르게 안쓰러운 웃음을 지었다. 문득 상혁과 자신이 닮았다는 생각이 들어서였다. 둘 다 무엇엔가 버림받아 상처와 외로움을 얻었고, 둘 다 무언가를 절실히 필요로 하는 지금의 상태가 똑같이 닮아 있었다.

"나 돈 없으니까 차비 준비해 놔야 돼. 꼭!"

상혁이 수화기 너머로 하하, 하고 예쁜 웃음소리를 흘렸다.

[알았어.]

잠시 후 비우가 박경진의 집을 나섰다. 사실 그때까지만 해도 비우는 자신이 정확히 무슨 마음을 먹고 상혁이를 만나려고 하는지 깨닫지 못하고 있었다. 그리고 자신의 별생각없는 행동이 어떤 결과를 불러일으킬지도 전혀 알지 못하고 있었다.

"상혁아, 여기!"

비우가 저 멀리서 걸어오는 상혁에게 택시에서 내리며 손짓을 했다.

"어."

상혁이 어딘지 모르게 위태로워 보이는 걸음걸이로 다가왔다.

"사만구천 원이래. 에헤헤, 모범보다 훨씬 싼 거 있지."

비우가 배시시 웃으며 상혁에게 맨손을 내밀었다. 그러자 상혁이 뒷주머니에서 지갑을 꺼내 비우에게 주었다.

"네가 내."

그리고, 그의 입에서 풍기는 야릇한 향기.

비우가 고개를 갸우뚱거리며 택시기사에게 오만 원을 주었다.

"잔돈은 괜찮아요, 아저씨. 감사합니다."

탁, 부웅!

택시가 출발하고 나자 그제야 비우가 상혁의 팔을 붙들었다.

"너 아침부터 웬 술이야!"

상혁의 비틀대는 걸음은 착각이 아니었다. 그는 지금 양 볼이 빨갛게 달아오를 정도로 꽤 많은 술을 마신 상태였다. 비우가 알기로, 상혁의 얼굴이 저 모양이 됐을 때는 그가 작심을 하고 소주 세 병 정도의 알코올을 몸 안에 들어부었다는 얘기가 된다.

"아, 이거…… 그냥……."

상혁이 배시시 웃었다.

비우가 그의 어깨를 붙들고 집을 향해 걷기 시작했다.

"그냥? 그냥? 그냥 맨술을 이렇게 퍼마셔?"

"맨술…… 이라, 그거 무슨 표현이야? 나 처음 들어봐."

"시끄러워! 작가의 기본적인 응용력이다."

"헤에, 우리 비우 작가네."

"그래. 내가 누누이 얘기했잖아. 비록 가난한 무명 신인이지만 작가 맞다고."

"응, 우리 비우 작가네……."

중간에 때때로 비틀대는 상혁을 질질 끌며 힘겹게 아파트의 현관문을 열었다. 예상대로 집 안에는 독한 알코올 냄새가 진동을 했다.

"어휴, 바보!"

보아하니 밤새도록 퍼마신 모양이었다.

"그래도 집 안에서 곱게 마셨으니 봐줘야지."

비우가 투덜대며 상혁의 운동화를 벗기고 그를 먼저 올려보냈다. 그리고 자신도 신발을 벗고 상혁의 방으로 들어섰다.

그리고 순간,

"더헛!"

비우의 입에서 신음이라 하기에도 그렇고, 비명이라고 하기에도 모호한 소리가 터져 나왔다.

방 안에는 상혁이만 있는 것이 아니었다. 진성여고의 예쁜 교복을 입고 한쪽 눈에는 안대를 하고 있는, 어떤 여고생도 함께 앉아 있었다.

"이 사람이 오빠 친구야?"

그 여고생이 비우의 위아래를 훑어보며 물었다.

"응."

상혁이 비틀대는 팔로 침대를 짚으며 대꾸했다.

"어떤 친구야?"

"그냥 친구."

"애인 아냐?"

"아냐."

"그래?"

그 말에 그녀가 일어섰다. 그녀 앞에도 반쯤 빈 소주병과 잡다한 안주거리들이 늘어서 있는 것으로 보아 둘은 함께 술을 마신 모양이었다.

"그럼 나 간다."

여고생의 목소리치고는, 그 예쁘고 어린 나이치고는 무척이나 건조한 목소리였다. 차갑고, 건조하고, 따끔한 목소리. 그래서 비우가 저도 모르게 방문을 지나 밖으로 나가려는 그 여고생을 붙들었다.

"저, 저기!"

왜요라고 묻는 대신 그녀의 빤한 눈길이 비우를 들여다보았다. 아무 색깔도 없는 눈이었다. 차갑게 굳은 눈. 아주아주 차갑게 꽁꽁 얼어붙은 눈.

"저기, 술 마시고 그냥 가도 괜찮아요? 아침이라도 먹고 가요."

사실 본심은 아니었다.

제기랄, 내가 왜 상혁이랑 같이 놀던 여자애 아침 밥을 챙겨 줘야 하냔 말이다.

그래도…… 그래도 저 목소리는 마음에 걸렸다. 저 눈빛은 마음에 걸렸다. 다리가 길고 예쁘장한 외모에 비해서 묘하게 까칠한 저 목소리. 비우가 알던 상혁의 여자 친구들 중에서, 아니, 상혁과 어울리던 여자애들 중에서 저런 목소리를 가진 사람은 없었다. 저렇게 건조한 감정을 터질 듯이 담고 있는 목소리는 없었다.

"내가 차려줄게요. 아침 먹고 가요."

그 말에 그 여고생이 희미하게 웃으며 상혁을 돌아보았다.

"이 언니 되게 착하다."

상혁도 희미하게 웃었다.

"그래, 우리 비우 되게 착해."

"응. 그럼 나 갈게."

그녀가 아예 없는 사람처럼 비우를 무시한 채 밖으로 걸어갔다.

"저기요, 저기……! 정말 그냥 가도 돼요?"

비우가 어쩔 줄 몰라 그렇게 물었다. 그러자 그녀가 잠시 멈춰 서서 비우를 꼼꼼히 바라보더니, 아무런 대꾸도 하지 않고 몸을 돌려 신발을 신었다.

"저기……."

비우가 그녀를 붙들려는 목적으로 팔을 뻗었다.

"아!"

여고생의 입에서 비명 소리가 들렸다. 비우가 팔뚝을 너무 세게 움켜잡아서가 아니었다. 그녀의 가녀린 팔뚝을 비명 소리가 날 만큼 세게 움켜쥔 것은 상혁의 손이었다.

저 비칠대는 걸음으로 대체 언제 이렇게 빨리 다가왔던 것일까.

"정말 가?"

그녀가 다시 건조한 눈초리를 했다.

"응."

"그럴 거 애더러 애인이냐고 왜 물었어?"

"……."

그녀는 입을 다물고 침묵했다.

"그럴 거 왜 애 얼굴 보고 간다고 기다렸어!"

하얗게 뼈마디가 드러난 상혁의 손이 바들바들 떨리고 있었다. 그제야 진성여고의 교복을 입은 그 여고생이 입을 열었다.

"내가 기다린 거 아니야. 오빠가 기다리라고 한 거잖아."

그녀의 눈은 아주 끔찍했다. 끔찍할 정도로 건조했다.

그녀가 팔을 들어 상혁의 손을 뿌리쳤다.

"나 정말 간다."

그녀가 주머니를 뒤져 새것으로 보이는 휴대폰을 꺼내 바닥에 떨어뜨렸다.

탁!

휴대폰이 떨어지며 배터리가 통겨 나왔다.

"이거 두고 갈게."

상혁과 비우가 아무 말도 못하고 있는 그 순간, 그녀가 휙 몸을 돌려 가버렸다. 그리고 비우는 상혁의 눈에서 굴러 떨어지는 눈물을 보았다.

"상혁아⋯⋯."

스르륵. 상혁이 식탁 모서리에 등을 기댔다.

"상혁아⋯⋯."

그가 울기 시작했다. 아니, 울기 시작했다는 표현은 적당하지 않았다. 그의 얼굴은 아주 오랫동안 울고 있던 사람처럼 보였다. 몇 년을 울어온 사람처럼 보였다.

비우가 그 옆에 조심스레 쭈그리고 앉았다. 오늘은 아주 추운 겨울날의 명절 같았다. 다 떠나고 단둘만 남아 있는 그들. 상혁은 울고, 비우는 그런 상혁이 가여워 그보다 더 크게 울었던 그런 명절 날. 차가운 바람이 뺨 위로 구르는 눈물을 칼처럼 얼려놓던, 그런 명절 날. 단둘만 있던 명절 날.

"쟤 누구냐고 안 물어?"

상혁이 한참 만에 입을 열었다. 비우가 어설프게 웃으며 고개를 저었다.

"왜?"

"내가 물어서 뭐 하게."

그때와 다른 것이 있다면, 비우의 마음이었다.

"이제는 안 궁금해?"

"응?"

"너, 내가 여자 친구 생겼다고 그러면 꼭 물어봤었잖아. 누구랑 사귀는지."

"……이제는 안 물어보려고."

"왜?"

비우가 상혁을 똑바로 쳐다보았다.

"이제는 너 안 좋아하려고."

이제 비우는 더 이상 상혁이 매년 자신을 찾아와 울어주기를 바라지 않았다. 아무도 모르는 상혁의 모습을 독점한다는 사실에 기뻐하지도, 이대로 그와 자신이 특별한 관계 속에 엮여 있다고 믿지도 않았다.

"너 좋아하는 거 그만두려고."

그 말을 들은 상혁의 얼굴에 다시 눈물 한 줄기가 길게 굴렀다. 턱 끝에 방울이 되어 매달린 짠 눈물이 톡 하는 소리와 함께 상혁의 손등으로 떨어졌다.

비우가 희미하게 웃었다.

"왜 울어, 상혁아."

"……."

"상혁아, 울지 마."

상혁이 두 손으로 얼굴을 가렸다. 그리고 거의 들리지도 않을 낮은 목소리로 이렇게 말했다.

"비우야."

"응."

"나 안아줘."

"안아달라고?"

"응. 세게, 꼭 안아줘."

비우가 몸을 일으켜 어설프게 상혁에게 다가갔다. 역시 어설 픈 동작으로 그녀가 상혁의 어깨에 팔을 두르자 상혁이 먼저 비 우의 허리를 감싸 안았다. 세게, 숨도 못 쉴 만큼 아주 세게.

"비우야, 쟤 이름 상희다."

"상희?"

"응. 내 여동생."

"여동생?"

상혁이, 상희.

상혁이가 해마다 보고 싶다며 울었던 그 여동생.

자기가 잘해주지 못해서 너무너무 미안하고 속상하다던 그 여동생.

그런데 그 여동생은 왜 그렇게 끔찍한 눈빛으로 상혁을 바라보았던 것일까. 그리고 왜 이렇게 차가운 공기를 남기고 가버렸을까. 마치, 다시는 안 볼 것처럼.

"상희가 내 동생이 된 게 내가 일곱 살 때였어."

그렇게 상혁이의 얘기가 시작되었다. 여전히 비우를 꼭 끌어안은 채로.

상혁의 아버지가 돌아가시고, 그의 어머니는 상희의 아버지인 이주창이라는 사람과 재혼했다. 상혁이까지 호적에 올린 것으로 보아 그 둘의 재혼은 무척 진지했던 모양이었다. 상혁이의 여동생인 이상희는 상혁이의 말대로 그 당시 아주 어렸다. 막 첫돌이 지난 때라서 아직 자기 이름이 무언지 제대로 알지 못하는 상황이었다. 그래서 상혁이와 돌림자를 맞춰 이름을 상희로 바꾸었다고 했다.

재혼에도 불구하고 맞벌이 부부의 삶은 꽤나 고달팠다. 각자 불운하고 슬펐던 결혼을 겪었던 만큼 이 부부는 굉장히 노력했던 모양이지만 하는 일은 저주라도 받은 것처럼 잘 풀리지 않았다. 그리고 그 결말은, 꽤나 뻔할 것 같았지만 알코올이 뒤따르는 폭력이었다.

"그리고 엄마가 죽었어. 내가 고등학교 3학년일 때."

상혁이 그렇게 말했다.

"그렇게 고생만 하다가…… 결국 죽었어. 되게 허탈했지. 사람이 너무 쉽게 죽어서. 늘 함께 있던 사람인데 그렇게 한순간에 죽어서."

"아, 아아……."

비우가 입을 꽉 다물고 입 안으로 울음소리를 삼켰다. 목 안으로 삼켜진 울음소리는 마치 신음 소리처럼 꽤나 이상하게 들렸다.

"맞아서 죽었다고 해도 하나도 이상할 게 없었는데, 맞아서 죽은 건 아니라더라. 간암이었대. 평생 담배도 한 번 안 피우고, 술도 잘 안 마셨던 사람이었는데 간암 말기였대. 그래서 더 허탈했어."

비우가 다시 한 번 입술을 꽉 깨물었다. 너무 세게 깨물었는지 입 안으로 알싸한 피맛이 번졌지만 그녀는 지금 자신이 울면 안 될 것만 같아서 힘껏 울음을 참았다. 자신이 울면, 그러면 자신보다 훨씬 더 마음 아파하는 상혁이에게 너무 미안할 것 같아서 차마 소리 내어 울 수가 없었다. 그래야 할 것만 같았다.

"우리 엄마 장례식도 못했다. 그 새끼가 그때 집에 없었거든. 그때 담임 선생님이 나 대신 이것저것 알아봐 줘서, 그래서 그냥 화장했어. 상희랑 나랑 둘이 한강에 가서 엄마 뿌렸어."

"……응."

"그리고 그 다음날부터 나 학교 안 나갔다. 상희도 안 나갔어. 둘이서 그냥 집에 있었어. 집에서 밥 해먹고, 비디오 보고, 그냥 얘기도 하고……."

"……응."

"그래서 별로 안 슬펐어. 세상에는 상희랑 나랑 둘만 있는 것 같았어. 엄마 생각도 안 나고, 눈물도 안 나오고…… 평생 그렇게 상희랑 둘만 살았으면 좋겠다고 생각했어."

"……응."

"나 상희 되게 사랑했다. 지금도 사랑해. 정말정말 사랑해. 평생 사랑할 거라고 생각했어."

"……으응."

"근데, 그러다가 그 새끼가 집에 들어왔어. 상희랑 나랑 학교 빼먹고 안방에서 같이 자고 있었는데 그 새끼가 문 따고 들어왔어."

비우를 끌어안은 상혁의 팔에 힘이 들어갔다.

"그리고 그 새끼가…… 그 새끼가…….."

굳이 말로 하지 않아도 짐작이 가는 상황이었다. 그 당시 막 중학교를 들어간 어린 딸이 피 한 방울 섞이지 않은 죽은 처의 아들과 함께 누워 있는 모습을 보고, 알코올과 폭력에 찌들어 있던 어른 남자가 대체 무슨 짓을 했을지.

비우가 억지로 손을 들어 상혁의 등을 토닥토닥 두드렸다.

"……응."

"그리고는, 상희 손 붙들고 나가 버렸어. 이 집, 우리 아빠 죽고 난 다음부터 내 명의로 되어 있었거든. 그래서 상희 데리고 그 새끼가 나간 거야. 나 그 다음부터 상희 못 봤다. 그냥, 상희가 가끔 편지 보내고 나도 답장 쓰고…… 서로 그렇게만 지내다가 언제부턴가 편지가 끊겼어."

"왜?"

"나도 몰라. 그냥 상희가 편지를 안 보내게 됐어. 난 매일매일 보냈는데…… 이메일도 매일 보내고 메신저에도 매일 악착같이 붙어 있었는데 상희가 답변이 없었어. 메신저에서는 매일 로 그아웃이었고."

토닥토닥.

상혁이 비우를 더 힘껏 끌어안았다.

"그런데 얼마 전에 저 교복 봤잖아, 아이스베리에서. 상희가 고등학교 막 들어갔을 때 저런 교복 입은 사진 보내준 적 있었거든. 그래서 어디 교복이냐고 물어봤지. 난 그때 아직도 상희가 발안에 사는 줄 알아서, 진성여고라길래 그냥 비슷하게 생긴 건 줄 알았어. 상희네 학교는 아닐 거라고."

"그런데……?"

"근데 상희가 얼마 전에 서울로 이사 온 거였어."

"그랬구나."

"응. 이 근처에 살면서, 나한테 연락도 안 했더라."

"그럼 상희랑은 어떻게 만나게 된 거야?"

"지예가 상희 친구였어. 걔가 얼마 전에 다쳐서 입원했다고 한 친구가 상희였어. 지예 따라서 병원 갔다가…… 그래서 보게 됐어."

토닥토닥.

"저런, 놀랐겠다."

"나만 놀랐어. 상희는 지예한테 내 얘기 들어서 알고 있었대."

"저런……."

"그러면서…… 어제 찾아와서는 이제는 자기 오빠 아니니까, 더 이상 보지 말자고 했어."

"상혁아……."

그때 상혁이 숨 쉬기 거북할 정도로 비우를 세게 끌어안았다.

"그래서…… 미치는 줄 알았어. 지금도 미치겠어. 상희가 왜 저럴까. 비우야, 상희가 왜 저럴까, 응?"

그건 아마도 상처 때문일 것이다. 상혁이 상희에게 집착하는 마음이 상처 때문이듯이, 상희가 상혁을 그대로 기억 뒤편에 묻어버리려고 하는 것 또한 상처 때문일 것이다.

상처 입은 인간이 어떻게 주위에 반응하는지, 그것은 사람마다 모두 다르다. 상혁이 죽도록 외로움을 타는 성격이 되어버린 것, 그가 항상 끝도 없이 다른 사람을 필요로 하는 것, 그러면서도 쉽사리 자신을 드러내지 못하고 도망가는 것, 그 모든 것이 상처 때문이다. 상희는 상처를 핑계로 자신을 허물어뜨리는 대신 깨끗이 잊는 쪽을 택했을 뿐이다. 그것을 상혁이 인정하지 못하고 있을 뿐이다.

비우가 상혁의 머리를 다정하게 끌어안았다.

"혼자서만 좋아하는 사람 많아, 상혁아."

"……."

"나도 널 이제껏 쭉 혼자서만 좋아했고, 네 여자 친구들도 그랬어. 다들 너 혼자서 좋아했어. 그러니까 너도 혼자서 누군가 좋아할 수도 있는 거야."

"상희도 나 사랑했어……."

"사랑하는 마음이 변했나 보지. 너 좋아하던 여자 친구들, 결국 너 안 봤잖아. 그런 것처럼 상희 마음도 변했나 보지."

비우의 목소리에는 아직도 희미한 잔떨림이 남아 있었다. 상혁의 느닷없는 과거가 던져 준 감정의 여파가 아직도 비우의 심장을 아프게 두들기고 있었다.

"사람은 다 변해."

거의 매달리다시피 그녀를 안고 있는 상혁의 팔이 바들바들 떨렸다. 너무 많은 힘이 들어가 있어서였다.

"누가 그랬는데…… 사랑은 원래 그런 거래. 사랑은 어려운 것 같지만 사실 굉장히 쉬워서 정말 비정형적인 것 같지만 의외로 굉장히 유기적이고 효율적인 등가교환의 법칙이 이루어지는 분야래. 그래서 혼자 하는 사랑은 오랜 사랑이 안 되는 거래. 내가 너 좋아하다가 안 좋아하기로 한 것처럼, 혼자서만 하다 보면 끝나게 되어 있대. 사랑은 그런 거래. 그러니까 너무 마음 아파하지 마. 너무 자책하지 마. 오래오래 좋아했으니까, 그러니까 끝날 거야. 이제 곧 끝날 거야."

비우가 상혁을 다시 끌어안으며 낮게 속삭였다.

"이제 좀 자자, 상혁아."

스물둘

다행히도 상혁은 얌전히 침대에 드러누워 잠이 들었다. 숨소리 하나 없이 곤히 자는 모습을 보니 괜히 눈물이 흘러나왔다.

비우가 그 옆에 턱을 괴고 앉아 상혁의 잠든 얼굴에 부채질을 해주기 시작했다. 상혁이 쓰는 안방은 정남향이라 지금 한창 가장 뜨거운 햇빛이 머리맡을 정확하게 비추는 시간이었다. 잠들어서도 계속 땀을 흘리는 상혁의 모습은 추워하던 명절 날만큼이나 아프고 안쓰럽게 보였다.

"되게 힘들었겠다……."

그리고 자신은 그런 상혁에게 아무것도 해준 것이 없었다. 그를 좋아했다고, 앞으로도 계속 사랑할 거라고 믿었던 시간은 모두 허상이었다. 가장 힘들고 외로울 때 곁에 있는 사람이었다고 생각했는데, 그건 모두 거짓말이었다. 상혁은 계속 혼자서만 아파했다. 자신은 아무것도 해준 게 없었다.

비우가 한숨을 쉬며 일어섰다. 방 안에 늘어선 소주병들을 보니 더한 한숨이 나왔다. 비우가 그것들을 대충 치우고 상혁의 방을 나왔다. 아무래도 속이 좋지 않을 테니 깨고 나거들랑 뭐라도 해먹여야겠다는 생각이 들었던 것이다.

지갑을 챙겨 들고 막 현관문을 나오는 순간, 비우는 주머니 속의 휴대폰이 시끄럽게 울리는 소리를 들었다.

"여보세요?"

비우가 아파트 입구에 있는 상가단지를 향해 걸어가며 전화를 받았다. 수화기 건너편의 인물은 박경진이었다.

[야! 너 어디야!]

그가 들입다 소리를 빽 질러댔다.

"으앗, 귀 따가워! 시끄러워요! 좀 조용히 말해요!"

[어디냐고!]

"집이요!"

[집? 그런데 왜 전화를 안 받아!]

"아니, 그 집이 아니라…… 나 원래 살던 집이요."

수화기 건너편에는 일순간 싸늘한 침묵이 감돌았다.

[뭐라고?]

"상혁이네 집에 잠깐 왔다구요."

[어째서?]

한층 낮아진 박경진의 목소리는 조용한 것이 오히려 더 위압적이었다.

제기랄! 왜 내가 잘못한 기분이 드냐고!

공연히 심술이 난 비우가 입을 삐죽거렸다.

오냐, 그렇지 않아도 아까 그 헤어졌단 약혼녀 때문에 마음 좀 상했다. 네가 대신 책임져라.

"상혁이가 불러서 어쩔 수가 없었어요."

[그 작자가 왜 널 불러? 그리고 넌 왜 부른다고 가?]

"보고 싶다고 막 우는데 그럼 어째요."

뭐, 일단 사실은 사실이잖아. 실제로 상혁이가 그렇게 불렀으니까.

박경진의 목소리가 한층한층 점점 낮아졌다.

[그래서 냉큼 달려갔냐?]

"네."

[택시 타고?]

"상혁이가 돈 내줬어요."

[그럼 지금 그 녀석이랑 같이 있는 거야?]

"어, 음⋯⋯. 상혁이는 방금 잠들었고 난 슈퍼 가요."

[왜?]

"상혁이가 어제 소주를 병나발로 마셨거든요. 한 다섯 병은 마신 거 같아요. 그래서 밥 해주려구요."

[……]

수화기 저편에서 또다시 알싸한 침묵이 들이닥쳤다. 그러자 양심의 가책이 왔다. 내가 너무 심한 건가?

[그래, 알았어.]

한참 후에 박경진의 한층한층, 한층 더 낮아진 목소리가 들렸다. 그리고 전화가 뚝 끊겼다.

"뭐야, 이 인간! 사람 쫄게!"

비우가 공연히 수화기를 노려보며 버럭 성질을 부렸다.

"하여간 성질은 못돼 가지고, 흥!"

비우가 다시 휴대폰을 주머니에 찔러넣고 터덜터덜 슈퍼로 걸어갔다.

지하 매장에 들어서 있는 슈퍼는 꽤나 큰 편이었다. 물건들이 두서없이 마구 진열되어 있는 게 탈이었지만, 에어컨이 빵빵하니 사실 오늘처럼 더운 날씨에는 구석구석 뒤지며 장보는 재미도 쏠쏠한 곳이었다.

"으음, 뭘 해줄까."

비우가 할 줄 아는 요리라고는 사실 몇 가지 없었고 더구나 집안일, 특히 요리라면 질색팔색을 하는 비우가 부엌칼을 쥐는 경우는 별로 없었지만 오늘만큼은 뭔가 제대로 된 음식을 해서 상혁이에게 먹이고 싶었다.

"역시 국은 북어국이 낫겠지."

중얼중얼대며 장을 보기 시작한 지 얼마나 되었을까. 주머니 속의 휴대폰이 또 드르르륵 울렸다.

"에이씨, 귀찮게. 또 누구야."

발신번호를 보니 상혁이었다.

"여보세요. 응, 왜 벌써 일어났어?"

전화기 너머의 목소리는 꽤나 진정이 된 듯 차분하게 들려 비우는 한결 마음이 가벼워졌다.

[아, 일어나 보니까 네가 없어서. 간 줄 알고.]

"엉, 아냐아냐. 나 여기 슈퍼."

[왜?]

"너 일어나면 같이 밥 먹으려고."

[아항.]

"뭐 먹고 싶은 거 있어?"

[으음…… 볶음밥.]

"지금 속 안 좋아서 그런 거 먹으면 안 돼. 북어국 먹어."

[이봐, 그렇게 말할 거 왜 먹고 싶은 거 없냐고 물었어.]

"내 마음이야. 시끄러."

[킥킥.]

상혁의 웃는 목소리가 들려왔다.

[알았어, 그럼 네가 하고 싶은 거 해.]

"응. 금방 갈 테니까 기다리고 있어."

[비우야.]

막 전화를 끊으려는 순간, 상혁이 조심스러운 목소리로 비우를 불렀다.

"응. 왜?"

[어디 안 갈 거지?]

"그럼 내가 어딜 가냐."

[응. 금방 올 거지?]

"응, 그럼."

[알았어. 그럼 빨리 와. 기다린다.]

"아니, 나 아직 장 다 안 봤거든. 좀 더 자고 있어."

[싫어. 안 자고 기다릴래.]

"쳇, 고집은. 알았어. 빨리 들어갈 테니까 기다려."

[응.]

전화를 끊은 비우가 저도 모르게 피식 웃었다. 보채는 상혁이 꼭 어린애 같아서였다. 이제야 정말로 사이좋은 룸메이트가 된 기분이었다.

"아구, 귀여운 녀석."

그러나 다음 순간, 비우는 자기도 모르게 한 그 말에 대해 엄청난 후회를 느껴야 했다.

"엄마야!"

그녀의 눈앞에서 박경진이 새파란 눈을 하고 자신을 노려보고 있었기 때문이다.

대체 저 인간이 이 시간에 왜 여기 있는 거냐고!

"편집장님 제정신 아니죠? 지금 근무 시간 아니에요?"

비우가 먼저 선수를 쳤다. 그러나 호락호락 당하고 있을 박경진이 아니었다.

그가 말없이 손을 뻗어 비우의 팔목을 꽉 움켜잡았다.

"으얏! 아파요!"

"시끄러."

박경진이 비우를 그대로 질질 끌고 밖으로 나갔다.

"이거 놔요! 나 장봐서 들어갈 거예요!"

"말하지 마. 지금 진짜 화났으니까."

"아니, 화를 왜 내! 이거 빨리 놔요!"

"말하지 말랬지."

그에게서 뿜어져 나오는 분노의 오로라가 하도 강력해서 그대로 끌려가 줄까…… 도 생각해 보았지만, 어림없었다. 이씨! 헤어진 약혼녀가 찾아온 건 당신이지 내가 아니란 말이야! 당연히 화가 나면 내가 내는 게 맞지!

비우가 들고 있던 묵직한 장바구니로 한 발자국 앞서 걷던 박경진의 등짝을 퍽 찍었다.

"윽!"

"이씨! 지금 누가 누구한테 화내는 거야! 화낼 사람이 누군데!"

박경진이 홱 돌아섰다. 이 느닷없이 전개되는 흥미진진한 소란에 슈퍼에 장을 보러 왔던 동네 아줌마들이 눈을 반짝이며 비우와 경진 커플을 노골적으로 구경하기 시작했다. 한동네 사는 사람으로서 당분간 수다거리에 오를 남사스럽고 쪽팔린 일이었지만, 오늘 아침에 갑자기 찾아왔던 연희를 생각하느라 새삼 바짝 열이 오른 비우에게는 그런 생각 따위 눈곱만큼도 들지 않았다.

"당연히 내가 화를 내야지! 내가 너한테 뭐냐?"

어쭈! 박경진이 배짱 좋게 이딴 식으로 나왔다.

"뭐긴! 그럼 난 편집장님한테 뭔데요?"

"질문은 내가 먼저 했어. 말 돌리지 마."

"오늘 아침까지만 해도 문제는 좀 있지만 나름대로 쓸 만한 애인이라고 생각했어요. 근데 지금은……."

사실 꽤나 혹독한 발언이었다. 의도했던 바는 아니었지만, 박경진의 얼굴에 상처받은 표정이 떠올랐다. 순간 미안한 마음이 뭉클 일 뻔한 것을, 비우가 송연희의 얼굴을 떠올리며 애써 참았다.

"그럼 지금은?"

"지금요? 하나도 모르겠어요. 편집장님이 누구고, 대체 무슨 생각으로 날 만나는지 하나도 모르겠다구요. 지금은 애인도 아닌 것 같아요."

"왜? 이유가 뭐야?"

"내가 알던 사람이랑은 너무 달라서 말이지요."

비우가 애써 빈정대듯 말했다. 그의 모습을 보건대 아침에 송

연희가 집으로 찾아왔었다는—쳐들어왔었다는—사실을 조금도 모르는 모양이었다. 그러나 그렇다고 해서 비우가 그를 용서해 줄 이유는 없었다.

왜냐, 지금 그녀가 화가 났기 때문이다. 화가 난 인간은 공정하지 못하기 마련이다.

"어째서?"

비우가 가늘게 눈을 치켜떴다.

"난 편집장님 장난감이 아니거든요. 내가 아무리 다루기 쉽고, 만만한 데다가 이용해 먹기 편할 정도로 바보스럽긴 하지만 그렇다고 해서 편집장님 마음대로 날 놀려먹을 생각이었다는 게 정말 기분 나빠요."

아, 말이 점점 막 나갔다. 그에 따라 박경진의 표정도 점차 험악하게 일그러지고 있었다.

"이유를 말해 봐. 네가 그렇게 생각하게 된 이유를. 거짓말이면 화낸다."

"화야 지금도 내고 있잖아요. 적반하장도 유분수지, 흥."

"말해 봐, 들어준다고 할 때."

"싫어요. 내 입으로 말해 주기 억울하고 얄미워요. 이제 좀 비켜요. 상혁이 일어났단 말이에요."

상혁이라는 말에 박경진이 움찔했다.

"왜 이유를 못 대는 건데?"

"못 대는 게 아니라 안 대는 건데요!"

"말하라니까. 화가 났으면 풀어야 될 거 아냐."

"말하기 싫어요. 왜냐구요? 화가 났으니까요!"

"네놈은 나한테 화내는 게 좋냐?"

"난들 좋겠어요? 그치만 너무 약이 올라서 쉽게 풀어주고 싶지 않을 걸 어떡해요."

"뭐가 그렇게 약이 오르는데!"

박경진이 벌컥 소리를 질렀다.

"내가 초조해하고 안절부절못하는 모습 보기 좋아? 너 같은 꼬맹이한테 휘둘려 바보같이 매일 헐레벌떡대는 게 좋아? 그런 모습을 즐기는 거야?"

비우의 안색이 싹 변했다.

"세상에…… 어떻게 그런 말을……."

어떻게 애인에게 저런 비열한 발언을 할 수 있단 말인가. 사실 그전에 한 비우의 말도 비열한 건 마찬가지였지만, 박경진에게서 저런 말을 들으니 정말로 화가 나버렸다.

"그게 아니라면 대체 왜 그러는데!"

박경진의 목소리가 다시 높아졌다.

"몰라요!"

비우도 빽 소리를 지르고는 박경진을 홱 밀쳤다.

"어쨌든 나 빨리 가봐야 돼요."

"가긴 어딜 가. 이대로는 절대 못 보내."

그때 비우의 주머니 속에 들어 있던 휴대폰이 다시 드르륵 울렸다. 비우가 주머니를 더듬어 전화를 꺼내 들었다.

"응, 상혁이? 나 지금 들어갈 거야. 응, 걱정하지 마."

비우의 입에서 상혁이라는 말이 나오는 순간이었다. 박경진이 그녀의 휴대폰을 빼앗아 바닥에 팽개쳤다.

퍽!

휴대폰이 박살나며 작게 부숴진 부품들이 사방팔방으로 튀었다.

"세상에……."

비우가 입을 벌린 채 박경진을 올려다보았다.

"어떻게 이렇게 무식한 짓을 할 수가 있어요?"

그러나 그의 얼굴에는 반성의 빛이 눈곱만큼도 보이지 않았다.

"따라와."

적반하장 격으로, 그가 다시 비우의 손목을 낚아채 질질 끌고 가기 시작했다.

"이거 놔요!"

"닥쳐."

"놓으라니깐!"

"시끄러워!"

사람들의 웅성거림과 지대한 관심 어린 눈빛을 뚫고, 박경진이 결국 힘으로 비우를 끌고 나갔다. 슈퍼 밖으로 나와도 그는 비우의 손목을 놓아주지 않았다. 그가 계속 버둥대는 비우를 억지로 슈퍼 밖에 세워둔 차로 밀어 넣었다.

"이익! 안 탈 거야! 밀지 말아요!"

비우가 차 문을 붙들고 힘으로 버팅겼다.

"네가 잘도 힘으로 날 이기겠다."

"안 돼! 안 탈 거야! 흥! 내가 그 집에 다신 가나 봐라!"

사실 객기였다. 그러나 지금 비우는 너무 화가 나서 자신이 정확히 무슨 말을 하고 있는지 제대로 파악하기가 쉽지 않았다.

"어디 다신 안 가나 보자."

박경진이 계속 꾹꾹 비우를 차 안으로 밀어 넣었다. 그가 비우의 엉덩이까지 무사히 차 안으로 구겨 넣고 문을 닫으려는 순간, 비우가 잽싸게 손가락을 문 사이에 끼워 넣었다.

"흥! 이러면 못 닫겠죠?"

박경진의 턱 근육이 꿈틀거렸다.

"이러다 다치면 너만 아파."

"그럼 그냥 보내줘요."

"대체 왜 그러는데!"

"아직도 모른다면 당신은 정말 양심불량이야."

"이런⋯⋯."

박경진이 비우를 한참 바라보다가 느닷없이 지상 주차장 콘크리트 바닥에 무릎을 꿇고 앉았다. 너무 놀라서 심장이 멎는 줄 알았다.

비우가 비명을 지르듯 빽 소리를 쳤다.

"미쳤어, 미쳤어! 빨랑 못 일어나요!"

박경진이 단단히 굳은 눈빛으로 비우를 올려다보았다.

"못 일어나. 제발 말해 줘라, 대체 왜 화가 났는지."

"세상에……!"

비우가 꿀꺽 침을 삼켰다.

"이, 이러지 마요, 편집장님……."

"나 지금 네 편집장 아니야. 네 애인 박경진이다. 왜 화가 났
는지, 지금 네가 왜 이러는지 말해 줘. 말해 주면 일어날게."

"저기, 그게……."

"말해 줘. 나 지금 정말 너무 화가 나. 네 녀석이 끝까지 말 안
하면 이대로 화내면서, 화가 난 채로 그냥 돌아서서 가버릴지도
몰라. 근데 그러긴 싫다. 어떻게든 지금 이 자리에서 화해하고
싶어. 그러니까 말해 줘라."

"저기, 그러니까 그게……."

한낮의 태양이 후끈 달구어놓은 콘크리트 바닥의 열기는 지
상에서 한참 떨어져 있는 비우의 얼굴도 뜨겁게 만들어놓을 정
도였다. 그러니 얇은 양복바지 하나를 사이에 두고 무릎을 맞대
고 있는 박경진은 오죽 뜨거울까.

비우가 말없이 그를 바라보았다.

S그룹의 후계자, 영재교육을 받지 않아도 저 젊은 나이에―다
른 사람들에 비하면―학위가 몇 개씩 된다는 천재, 아마도 대한민
국에서 물려받을 재산이 가장 많을 사람. 게다가 잘생기고, 잘

빠지고, 자기 같은 어린 여자애에게 반했다고 고백할 수도 있는 멋진 사람. 이유도 모르면서 자기처럼 볼 것 없는 사람에게 무릎 꿇고 머리를 숙이는 사람.

너무 과분한 거 아냐?

그런 생각이 들었다.

그러자 어처구니없게도 눈에 눈물이 고였다.

"일어나요, 편집장님."

"비우야……."

"이러지 마요. 빨리 일어나요. 편집장님 이러는 거 내가 싫어요."

"싫으면 말해 줘."

"일어나면 말해 줄게요. 빨리 일어나요. 나 같은 사람한테 이러지 마요."

비우가 우는 얼굴로 박경진을 붙들었다.

"빨리 일어나요, 빨리요."

박경진이 접었던 무릎을 펴고 일어났다. 양복바지의 무릎 부분이 잔뜩 더러워져 있었다. 그래서 화가 났다. 그를 그런 꼴로 만든 자신에게 화가 났다.

"이게 무슨 꼴이야, 정말."

비우가 얼굴에 묻었던 눈물을 닦아낸 손으로 박경진의 바짓자락을 쓸어갔다. 그 손을 박경진이 재빨리 붙들었다.

"이러지 말고 빨리 얘기나 해. 대체 왜 그러는데?"

비우의 눈앞이 뿌옇게 흐려졌다.

"편집장님, 왜 나한테 이러세요?"

왜 당신은 그 많은 사람 중에 하필이면 나 같은 사람을 좋아해요?

"왜 하필 나예요?"

난 아무것도 없잖아요. 당신 옆에 있으면, 난 그냥 당신이란 사람 옆에 빌붙어서 먹고 사는 존재 같잖아요.

"편집장님 괴물 같아요."

당신은 왜 그렇게 완벽해요? 당신은 왜 부족한 게 없어요?

"나…… 편집장님 부담스러워요."

내가 당신에 비해 나은 게 하나도 없다는 게 속상해요. 속상하고 무서워요. 나한테는 당신을 잡을 만한 게 하나도 없잖아요. 당신한테 받기만 해야 하잖아요. 어느 날 갑자기 당신이 주기만 하는 거 싫증났다고, 하기 싫다고 하면 난 어떡해요?

"애인 안 했으면 좋겠어요. 내가 너무 벅차요."

그런 관계, 난 못하겠어요. 무서워서 못하겠어요. 난 당신 약혼녀보다 한참 모자란 사람이에요. 내가 당신 애인이라고 했는데도 그렇게 당당하게 자기 할 말 다 하는 그 사람 앞에서 나 아무 말도 못했어요. 그런 사람이랑 싸우면 내가 질 것 같아요. 그건 당신이 더 잘 알지요?

"그리고 나…… 상혁이 두고 못 가겠어요."

상혁이가 그렇게 아팠대요. 그렇게 힘들었대요. 오늘은 나라도 있어줘야 될 것 같아요. 상혁이 밥이라도 해서 먹여야 될 것 같아요. 오늘 저 녀석, 아무도 없으면 막 울면서 슬퍼할 거 같아요. 애써 잊고 살았던 엄마도 생각나고, 나쁜 새아빠도 생각나고, 이젠 더 이상 사랑할 수 없는 상희도 생각나고…… 오늘은 정말 힘들어할 거 같아요. 그래서 오늘은 옆에 있어줄래요.

비우의 손을 꼭 붙들고 있던 박경진의 손에서 스르륵 힘이 빠져나갔다. 비우의 손이 툭, 하고 바닥을 향해 내려갔다.

"미안해요."

이것밖에 안 되는 사람이라서 정말 미안해요. 나도 좀 잘나고, 내세울 거 많고, 하다못해 예쁘기라도 했으면 좋을 뻔했어요. 이런 사람이 당신 사랑한다고 하면 사람들이 웃을 거 같아요. 아니, 내가 당신 사랑하는 게 스스로 용서가 안 돼요. 너무 큰 걸 욕심내는 거 같아서 내가 못 견디겠어요. 당신 옆에 계속 있으면 나 벌받을 것 같아요.

"미안합니다……."

내가 가지면 안 되는 사람이란 걸 알면서도 억지로 갖고 있으면 나 분명히 벌받을 거예요. 나, 그거 되게 무서워요. 어느 날 당신이 그때처럼 차갑게 굳은 얼굴을 한 채 저 차를 타고서 휙 하고 가버릴까 봐 무서워서 죽을 것 같아요. 그런 벌 받으면 난 어떡해요.

어떡해요. 어떡해요. 어떡해요…….

"미안해요, 편집장님."

어떡해요. 어떡해요. 어떡해요…….

무서워요. 무서워요. 무서워요…….

비우가 차 밖으로 나오는 것을 박경진은 말리지 않았다. 그의 눈은 비우가 아닌 어딘가 먼 곳을 바라보고 있었다. 그것만으로도 충분했다. 그것만으로도 비우의 가슴은 충분히 아팠다. 심장이 딱 멎어서 더 이상 움직이지 않는 돌이 되어버린 것이 아닌가 의심할 정도로.

"안녕히 가세요."

비우가 떨리는 다리를 억지로 움직여 그에게서 멀어져 갔다. 뿌옇게 흐려진 시야에 저 멀리서 다가오고 있는 상혁이 보였다.

"상혁아, 왜 나왔어?"

"네 전화가 갑자기 먹통이 됐길래 걱정돼서."

"아냐, 별일없었어. 우리 저 슈퍼 말고 다른 데로 장보러 가자."

"어? 다 산 거 아냐?"

"아니, 맛있는 게 하나도 없어 보여서 못 샀어. 우리 길 건너서 이마트 가자."

"뭐, 네가 그러자면 그렇게."

상혁이 부드러운 손으로 비우의 허리를 끌어안았다.

"다른 데 안 가줘서 고마워."

"내가 가긴 어딜 가니."

비우가 애써 웃으며 상혁의 손을 붙잡았다.

"자, 가자."

그래서 비우는 보지 못했다.

박경진이 그 자리에 꼼짝 않고 서서 자신과 상혁의 대화를 다 듣고 있었던 것을. 차에 올라탄 그가 핸들 위에 머리를 얹고 끔찍한 표정으로, 마치 세상이 끝나 버린 것처럼 그렇게 한동안 꼼짝없이 있었다는 것을.

스물셋

"아, 잘 먹었다."

뚝!

상혁이 밥숟가락을 내려놓는 동시에 비우의 눈에서 눈물이 굴러 떨어졌다.

"비우야, 너 왜 그래……."

"우와앙!"

비우가 식탁에 머리를 처박고 엉엉 울어댔다.

"우와아아앙!"

어찌나 크게 울었는지, 처음에는 안쓰러운 눈길로 비우를 바라보던 상혁이 나중에는 슬그머니 귀를 막을 정도였다. 상혁이 비우의 어깨를 조심조심 흔들어댄 것은, 그 시끄럽던 소리가 조금 가시고 난 다음이었다.

"왜 그래? 무슨 일 있었어?"

"우와앙! 상혁아!"

비우가 상혁을 붙잡고 꺽꺽대기 시작했다.

"왜 그래, 말해."

"상혁아, 있지이!"

계속 꺽꺽대면서, 중간중간 물도 마시고 트림도 하면서 비우가 오늘 아침 연희가 와서 들려줬던 이야기를 상혁에게 해줬다.

"엉엉! 글쎄, 그 인간이 원래 그런 인간이었대! 그게 말이나 돼? 어떻게 그럴 수가 있어! 진짜진짜 좋아했는데, 왜 하필 그런 사람이래?"

"이 녀석…… 그런 사람이라면 더 좋지 않아? 뭐가 문젠데?"

"뭐가 문제긴! 너무 완벽해서 문제지! 나 그 사람 너무 부담스럽다구! 대체 뭐가 그렇게 잘났대? 응? 뭐가 그렇게 잘나서 돈도 어마어마하게 많고, 머리도 좋고, 얼굴도 잘생겼대! 대체 왜 그러냐고! 왜 그런 인간이 인간성도 그렇게 좋아! 지가 무슨 성인이야? 예수야? 대체 왜 그런대! 지가 뭘 잘못했다고 나한테 무릎을 꿇고 빌어! 엉엉엉!"

쏟아지는 비우의 눈물을 보던 상혁이 피식 웃었다.

"그러게 아무런 잘못도 없는 사람한테 왜 그랬어."

"잘못한 게 없으니까 화가 나서 그랬지! 엉엉엉!"

"아, 여자들은 가끔 가다 이렇게 엉뚱한 일로 화내더라."

"이게 어떻게 엉뚱한 일이야! 엉엉엉!"

"나참, 나 같으면 그런 사람이 나 좋다고 할 때 얼른 잡았겠다. 아, 너도 잡긴 잡았구나. 중간에 도망쳐서 문제였지."

"어쨌거나아!"

그렇게 잠시 잦아들었던 비우의 울음소리가 한층 더 높아질 무렵,

띵동!

띵하고 울린 다음, 중간에 한 박자 쉬고 동 소리가 마저 들리는 상혁이네 집 벨소리가 울렸다.

그 소리를 듣고 비우가 화들짝 몸서리를 쳤다.

"상혁아, 설마 그 사람은 아니겠지? 응? 그 사람 아니겠지?"

"그 사람이면 어때서."

"우왕! 당연히 그러면 안 되지! 나 이렇게 잔뜩 울어서 얼굴 다 망가졌는데!"

"아, 좀 찌그러지긴 했지만 원래 얼굴이랑 별 차이 없는데?"

"죽을래!"

상혁이 킥킥대며 일어섰다.

"그럼 내가 나가볼게. 넌 방에 들어가서 기다려."

"응."

비우가 후다닥 일어나 자신의 방으로 숨자 상혁이 '누구세요' 라고 외치며 현관문을 열었다. 문이 활짝 열리자 그곳에는

희경이 서 있었다.

"어, 희경이네……."

상혁이 조금 난감한 표정을 짓자 희경이 생긋 웃었다.

"비우 이년이 전화를 안 받아서 말이야. 안에 있어?"

"응."

상혁이 방에 들어가 비우를 끌고 나왔다.

"어라, 황희경! 네년이 여긴 어쩐 일이야?"

"이 샹년아, 네가 전화를 안 받으니까 그렇지."

"언제 했는데?"

"방금 전에!"

"에에…… 내 전화기……."

아차, 내 전화기는 박경진이 때려 부쉈지. 비우의 눈에 다시
글썽, 눈물이 맺혔다.

"어라? 얘 왜 이래?"

"희경아아!"

비우가 철썩 희경에서 들러붙어 또다시 울기 시작했다. 뒤에
서 상혁이 이젠 나도 몰라, 라고 말하는 것처럼 어깨를 으쓱했
다.

"네가 좀 말려봐. 얘 벌써 세 시간째야."

"왜?"

"남자인 나로서는 복잡한 여성 심리를 잘 몰라서 제대로 알아
듣진 못했지만, 내가 이해하기로는 너무 잘나고 완벽한 남자를

사랑해서 슬프대."

"엥?"

희경이 놀라 비우와 상혁을 번갈아 바라보았다.

"야, 이비우. 네가 사랑에 빠진 완벽한 남자가 설마 저 인간 박상혁을 가리키는 건 아니겠지?"

"물론 아니지!"

비우가 빽 소리를 질렀다.

"이년이 뭘 잘했다고 징징 짜면서 소리를 질러? 아무래도 안 되겠다, 이 언니가 좀 혼내줘야지. 박상혁, 이비우 내가 빌려간 다."

"응, 알았어."

"어, 고맙다."

희경이 비우를 붙들고 밖으로 나갔다. 시간은 벌써 오후를 훌쩍 넘겨가고 있었지만 아직도 정오 무렵처럼 후끈한 태양이 대지에 한가득 포화 상태의 열기를 더해주고 있었다.

희경이 놀이터 한가운데 세워져 있는, 잘 달궈져 뜨끈한 그네에 비우를 앉혔다.

"나 할 얘기 있어서 왔지만 아무래도 네 얘기 먼저 들어야 할 것 같다. 대체 어느 놈이 널 그렇게 울렸어? 정말 박상혁 그 새끼 아니야?"

"응, 아니야."

비우가 훌쩍대며 대꾸했다.

"그럼?"

"박경진."

"박경진?"

"응."

"내 기억이 맞다면, 박상혁 다음 가는 개새끼인 그 직설적인 편집장?"

"개새끼 아니야. 그 사람 맞아."

"저런, 어쩌다가! 내가 널 못 보는 이 주일 동안 무슨 일이 일어난 거야?"

"이 주일은 넘었거든."

"어쨌거나! 토 달지 마, 이 샤바랄 년아. 그렇게 질질 짜지도 말고."

"그렇지만 눈물이 자꾸 나오는 걸 어떡해!"

"이씨, 뚝 그쳐!"

희경이 셔츠 자락을 들어 비우의 얼굴을 한 바퀴 쓸었다.

"자자, 어서 얘기해 봐!"

"징징…… 그게 말이야……."

그 뒤로부터 약 십오 분 정도, 희경은 숨이 넘어갈 정도의 놀라움을 반복해 가며 비우의 얘기를 다 들어주었다.

"뭐, S그룹? 완전 황태자네, 그 사람. 어쩐지 생긴 게 범상치 않다 싶더니 말이야. 봉 잡았네, 이비우."

"아우, 이 썅년아! 이제까지 내가 얘기한 거 뭘로 들었어! 봉

잡은 게 아니라니까!"

"뭐시라? 쌍년? 상년도 아니고 쌍년? 이비우, 네가 지금 제정신……."

"응! 나 제정신 아니야! 미치겠어, 지금!"

황희경이 비우를 한참 동안 한심한 눈초리로 내려다보았다.

"아주 힐리스 타면서 인라인 타고, 혼자 잘 노는구나."

"뭐? 그런 말은 어디서 배웠어?"

"인라인 동호회에서. 어쨌거나 말 돌리지 말자. 그러니까 요점은, 넌 지금 겁이 난다는 거 아냐."

"응?"

"그것밖에 안 되잖아. 그렇게 꿈처럼 멋지고 대단한 사람이 너 같이 볼 것 없는 평범한 애 좋아한다니까 못 믿겠다는 거 아냐. 더구나 기갈 센 전 약혼녀도 있고 말이야. 너같이 어리숙한 여자애는 굳이 머리채 휘어잡지 않아도 한 방에 쫓아보낼 정도로 우아하고, 고상하고, 예쁜 데다가 가질 거 다 가진 여자가. 맞지 않냐?"

"으음…… 네 말 듣고 보니 그런 것도 같다."

"그런 것 같은 게 아니라 지금 그렇거든?"

"그래?"

"그래!"

희경이 손을 들어 비우의 양쪽 볼을 꼬집었다.

"어유, 귀여워! 이비우, 너 나이는 다 어디로 먹었냐!"

"칵! 아파, 이년아! 거기서 나이 얘기가 왜 나와?"

"왜 나오긴. 생각을 좀 해보라 이거야. 네 말대로 박경진 가질 거 다 가졌어. 사실 꿈속에서도 나오기 힘든 이상형이란 말야. 그치?"

"응! 그래서 너무 싫어!"

"근데 그게 어때서?"

"왜긴! 너 같으면 안 부담스럽겠냐!"

"물론 부담스럽지. 근데 이비우, 그건 투정이야. 세상에는 완벽하지 않은 사람도 많아. 그런 상태에서 사람을 만나고, 사랑에 빠지고 그래. 사랑함으로써 불완전한 존재가 완벽해진다는 그런 꿈 같은 얘기는 아냐. 요컨대 내 말은, 사랑해도 불완전하다는 거야. 불완전해도 사랑한다는 거지. 사랑하니까 감수하는 거라고. 내 말 틀려?"

"음…… 맞아."

"그렇지? 박경진이라는 인간은 물론 완벽하지만 너한테는 불완전해. 왜냐고? 그의 완벽함이 너와는 어울리지 않는다고 네가 생각하기 때문이지. 너를 사랑하는 존재가 됨으로써 박경진은 불완전한 인간이 되는 거야."

"저기, 그건 좀……."

"닥치고 들어, 이 그지 같은 년아. 부러워 죽을 거 같으니까. 그런데 너는 너를 사랑함으로써 불완전해진 그를, 그 불완전함을 이유로 뺑하고 차버렸어. 진짜 샹샹구리 같은 짓을 한 거지."

"잠깐! 그게 어째서 그렇게 되냐?"

"그 사람 입장에서 생각해 보자고. 너는 어려. 그리고 무려 사 년씩이나 짝사랑한 남자도 있었어. 그에 비해 자기는 나이도 많고, 너랑 자기는 작가와 편집장의 관계야. 서로 앙숙처럼 지냈으니 사랑하기 겁나기는 마찬가지지. 그런데도 용기를 내서 고백하고, 널 얻었어. 하지만 그도 완벽히 확신할 수는 없었을 거야. 그 사람 입장에서는 자기가 먼저 고백한 거고, 무슨 이유에선지 네가 받아들여 준 거니까. 불안한 게 당연한 거라고. 자기가 널 사랑하는 만큼 너도 그를 사랑하는지 확신이 없겠지. 그러니까 그렇게 매사에 노심초사하는 거야. 네가 언제 그 간사한 마음을 바꿔먹을지 모르니까."

"그, 그게……."

"더구나 너한테 자기가 S제국 황태자라는 얘기도 안 했다며. 그럼 그 사람은 불완전함 하나를 더 추가하는 거지. 네가 말 안 했다고 펄쩍 뛰면 어떻게 하지? 속였느니, 어쨌다느니 하면서 가증스러워 토할 것 같으니까 이제 보지 말자고 그러면?"

"저기, 희경아. 보통 그렇게 부자라고 하면 좋아하지 않아? 그게 어째서 토하고 달아날 일이야?"

"이 바보야, 그게 너니까 그렇지. 지금 널 봐. 너 실제로도 박경진이 그렇게 부자라는 거 알고서 도망쳤잖아. 박경진이 그걸 모를 것 같아? 그런 걸 몰랐으면 널 사랑하지도 않았겠지. 솔직히 까놓고 말해서 네가 인간성 빼고 볼 게 뭐가 있냐고, 이년아.

네가 나만큼 예쁘길 하냐 똑똑하길 하냐. 만날 칠칠치 못하게 사고치고 와서 질질 짜기만 하면서."

"아, 샹년. 넌 왜 만날 그렇게 날카롭냐."

"어쨌든. 내 말은 박경진의 입장도 좀 생각해 줘야 한다는 말이지. 네 입장에서는 박경진이 너무 완벽할 수도 있지만, 물론 그래서 부담스러울 수도 있지만, 박경진의 입장에서는 네가 너무 어리고 순수해서 그게 부담스러울 수도 있어. 사랑이라는 놈이 원래 그렇다. 장점도 단점이 되고 단점도 장점이 되고 그래."

장점도 단점이 되고, 단점도 장점이 된다라……. 비우가 잠시 입을 닫았다. 그래도 충분히 알아들었을 거라고 생각한 희경이 비우의 머리를 꼬옥 끌어안고 말해 줬다.

"그러니까 그 사람 만나서 얘기나 들어줘."

비우가 망설이듯 대꾸했다.

"……그래도 될까?"

"지금 그 사람 그렇게 놓치면 너 평생 후회 안 할 자신 있어? 그리고 너 아직 젊어. 꼭 박경진이랑 결혼할 것도 아니잖아. 근데 뭘 그렇게 복잡하게 생각해. 어차피 박경진이랑 결혼 안 할 거면 그가 돈이 많든 말든 무슨 상관이야."

"그것도 그렇네. 난 작가 생활 시작하면서 어차피 독신으로 살 거였는데."

"그럼 네가 샹년이네. 너야말로 그런 생각으로 박경진이랑 연애 시작했으면 너 좋을 대로 가지고 놀다 버리겠다는 심보 아냐?"

"그, 그렇게 되냐?"

"당연하지. 네년이 더 잘못했네. 괜히 엄한 사람 잡았군, 이거."

"어, 진짜 그렇다."

"상년아, 빨리 찾아가 봐."

"응!"

희경이 씨익 웃으며 비우를 일으켰다. 그녀는 언제나 멋진 친구였다. 만약 희경이 없었다면 비우는 지금까지 매사에 씩씩하게 살아올 수 없었을지도 모른다. 희경은 비우에게 가족 이상으로 소중한 존재였다.

"아, 예쁜 것. 희경아, 나 레즈였으면 너 사랑했을 거야."

"으하하, 내가 사양이다. 난 얼굴 따져."

"샹년!"

그렇게 말하고 한 대 치려는데 희경이 느닷없이 비우의 목을 꼭 끌어안았다. 어쩐지 평소와는 조금 다른 느낌이었다.

"비우야, 나 없어도 잘살고 있어."

진짜 확실히 달랐다.

엥? 내가 뭐 잘못 먹었나?

"⋯⋯뭐?"

"나 어학연수 간다, 도쿄로."

"뭐시라!"

비우가 화들짝 놀라 희경을 떼어내 그녀의 얼굴을 들여다보았다.

"야야, 황희경. 너 주책 아니냐. 대학교도 진작에 졸업한 애가 또 뭘 배운다고 이 늦은 나이에 어학연수야. 다른 사람들이 들으면 욕한다."

희경이 평소처럼 '이런 샤바랄 년!' 이라고 쏘아주는 대신 조금 멋쩍은 미소를 지었다.

"아냐, 진짜야. 그렇게 됐어."

"왜?"

"음…… 뭐랄까. 몇 년간 날 갉아먹었던 과거에서 벗어나 좀 더 새로운 삶을 살아보려고."

"응?"

희경이 불쑥 비우 앞으로 손목을 내밀었다. 거기에는 칼로 그은 흉터가 두 줄, 깊게 패여 있었다.

"이거 내가 그었다."

"……."

"상혁이한테 차이고, 너무 막막하고 무서워서 내가 그었어. 상혁이 없이 못살 거 같아서 내가 그었어. 아니, 사실 그렇게 하면 상혁이가 나 봐줄 거 같아서 쇼한 건지도 몰라. 어쨌거나 그래, 의사 말이 하도 독하게 그어서 죽을 때까지 안 없어진다더라."

"……."

"눈을 뜰 때마다, 그래서 상처가 보일 때마다…… 뭐랄까, 내가 너무 나약하다는 생각이 들었어. 그렇게 죽을 것처럼 저주하면서도 상혁이 못 잊고 그 옆 동네로 이사 오고, 그러면서도 막상 부딪칠 용기는 없어서 만날 피해 다니고…… 너무 한심해서이제 그만 하려고. 사실 네가 상혁이 좋아하는 거 알고 있었어. 우리 과에서 그거 모르는 애 아마 없었을걸. 네가 하도 칠칠맞게 러브빔을 흘리고 다녀서.”

“…….”

“그거, 말은 안 했지만 부러웠어. 넌 상혁이 옆에서 걔가 여자들 갈아치우는 거 고스란히 보고 있었잖아. 그러면서도 한결같은 마음으로 좋아했잖아. 난 그게 안 됐거든. 나도 상혁이 정말로 사랑하고 싶었는데…… 사랑만 해주고 싶었는데 나 같은 인간에게는 어림없는 일이었어. 매일 닦달하고 안절부절못해하고괴롭히고 귀찮게 하고 그랬지. 그래서 너랑 나랑 비교하면서 더힘들고 괴로웠어. 그래서 그동안 너 못 봤다. 너한테 말도 못하고 연수 준비했던 거야.”

“…….”

“너한테 상혁이 집안 얘기 듣고…… 이것저것 생각했는데, 난아무래도 떠나는 게 훨씬 속시원하겠더라. 난 그렇게 상처 많은사람 못 좋아해. 네가 상혁이 이해하고 받아들였던 것처럼 걔모든 모습을 고스란히 받아들이자니 내가 너무 모자라. 난 아무래도 그렇게 아픈 사람 사랑하기에는 너무 이기적인가 봐. 지금도 내가 상혁이를 좋아했던 건지, 아니면 상혁이가 날 좋아해

주길 바랐던 건지 잘 모르겠어. 그렇지만 그렇게 힘들고 괴로웠던 걸 보면 그냥 상혁이라는 사람에 대한 욕심이었던 것 같아. 이제는 안녕 하려고."

희경이 눈물 맺힌 눈으로 활짝 웃었다.

"그러니까 나 박상혁 다 잊고 씩씩해져서 돌아올게. 기다려 줄 거지? 그 사이 연락처 바꾸면 죽는다."

비우가 아무런 말도 못하고 희경을 꼭 끌어안았다. 커다란 알사탕이 목에 콱 걸린 것처럼 아무런 말도 나오지 않았다.

그런 거구나……. 그런 거였구나, 희경아…….

희경이 다정하게 웃으며 비우의 머리카락을 쓰다듬었다.

"어휴, 나 가면 너 혼자 어떻게 살지 막막하다만…… 그래도 난 이기적이잖아. 내 살길이 우선이다. 네년이 아무리 눈에 밟혀도 난 가야겠다."

"나쁜 년……."

꼬옥, 부비부비.

"그래, 그래……. 여튼 나는 간다."

"잘 갔다 일찍 돌아와."

"말을 해도."

"쳇! 나 버리고 가는 네년이 나쁜 거야!"

"오냐, 내 미안하니 암 말 안 하고 가마. 여튼 잘 지내."

"응……."

"뭐, 출국 전에도 연락할 거야. 공항 나와라."

"알았어."

"그리고 박경진 그 사람한테 가봐. 빨리."

"응."

"네가 잘못한 거니까 싹싹 빌어!"

"응…… 아니!"

그러나 순순히 고개를 끄덕이던 비우가 갑자기 고개를 저었다.

"왜, 또?"

"생각해 보니 공모전이 있잖아. 화끈하게 써서 음하핫, 이러면서 원고 던져 줘야지."

비우가 젖은 얼굴로 생긋 웃었다.

"그럼 최소한 그 인간보다 내가 뭔가 하나 낫다는 생각이 들지 않겠어?"

스물넷

그러나 음화핫, 이러면서 박경진의 얼굴에 던져 줘야 할 원고는 생각대로 잘 풀리지 않았다. 그래서 비우는 지금 전화통을 붙들고 울상을 짓고 있었다.

"경희 언니, 저 비운데요……."

[아, 이 작가님. 어쩐 일이세요?]

"저기, 그게 다름이 아니라 공모전 마감 때문에 그러는데…… 저 원고 하루만 늦게 드리면 안 될까요? 네? 딱 하루만 더 주시면 되는데. 진짜예요."

그리고 그 다음에 이어지는 그녀의 말에 비우는 안구가 튀어나올 정도로 놀랐다.

"네? 뭐라고요?"

그 소리가 어찌나 요란했는지, 옆 방에 있던 상혁이 깜짝 놀라 비우의 방까지 뛰어오는 사태까지 벌어졌다.

"왜 그래? 무슨 일이야?"

비우가 수화기를 내려놓으며 멍하니 중얼거렸다.

"상혁아……."

"왜?"

"글쎄……."

"응."

"저기, 이걸 어떻게 알아들어야 되지……?"

"응? 뭔데?"

"저기, 출판사 언니가 그러는데 공모전 같은 거 없었대."

"……뭐?"

"그런 거 없었대. 한 달만 하는 공모전이 어딨냐고. 그런 거 하려면 최소한 반년 전부터 준비해야 된대."

"……."

"그 인간이 왜 그랬을까."

다른 사람 일이라면 그냥 대충 넘기던 상혁이 모처럼 진지하게 함께 고민해 주었다.

"글쎄, 아무래도 직접 물어보는 게 낫지 않겠어?"

"음? 음……."

비우가 심각하게 생각에 잠겼다. 상혁이 다가와서 비우의 심각한 이마를 톡, 하고 건드렸다.

"내가 볼 때는 그 사람 너한테 접근하려고 수작 부린 거 같은데."

"응?"

"그 사람, 갑자기 뻔질나게 너 보러 오고 그랬잖아. 그게 다 공모전 핑계 아니었어? 공모전 있다고 알려주러 오고, 공모전 때문에 자기 집도 데려가고 그랬잖아. 그 사람 너 되게 좋아했나 보다."

……생각해 보니 그랬다. 사실 공모전 같은 거야 전화 한 통으로 말해 줘도 됐을 텐데.

상혁이 싱긋 웃으며 비우의 관자놀이께에 쪽 소리나게 입술을 갖다 댔다.

"괜히 질투나네. 우리 비우 그 사람한테 완전히 뺏기겠다."

비우가 그를 따라 싱겁게 웃었다.

"이제 와서 질투하면 뭐 해."

"그러게. 우리 비우처럼 나 좋아해 주는 사람도 없었는데."

"헤에. 그걸 알고 있었어?"

"그럼 당연하지. 아니면 내가 왜 힘들었을 때마다 너만 찾았겠어."

"에에……."

"네가 제일 좋았어. 지금도 너랑 같이 안 자서 다행이라고 생각해. 너랑도 다른 여자애들처럼 친구 아닌 사이가 되어 다신 안 보게 됐으면 되게 서운했을 거야."

분명 여자로 보지 않는다는 서운한 얘기일 텐데 왜 가슴이 따뜻해지는 걸까. 비우가 아무 말 없이 상혁을 바라보며 수줍게 웃기 시작했다.

"웃지 마."

상혁이 비우와 비슷한 미소를 지으며 그녀의 머리카락을 만지작거렸다.

"하긴, 그래서 일부러 그동안 같이 안 잤었다. 너랑은 같이 자지 말아야 한다고 생각하고 있었어. 근데 네가 어느 날부턴가 갑자기 귀여워져서 잠깐 다른 생각 했던 거지. 뭐, 계속 친구로 남아서 다행이라고 생각해."

"헤헤……."

상혁이 문득 주머니를 뒤져서 무언가를 꺼냈다. 그것은 상희가 두고 간 휴대폰이었다.

"아차, 이거 준다는 걸 깜박했다. 받아."

"이거?"

"응. 이거 내가 상희 사준 거거든. 상희가 안 쓰겠다고 두고 갔으니깐 네가 써. 너 전화 망가졌잖아. 사 년 동안 넌 계속 해주기만 했는데 나는 너한테 해준 게 아무것도 없어서……. 그러니까 그 보답이라고 생각해."

비우가 그 휴대폰을 받아 들고 상혁의 손을 꼭 잡았다. 따뜻해지던 가슴은 이제 불이 붙은 난로 같았다. 너무 뜨거워져서 어떻게 해야 할지 모를 지경이었다. 상혁의 손등 위로 비우의 눈물이 뚝뚝 떨어지기 시작했다.

"상혁아……."

"와, 이비우 감동받았구나."

비우가 고개를 마구 끄덕였다.

"나 너 사 년 동안 혼자서 좋아한 거 하나도 후회 안 해. 다 보답받은 기분이야."

"보답은, 네가 나한테 얼마나 잘했는데."

"아냐아냐. 네가 그렇게 생각해 주는 게 보답이야. 네가 알아줘서 너무 고마워. 나 사실 해준 거 하나도 없는데. 좋아한다고 했어도 도움도 못 되고 그냥 옆에서 보기만 했는데."

상혁이 비우를 다정하게 끌어안았다. 다정하게 끌어안고 토닥여 주었다. 지금 그는 정말로 다정하게 느껴졌다.

"그게 고맙다고. 나라는 인간 옆에서 다 지켜보면서도 계속 좋아해 주고 옆에 있어줘서 정말로 고마워. 상희 아니었으면 나 너 사랑했을 거야."

그 말에 비우가 우는 얼굴로 웃었다.

"헤헤, 어쩌냐. 난 우리 경진 씨가 훨씬 더 좋은데."

"에이, 나쁘다."

그러면서도 둘은 서로 마주 보며 한참 웃었다.

"참, 그런 거면 빨리 가봐. 그 사람 되게 힘들어하고 있겠다."

"응! 빨리 가봐야지!"

그러나 비우가 집을 나선 것은 그 말이 나온 직후가 아니라 그 다음날 늦은 오후였다. 그것도 밤새 잠을 못 잤는지, 눈밑은 퀭하게 귀신 같은 몰골을 한 채였다.

똑똑.
"들어와."
달칵.
문이 열리며 편집실 직원인 경희가 들어왔다.
"뭔데?"
"이거 비우 작가가 사장님 전해 드리래요."
"뭐?"
박경진이 받아 든 것은 두터운 원고 뭉치였다. 박경진이 입을 실룩였다.
"갖다 버려."
"예?"
어차피 공모전 원고일 것이다.
"쓸모없게 된 원고니 갖다 버리라고."
"왜요. 비우 작가 원고 제일 좋아하시는 건 사장님 아니세요? 원고를 갖다 버리는 게 어딨어요. 검토는 하셔야죠."
박경진이 계속 턱 근육을 당긴 채로 말이 없자 경희가 그것을 조심스럽게 그의 책상 위에 내려놓았다.
"그럼 여기 둘게요. 나중에 시간 나면 보세요."

그래도 박경진으로부터는 아무런 말이 없었다.

"사장님 요새 좀 이상해지신 것 같아요. 무슨 일 때문인지 몰라도 기분 푸세요. 다들 무서워서 아무 말도 못하고 있다니까요."

역시 묵묵부답.

"그럼 저 나가볼게요."

달칵.

작은 문소리를 내며 경희가 나가자 박경진이 손에 들고 있던 커피잔을 바닥으로 홱 집어 던졌다.

퍽!

두꺼운 머그컵이 산산조각났다.

"제기랄……."

박경진이 책상에 놓인 비우의 원고 뭉치를 집어 들었다. 그리고는 쓰레기통에 확 처박아 버렸다. 정말 맹랑한 계집이다. 사람을 우습게 봐도 유분수지, 그딴 말로 병신 만들어놓고는 예전과 똑같이 편집장과 작가의 관계가 될 수 있을 거라 여기는 모양이다.

"어림없어."

그들의 관계는 재고의 여지가 없었다. 박경진은 절대로 비우와 일 년 전과 같은 맹숭맹숭한 사이로 돌아갈 생각이 없었다. 아마도 그가 견뎌내질 못할 것이다. 눈앞에 비우가 계속 알짱거리는데 손댈 수 없으면 그가 미쳐 버릴 것이다.

그가 갑자기 쓴 웃음을 지었다.

"이렇게 못났으니까 네가 그렇게 가버렸지……."

자신의 오만과 이기를, 탐욕과 질투를, 집착과 독점욕을 비우가 받아줄 수 있을 거라 생각했던 것이 애초에 잘못이었다. 비우라고 성녀가 아니다. 본인이 그렇게 맑고 다정할 수 있는 건 주위도 그렇기 때문이다. 자신과 함께 있으면, 그렇게 못난 자신을 강요할 때면 비우는 화내거나 상처받거나 울어버리고야 만다.

무릎을 꿇고 졸라대도 그 사실에는 변함이 없었다.

어쩌면 다행일지도 몰랐다. 끝도 없이 상처 주고 상처 입히는 관계를 유지하느니, 그렇게 그녀를 놔주는 게 더 나을지도 몰랐다. 지금이라면 아직 시작 단계니 조금 덜 아프게 끝낼 수 있을지도 몰랐다.

"제기랄……."

경진이 다시 쓰레기통을 뒤져 비우의 원고 뭉치를 꺼내 들었다. 아까 컵을 집어 던질 때 쓰레기통에 커피가 튀었던지, 원고 끝이 더럽게 물들어 있었다. 그걸 보니 새삼 후회가 밀려왔다. 경진이 티슈를 몇 장 뽑아 원고를 닦아내기 시작했다. 그리고…….

"음?"

뭔가 이상했다. 제목이 달랐던 것이다. 분명 비우가 공모전을 위해 준비하던 원고는 '나는 널 사랑한다. 때론 사랑하지 않는

다' 라는 제목이었는데 지금 원고의 제목은 전혀 엉뚱한 것이었
다.

"처녀가 처녀성을 버리는 몇 가지 이유?"

경진의 손이 결국 참지 못하고 그 A4 용지를 한 장씩 넘기기
시작했다. 그 이야기의 처음 시작은······.

『꿀꺽.

이것은 올해 스물넷의 평범한 숫처녀 이비우가 침을 삼키는 소리
였다. 하얀 살 속에 가려져 보일 리 없는 처녀의 목젖이 움직여 목
안으로 침을 넘기는 모양새가 고스란히 드러날 정도로 그녀의 온몸
에는 힘이 바짝 들어가 있는 상태였다.

"으음······ 으음······."

그녀의 마음을 아는지 모르는지 비우의 눈앞에 앉아 있는 한 남
자는 날카로운 눈빛으로 무언가를 훑어 내려가고 있었다. 그것은
일단의 A4 사이즈 종이 뭉치였다. 스물넷의 숫처녀 이비우는 그것
을 밥줄이라 불렀고, 그런 그녀의 맞은편에 앉아 있는 심각한 표정
의 남자는 그것을,

"쓰레기."

라 불렀다.

이비우가 벌떡 일어섰다.

"뭐라구요?"

그자가 태연한 표정으로 바로 옆에 있던 커다란 쓰레기통에 그녀

의 밥줄이자 분신과도 같은 원고 더미를 통째로 쑤셔박아 버렸다.

　"지난번에 한 약속을 지켰을 뿐이지."

　당장이라도 온몸의 피가 역류해 쓰러져 버리는 것이 아닌지, 전혀 상관없는 제삼자도 걱정이 될 정도로 하얗게 질린 비우의 얼굴을 그자는 여전히 태연한 표정으로 들여다보고 있었다.

　"약속했잖아? 다음 원고도 전혀 발전이 없다면 쓰레기라 불러준다고. 물론 너도 좋다고 했고. 어디 한번 마음대로 해보시지! 라며 기세 좋게 나가던 게 누군데 이제 와서 상처받은 척이야?"

　저런 무자비한 말을 서슴없이 뱉어내는 배짱 좋고, 무례하고, 뻔뻔하고, 사악한 인간. 그는 (주)도서출판 책이랑의 편집장 박경진이었다. 요컨대 지금까지의 사정을 설명하자면, 풋내기 작가 이비우는 지금 지난 몇 달간 끙끙 앓는 소리를 내며 죽을 힘을 다해 썼던……」

　"푸하하!"

　박경진이 참지 못하고 큰 소리로 웃어버렸다.

　"내가 이랬다고?"

　원고는 계속 그런 식이었다. 대부분 비우의 시각에서 그와 상혁, 그리고 희경이 엮어냈던 지난 일들이 그녀만이 세심한 필체로 그려지고 있었다. 비우가 상혁의 일로 상처받을 때는 그가 생각했던 것 이상으로 가슴이 아팠고, 자신과 비우가 티격태격하던 때가 그려지면 저도 모르게 헛웃음 새어나왔다. 그리고 기절할 정도로 화가 나는 장면도 있었다.

"이런 미친!"

연희가 비우를 찾아오는 장면이었다. 연희는 폭언이라 할 수 있을 만한 거짓말을 잘도 쏟아내고 있었다. 그제야 경진은 비우가 왜 그토록 화를 냈는지 알 수 있었다.

"말해 줬으면 좋았잖아, 인마……."

그리고 다음 장면을 읽으면서 경진은 더 이상 참지 못하고 벌떡 일어서야 했다.

그건 그가 비우에게 무릎을 꿇고 비는 장면이었다. 그때 비우가 했던 말들이 아직도 심장 한구석에서 오버랩되고 있었는데, 아직도 쿡쿡 그렇게 심장을 찔러대고 있었는데 사실 그 말은 비우에게 더 아픈 말들이었다.

"이 녀석……."

그의 손이 움찔거렸다. 당장에라도 비우에게 달려가고 싶었지만 마지막 장이 궁금해 견딜 수가 없었기에 꾹 참고 계속해서 원고를 읽어 내려갔다.

애기는 어느새 비우가 경희와 통화를 마치고 공모전이 그의 자작극이었음을 눈치채는 장면으로 이어지고 있었다.

"쳇……."

박경진의 얼굴이 부끄러움으로 확 달아올랐다.

『"나 너 사 년 동안 혼자서 좋아한 거 하나도 후회 안 해. 다 보답받은 기분이야."

"보답은, 네가 나한테 얼마나 잘했는데."

"아냐아냐. 네가 그렇게 생각해 주는 게 보답이야. 네가 알아줘서 너무 고마워. 나 사실 해준 거 하나도 없는데. 좋아한다고 했어도 도움도 못 되고 그냥 옆에서 보기만 했는데."

상혁이 비우를 다정하게 끌어안았다. 다정하게 끌어안고 토닥여 주었다. 지금 그는 정말로 다정하게 느껴졌다.

"그게 고맙다고. 나라는 인간 옆에서 다 지켜보면서도 계속 좋아해 주고 옆에 있어줘서 정말로 고마워. 상희 아니었으면 나 너 사랑했을 거야."

그 말에 비우가 우는 얼굴로 웃었다.

"헤헤, 어쩌냐. 난 우리 경진 씨가 훨씬 더 좋은데."

"에이, 나쁘다."

그러면서도 둘은 서로 마주 보며 한참 웃었다.

"참, 그런 거면 빨리 가봐. 그 사람 되게 힘들어하고 있겠다."

"응! 빨리 가봐야지!"

그러나 비우가 집을 나선 것은 그 말이 나온 직후가 아니라 그 다음날 늦은 오후였다. 그것도 밤새 잠을 못 잤는지, 눈밑은 퀭하게 귀신 같은 몰골을 한 채였다.

…….

나 정말 지금 진짜 귀신 같거든요.

집에 어떻게 가요?』

원고는 이렇게 끝을 맺고 있었다.

"이게 무슨……!"

박경진이 벌떡 일어나 사무실 문을 홱 열었다. 그러자 눈앞에 정말로 귀신같이 처참한 몰골을 하고 있는 비우가 서 있었다.

"어휴, 무슨 원고 읽는 데 시간이 그렇게 걸려요?"

이게 사실일까. 사실인 걸까.

말끝이 더듬거렸다.

"너…… 너 인마……."

"아우, 나 어제 한숨도 못 자고 자판 두들겨 대느라 지금 쓰러질 거 같아요. 양쪽 팔은 완전히 마비가 되어버린 거 같아. 빨리 어떻게 좀 해줘봐요."

비우가 그에게 양팔을 내밀었다. 방긋 웃으며.

"너……."

"나 그냥 가요?"

박경진이 비우를 덥석 끌어안았다. 숨이 막힐 정도로 세게. 두 번 다시 놔주지 않겠다는 듯 단호한 태도로.

"가긴 어딜 가, 인마. 앞으로 내 허락 없이 절대 아무 데도 못 가."

"헤에, 무슨 권리로."

"네가 사랑하는 사람의 권리로!"

비우가 양팔을 벌려 그의 목을 꼭 끌어안았다.

"나 사랑해요?"

"그럼 이게 어딜 봐서 안 사랑하는 거 같냐."

"증거를 대봐요."

"증거?"

"응. 편집장님 이름 석 자 말고 다른 증거."

박경진이 빙긋 웃으며 비우의 턱을 잡았다.

"각오해. 앞으로 질리도록 해줄 테니."

곧이어 그가 출판사의 다른 직원들이 보든 말든 아랑곳없이 비우의 입술에 진한 키스를 퍼부어대기 시작했다.

Epilogue

"정말 괜찮겠어?"

"어차피 한 번은 부딪쳐야 하잖아."

"그래도…… 건강도 안 좋으시다면서 이렇게 불쑥 쳐들어가도 되는 건지 몰라."

"걱정 마. 그런 일로 돌아가실 양반이 아니니까."

"엑, 그걸 어떻게 알아? 연세도 많으시다며."

"나이 많아도 잘 먹고 잘살아서 보통 사람 몇 배는 더 튼튼해. 그간 해드신 보양식 값만 해도 어마어마하다구. 집 한 채는 살걸."

"어유, 자기 할아버지한테 말하는 것 좀 봐."

"실제로 보면 그렇게 좋은 말 안 나온다, 너."

박경진과 비우는 지금 두 손을 꼭 잡고 S제국의 황제가 살고 있는 거대한 궁궐을 올려다보고 있는 중이었다.

꿀꺽.

저도 모르게 긴장된 침이 넘어갔다.

"자기, 할아버지랑 닮았어?"

"뭐가?"

"여자 취향."

"아니, 그 영감은 얼굴 따져."

"……자기, 한 대 맞을래?"

"야야, 가뜩이나 힘겨운 상댄데 우리끼리 먼저 싸움 붙으면 어떡하냐."

"아아, 걱정된다."

굳게 닫힌 성문을 바라보며 인상을 잔뜩 쓰는 비우의 이마를, 박경진이 부드럽게 쓰다듬었다.

"괜찮아. 베스트셀러 작가가 손자 며느리라면 그 속물 영감도 분명히 두 팔 벌려 환영할 거야."

대학교 2학년 겨울방학 때의 일입니다. 그때 저는 꼭 저만한 키의 작은 남자애를 좋아하게 되었습니다. 손도 작고, 얼굴도 작고, 등도 작고 어깨도 작은 그런 사람을요.

그 사람은 평생 어른이 되지 않을 것 같은 모습을 하고 있었습니다. 얇게 진 쌍꺼풀이 그랬고, 나보다 곱고 하얀 피부가 그랬고, 방방한 힙합 바지가 그랬고, 솜사탕 같은 미소가 그랬습니다. 그래서 아주 오랫동안 좋아했습니다. 그 사람을 완전히 잊는 데 한 사 년쯤 걸린 것 같습니다(웃음).

그 사 년 동안 저는 누군가를 좋아한다는 것에 대해서 그동안 살아오면서 했던 것보다 훨씬 더 많은 생각을 하게 되었던 것 같습니다. 좋아한다는 건 어떤 것일까. 누군가를 갖고 싶다는 소유욕과는 어떻게 다른 것일까. 그를 좋아한다고 하는 내 마음은 어디까지가 진짜인 걸까, 하고요.

결론은 없었습니다. 좋아한다는 것, 내 자신에게 갖는 애착과는 또 다른 것인 타인을 좋아한다는 것, 그것은 결론없이 무척 어렵고 힘든 일이라는 사실만 알게 되었습니다.

그 생각은 지금도 마찬가지입니다. 그래서 서로를 사랑한다고 하는 두 사람 사이에 얽힌 이야기들을 만들어내는 것보다 서로를 사랑하는 그 두 사람 사이의 감정을 만들어내는 것이 더 어렵게 느껴집니다.

제 터무니없는 글솜씨로는 턱없이 부족한 일일 테지만, 제 글을 읽으시는 분들이 '이야기'만 읽으시는게 아니라 '사랑'도 함께 읽으셨으면 하는 바람이 제게 있기 때문입니다.

부끄럽지만, 이 글 『처녀가 처녀성을 버리는 몇 가지 이유』도 그런 마음으로 썼습니다. 부디 아주 작은 것이라도, 좋아하는 마음에 대한 공감대가 형성되었으면 하는 소망입니다.

먼저 비우의 야무지고 씩씩한 친구, 황희경 양에게 감사를 드립니다. 이 글을 쓰는 내내 그녀는 비우의 친구일 뿐만이 아니라 제 친구이기도 했습니다. 어학연수 마치고 한층 더 멋진 모습이 되어 돌아오십시오. 비우 녀석더러 공항에 마중 나가라고 시키겠습니다. 참, 올 때 선물 사 오시는 것 잊지 마시고요.

비우와 박경진 씨. 항상 하는 말이지만 부러워 죽겠습니다. 책이랑 출판사 대박나서 꼭 부자 되십시오. 싸우지 말고 잘사세요.

송연희 씨도 옛사랑은 빨리 잊고 어서 새 남자 만나십시오. 벌써 서른이 다 되어가지 않습니까. 더 늙으면 아무리 예뻐도 시집가기 힘들 겁니다(성격도 그러니).

이름은 안 나왔지만, S제국의 연로하신 황제님. 손자며느리 예뻐해 주시기 바랍니다. 경진이 꼭 닮은 증손주들 쑥쑥 잘 낳아줄 겁니다. 늙어서 피우는 고집은 건강에 해롭습니다.

　그리고 상혁 군. 뚜렷한 악역이 없는 이 글에서 유일하게 악역에 가장 근접한 역을 맡았습니다. 수고 많으셨습니다.

　누가 그러더군요. 너무 아픈 사랑은 사랑이 아니라고요. 저는 당신이 다시 누군가를 사랑할 수 있으리라고 믿습니다. 당신이 했던 너무 아픈 사랑이, 사랑이 아닌 것이 되는 그런 날이 분명히 있을 거라고요. 당신은 부디 행복하게 살아주세요.

　끝으로 사랑하는 나의 엄마, 사랑하는 내 친구 황희경 양(동명이인이라고 봐주세요), 여전히 너무 예쁜 친구 박정훈 군. 이 글을 쓰는 데 가장 많은 도움을 주신 분들입니다. 감사한 마음만큼이나 사랑합니다.

　이 글을 봐주시는 모든 분들에게도 감사드립니다.

　정말 감사합니다.

_이윤아 드림.